LA NUIT DES ZANDIENS

LES ÉPOUSES ZANDIENNES
TOME 1

RENEE ROSE

REBEL WEST

Traduction par
AGATHE M

Édité par
ELLE DEBEAUVAIS

Ce livre électronique est une œuvre de fiction. Bien qu'il puisse être fait référence à des événements historiques réels ou à des lieux existants, les noms, personnages, lieux et événements sont soit le produit de l'imagination des auteurs, soit utilisés de manière fictive, et toute ressemblance avec des personnes réelles, vivantes ou décédées, des établissements commerciaux, des événements ou des lieux est entièrement fortuite.

Ce livre contient des descriptions de nombreuses pratiques BDSM et sexuelles, mais il s'agit d'une œuvre de fiction et, en tant que tel, il ne doit en aucun cas servir de guide. Les auteurs et l'éditeur déclinent toute responsabilité en cas de pertes, dommages, blessures ou décès résultant de l'utilisation des informations contenues dans ce livre. En d'autres termes, n'essayez pas de mettre cela en pratique !

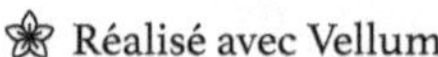 Réalisé avec Vellum

LIVRE GRATUIT DE RENEE ROSE

Abonnez-vous à la newsletter de Renee

Abonnez-vous à la newsletter de Renee pour recevoir livre gratuit, des scènes bonus gratuites et pour être averti·e de ses nouvelles parutions !

https://BookHip.com/QQAPBW

TABLE DES MATIÈRES

CHAPITRE UN

R *iya*

Les Zandiens ont besoin d'épouses.

Le prince Zander – non, le *roi* Zander, maintenant qu'il a reconquis sa planète – se tient devant nous, humains comme Zandiens, et nous expose sans détour ses projets de repopulation.

Je jette un regard à la foule réunie devant ce qui était autrefois le palais. Tout semble si vaste et vide sous le ciel limpide, dénué du moindre nuage. Le soleil zandien se reflète sur le marbre blanc en ruines et m'aveugle presque.

Comment un si petit groupe pourra-t-il rebâtir cette planète, aussi motivés soient-ils ? (Soyons-nous ?)

La capitale de Zandia est tellement dévastée que j'en suis malade. Les bâtiments majestueux ne sont plus qu'un amas de marbre brisé et de métal tordu, une image aussi écœurante que les plaies sanglantes que je pansais pendant la guerre.

Cela ne devrait pas m'affecter. Ce n'est pas ma planète. Ma planète a été violée et détruite il y a des milliers d'années par les Ocrétiens, mais Zandia a été présentée aux humains comme une sorte de Shangri-La. Un endroit où être libres.

Soi-disant.

Mais ce que Zander est en train de dire me glace.

Un frisson me parcourt l'échine et je ne peux m'empêcher de jeter un regard au gigantesque guerrier zandien qui se trouve à l'autre bout de la place.

Tarren.

L'homme dont j'ai dû chevaucher la cuisse pour recoudre l'entaille qui lui traversait le visage. Un autre Zandien se tient à ses côtés, et – doux Jésus – ils sont en train de m'observer.

Une mèche de mes épais cheveux noirs me tombe sur le visage, agitée par un vent sec et chaud qui ne sent que la cendre. Je la repousse avec impatience, puis essuie la poussière qui couvre mes cuisses musclées, nues sous ma tunique courte. Je n'ai pas eu l'occasion de me laver ou de me changer depuis la bataille. J'ai passé mon temps à soigner les blessés. Le guerrier qui se trouve à côté de Tarren coule un regard le long de mes jambes nues, et une sensation de chaleur me monte dans le cou. J'aurais dû enfiler un legging avant cette réunion.

— Si vous souhaitez recevoir des terres et une propriété, je vous suggère de former un groupe, de trouver une femme, et de présenter une demande, déclare le roi Zander.

Mon estomac se serre. *Trouver une femme.*

Je ne suis pas idiote. Je sais ce que ça signifie pour moi. Pour les autres humaines en âge de procréer. Nous ne sommes plus que des utérus sur pattes. Pas mieux que les esclaves de la galaxie.

La bouche sèche, je prends sur moi pour ne pas jeter un nouveau regard au guerrier de l'autre côté de la place. Lui et ses amis viendront-ils me chercher ? Me revendiquer ? Comment cela fonctionnera-t-il ? Ai-je le choix, ou peuvent-ils m'enlever comme bon leur semble ?

Le roi Zander a dit que nous n'étions plus esclaves, mais ailleurs dans la galaxie, personne ne reconnaîtrait notre liberté. En d'autres mots, nous sommes obligés d'accepter les propositions des Zandiens.

Et de mon point de vue, ma seule option est de devenir une épouse zandienne.

Je serre les poings, pas pour me défendre, mais pour empêcher mes doigts de trembler.

Je n'ai pas envie d'être revendiquée par un guerrier extraterrestre, et encore moins par deux ou trois d'entre eux. Voire plus. Que les étoiles me viennent en aide.

J'entends à peine le reste de la déclaration du roi, et quand la foule se disperse, je me mets à la recherche de Lily. C'est une humaine accouplée à un Zandien, et c'est la sœur de la compagne du roi. Elle doit savoir ce qui m'attend.

Déjà, l'atmosphère de la place crépite de tension sexuelle, comme si tous les guerriers se préparaient à se battre pour mettre la main sur une femme.

Il n'y a plus de Zandiennes – ou en tout cas, aucune qui ne soit pas déjà accouplée –, alors les femmes dont a parlé le roi ne peuvent être qu'humaines. D'anciennes esclaves, comme moi.

Bon sang. Je tire sur ma tunique pour essayer de cacher mes cuisses.

Plusieurs guerriers zandiens me reluquent à l'autre bout de la place détruite. J'aurais vraiment dû changer de tenue avant de venir ici. Je réalise soudain l'allure que doivent me donner mes bottes, avec mes jambes nues.

Dans la capsule d'entraînement, nous étions protégées par des guerriers tels que Lundric, qui a une compagne humaine. Je pouvais m'habiller en ne pensant qu'à mon confort, sans réfléchir aux convoitises que ma peau nue pourrait susciter. Après ce que j'ai enduré aux mains des Ocrétiens, je préfère me faire discrète.

Je trouve Lily, mais elle est en pleine discussion avec son compagnon. Je sens les guerriers m'approcher de tous côtés.

Merde.

Je m'enfuis lâchement.

Je me dirige droit vers l'infirmerie de fortune dans laquelle j'ai travaillé toute la nuit. C'est bête, comme choix, mais on ne m'a pas encore assigné de chambre, et je ne sais pas où me cacher.

Dès que je me retrouve dans l'infirmerie, cependant, le moment où j'ai pansé les plaies de Tarren me revient en mémoire.

La chaleur qui est montée en moi en m'approchant de lui. La façon dont il m'a saisi les fesses pendant que je recousais sa joue.

Je m'adosse au mur métallique de la capsule qui est devenue mon quartier général après s'être écrasée au sol, et je tâche de maîtriser ma respiration.

Cet homme ne m'intéresse pas. Aucun homme ne m'intéresse.

Bien sûr, cela ne compte peut-être pas.

Le roi Zander veut repeupler sa planète.

Le plus vite possible.

Tarren

— On dirait que tu nous as déjà choisi une compagne, commente mon cousin Jax, qui a suivi mon regard jusqu'à la beauté aux cheveux noirs qui quitte la place en trombe.

Je dois prendre sur moi pour ne pas lui courir après, la jeter sur mon épaule et la ramener dans nos appartements sur-le-champ.

Jax et moi n'avons pas besoin de discuter pour savoir que nous formerons un groupe avec notre autre cousin, Ronan. Nous sommes une famille, et nous restons ensemble.

Jax semble médusé. Il jette un regard à la place en ruine, qui contraste avec la planète que nous avons quittée enfants, juste avant l'invasion.

— C'est un bon choix, poursuit-il. Elle est super sexy avec ses bottes, mais elle semble assez robuste pour...

Il s'interrompt lorsque je referme le poing sur sa tunique.

— C'est beaucoup plus qu'une *vutain* de reproductrice, grondé-je.

Jax lève les mains.

— D'accord, d'accord. Elle est plus que ça. Elle a l'air intelligente. Elle fait partie du personnel soignant, c'est ça ?

— Riya.

Tout à l'heure, elle m'a jeté un regard et a rougi, tout comme quand elle pansait mes plaies, hier soir. Quand j'ai glissé les mains sous sa tunique pour caresser ses petites fesses fermes. *Vut.* Ce simple souvenir me fait bander.

— Elle s'appelle Riya, ajouté-je.

Son nom me semble tout aussi exotique et délicieux que son apparence.

— Il faut qu'on la revendique, dis-je à Jax.

Je fronce les sourcils. Je ne sais même pas pourquoi je

dis ça. Je ne veux pas d'une femme. Mais *vutain,* hors de question que je la laisse me filer entre les doigts.

— Avant qu'un autre guerrier le fasse, conclus-je en serrant les poings à cette idée.

— Je pense qu'elle t'est déjà acquise, cousin.

J'ai envie de frapper Jax, avec son ton badin et son éternel optimisme.

— Non. Vous devez la séduire. Ronan et toi. Elle aura peur de moi.

Mon cousin me dévisage, conscient que je lui cache quelque chose.

— Qu'est-ce que tu lui as fait ? me demande-t-il.

Ronan arrive en courant, haletant.

— Qu'est-ce que j'ai raté ? J'étais de garde dans la capsule palatiale, on vient de me libérer.

— Ce que tu as raté ? répète Jax en levant les yeux au ciel. Oh, juste la nouvelle la plus fracassante que tu puisses imaginer. T'as mal choisi ton moment pour traînasser.

Ronan lui donne un coup de poing dans le bras.

— Va te faire *vuter.* Racontez-moi, ordonne-t-il, plus sérieusement, sensible à la tension qui règne sur la place.

— Apparemment, répond Jax d'un ton calme, nous allons partager une compagne, tous les trois. Une humaine. Le roi vient d'annoncer que chaque groupe de Zandiens accompagné d'une femme peut recevoir une propriété.

— Par l'étoile zandienne ! s'exclame Ronan, ravi. C'est pas trop tôt. J'ai toujours rêvé d'avoir des terres sur Zandia. Et une femme à partager ? C'est encore mieux. Je n'aurais pas pu imaginer meilleure nouvelle.

Il nous prend dans ses bras et rit de bon cœur.

— C'est la plus belle rotation planétaire de ma vie, cousins !

— Ça ne te dérange pas, de devoir partager une compagne avec nous ?

Mon ton est plus dur que je ne l'aurais voulu. D'accord, nous avons déjà partagé des femmes, tous les trois, pour des aventures sans lendemain, et ça nous a plu. Mais sur le long terme, avec une compagne que nous serons censés protéger et à laquelle nous nous attacherons ? Cela me semble compliqué et source de problèmes. Et si j'ai envie de les massacrer dès qu'ils toucheront Riya ?

À présent, je suis persuadé qu'elle deviendra notre compagne. Je meurs d'envie de revendiquer son petit corps voluptueux depuis que je l'ai vue sur le champ de bataille, à traîner les corps des blessés à l'infirmerie par elle-même.

C'est une dure à cuire. Et la façon dont elle a levé le menton lorsque je l'ai menacée de lui donner une fessée pour avoir quitté la sécurité de la capsule écrasée était adorable. Une petite guerrière se cache derrière sa jolie peau de pêche.

Et puis, ses *vutain* de cuisses...

Par les étoiles, si je ne suis pas le premier à les écarter pour goûter à son nectar, je risque d'étrangler mes deux cousins.

Ronan sourit, et je me renfrogne à nouveau. Il est toujours tellement... enthousiaste. Ça m'agace au plus haut point.

— Je n'avais jamais pensé avoir la chance d'avoir une compagne, dit-il dans un haussement d'épaules. Ça ne me dérange pas. Je partage déjà tout avec vous, de toute façon. Pourquoi pas notre avenir aussi ?

Facile à dire, pour lui. Avec son sourire et son humour, Ronan s'attire la sympathie de tous les êtres de la galaxie. Rien ne le dérange.

— Quelle femme on aura ? Celle aux cuisses nues ? s'enquiert-il en jetant un coup d'œil à l'infirmerie. Est-ce qu'elle est... à nous ?

Je suis à la fois soulagé et furieux que Ronan ait jeté son dévolu sur la même femme que Jax et moi. Au moins, nous ne serons pas en désaccord, mais je ne supporte pas qu'il bave sur elle. Cependant, il est intéressant que nous ayons tous les trois craqué pour elle. Qu'est-ce que ça signifie ? Rien, peut-être, à part un goût pour le même genre de femmes.

— On ne sait pas encore, répondis-je d'un ton sec. On ignore comment les femmes seront réparties. J'imagine qu'il faudra la convaincre, mais qui sait ? Ils se serviront peut-être de la technologie de compatibilité génétique de Daneth, comme quand ils ont acheté la compagne du roi.

Nous serrons tous les dents à l'idée de ne pas pouvoir choisir.

— Elle sent... bon, dit Ronan avec le sourire.

— Quand est-ce que tu l'as sentie ? grondé-je alors que la jalousie me court dans les veines.

Ronan me donne un coup de coude.

— Du calme, cousin. Je ne t'avais encore jamais vu aussi possessif. Ne t'inquiète pas, je ne me suis pas accouplé à elle en secret. Je suis juste passé à côté d'elle tout à l'heure, et j'ai remarqué son odeur.

Je grogne, ignorant le soulagement qui m'envahit. Ça n'a pas d'importance. Si je dois partager cette femme, je devrai accepter le fait qu'elle nous appartiendra à tous.

— Elle s'appelle Riya, déclaré-je à contrecœur. Et je pense que vous devriez aller lui parler, tous les deux.

Ronan jette un regard curieux à Jax.

— Il s'est passé un truc entre eux, explique ce dernier, bien que je ne lui aie encore rien révélé.

— C'est elle qui a recousu ma plaie, dis-je, comme si cela éclaircissait tout.

Je touche l'entaille qui me traverse la joue du cou jusqu'à l'œil.

Que pensera notre future compagne de cette hideuse cicatrice ? Je dois être repoussant. Ce matin, le bébé du roi a éclaté en sanglots en la voyant.

— Et ? insiste Jax.

Mon sexe se met à gonfler alors que je me remémore sa douce odeur d'humaine, ses seins suspendus au-dessus de ma bouche alors que ses doigts experts maniaient l'aiguille et le fil. J'ai eu envie d'elle sur le moment, et je la désire toujours.

— Il se peut... que je l'aie touchée de façon déplacée.

Ronan éclate de rire et Jax lève les yeux au ciel.

— *Vutain*, mais qu'est-ce que c'est censé vouloir dire ? demande ce dernier.

Je jette un regard vers l'infirmerie. Mes pieds me supplient de m'y rendre immédiatement et de la ramener dans notre logement pour la revendiquer dès maintenant. Toute la *vutain* de nuit.

— Elle était tellement proche... à califourchon sur ma jambe. Quand elle m'a piqué avec son aiguille, je lui ai saisi les fesses.

Puis elle a frotté sa petite chatte toute chaude sur ma cuisse. Cette partie-là, je ne la partage pas avec mes cousins. Je préfère garder ce souvenir pour moi, pour l'instant.

— Par-dessus sa tunique ? demande Jax d'un ton dubitatif, comme s'il essayait de me trouver des circonstances atténuantes permettant de surmonter ce que j'ai fait.

Je secoue la tête.

— *Vutain,* Tarren ! Qu'est-ce qui t'a pris, par les étoiles ?

Je hausse les épaules.

— Je pensais à son petit cul rebondi. Je l'avais déjà menacée de lui donner une fessée si elle quittait à nouveau son abri. Si vous l'aviez vu rougir, vous aussi vous auriez été obsédés par cette partie de son anatomie.

Jax esquisse un sourire.

— Oui, j'en suis sûr.

— Comment elle a réagi ? me demande Ronan.

Je souris à mon tour.

— C'est *elle* qui s'est excusée.

Jax gémit et remet son paquet en place.

— Ensuite, je l'ai laissée frotter son clitoris sur ma cuisse pendant qu'elle me recousait.

— Tu déconnes, réplique Ronan en riant et en me poussant.

Je n'insiste pas pour qu'il me croie. Je sais que c'est invraisemblable.

— Bon, allons la revendiquer, déclare Jax en se dirigeant vers l'infirmerie.

Ronan lui emboîte le pas sans poser de questions.

Je les observe un instant, avant de me lancer à leur poursuite. J'ai vu le regard de Jax. C'est le stratège du groupe, et quand il prend une décision, c'est généralement la bonne.

***

Riya

Il n'y a vraiment rien à faire à l'infirmerie. Tous les blessés ont été transférés vers les dômes que les guerriers ont montés ce matin. Apparemment, en arrivant à Zandia, le roi Zander était prêt pour une occupation post-bataille de sa planète.

Je déambule dans la salle vide et vaporise une brume désinfectante sur toutes les surfaces.

Pour être honnête, je suis en train de me cacher. J'ai peur d'approcher le moindre Zandien, là, car d'après ce que j'ai compris, le roi Zander vient d'annoncer que la chasse aux humaines était ouverte.

Je m'arrête devant le lit sur lequel s'était assis le guerrier gigantesque, Tanner. D'habitude, je ne pense pas beaucoup aux hommes, mais celui-ci occupe mon esprit depuis notre première interaction.

Il est tout en muscles, et par les étoiles, la façon dont ils ondulent à chacun de ses mouvements ! Il s'est précipité sous les tirs de lasers pour traîner les blessés à l'infirmerie afin que je passe la rotation planétaire à les soigner. Il m'a grondée lorsque je me suis aventurée dehors à mon tour.

C'est moi qui rentrerai les blessés. Si tu ressors, je te donne une fessée.

Sa menace m'avait envoyé une vague de chaleur dans tout le corps.

J'entends des pas sur le seuil, et je devine immédiatement que c'est lui.

Je me retourne, la gorge serrée.

Il n'est pas seul. À ses côtés se tiennent deux autres guerriers. J'ai l'impression qu'ils se ressemblent un peu, mais je n'en suis pas sûre. Les Zandiens ont tous un air de famille, à mes yeux.

Il s'éclaircit la gorge.

— Riya.

Je tente de déglutir, sans succès.

— Tarren.

L'un des guerriers qui l'accompagnent fait un pas en

avant et lève le poing dans un angle à quatre-vingt-dix degrés dans le traditionnel salut zandien.

— Moi, c'est Jax, et lui, c'est mon cousin Ronan, annonce-t-il en montrant du doigt l'homme plus jeune de l'autre côté de Tarren. Enfin, nous sommes tous les trois cousins. Mais tu as déjà rencontré Tarren.

Je recule, mais je suis déjà dos au mur.

— Vous êtes venus me chercher.

Je dis cela comme une affirmation, pas comme une question.

Les hommes n'avancent pas, et je leur en suis reconnaissante. Jax penche la tête sur le côté.

— Ça te fait peur, Riya ?

Sa voix a quelque chose de doux et de menaçant à la fois. Mais ce n'est pas effrayant. Excitant, plutôt. Une sombre promesse : ces hommes *peuvent* être menaçants, même s'ils ne me montrent pas encore leur fouet.

Je maudis les larmes qui me brûlent les yeux.

— Je... je ne veux pas être revendiquée.

À voix basse, Tarren lâche un juron en zandien, et son regard devient meurtrier.

— Tu as été violée.

C'est une affirmation.

J'ai du mal à respirer, mais ce qu'il vient de dire me rassure. Je hoche la tête.

— Par quelqu'un d'ici ? rugit-il presque.

Je tremble, mais je n'ai pas peur. Pas de lui, en tout cas. Seulement de mon passé. Et de l'avenir que vient de dépeindre Zander. Je secoue la tête.

Ce n'est pas arrivé ici. Seulement à l'agriferme, par les esclavagistes ocrétiens. Un nombre incalculable de fois. Ils m'ont tellement torturée avec leurs bâtons électrifiés que je suis désormais stérile.

Et je ne sais pas ce qui se passera si le roi Zander découvre que je ne suis d'aucune utilité comme reproductrice. Ou quand ces trois hommes l'apprendront.

Tarren serre les poings comme s'il voulait punir mes anciens tortionnaires.

— Tu es en sécurité avec nous, Riya, me dit Jax.

Il est aussi beau que Tarren est baraqué. Ses yeux sont pleins d'intelligence et sa voix est tellement assurée que j'ai du mal à ne pas le croire.

— Mieux vaut que tu sois revendiquée par nous, des hommes de confiance, plutôt que par un autre groupe.

Je hausse les sourcils et lâche un petit rire surpris.

— Qui te dit que je vous fais confiance ?

Il esquisse un sourire qui ferait sans doute tomber la plupart des femmes à genoux. Non qu'il y ait beaucoup de femmes sur cette planète.

— Tu fais confiance à Tarren. Et Tarren nous fait confiance. Donc par extension, on se fait tous confiance.

Cette fois, je ris pour de bon, et les trois hommes s'avancent comme si je leur lançais une invitation.

— C'est le truc le plus ridicule que...

Je m'interromps. Ils ne sont plus qu'à quelques centimètres de moi. Si proches que je perçois la chaleur de leurs torses puissants.

Tarren me glisse un doigt sous le menton et me lève la tête pour que je plonge le regard dans ses yeux brun-violet.

— Personne ne te fera plus jamais de mal, me promet-il.

Et soudain, je le crois. Comment argumenter avec un géant cornu de deux mètres dix ? Je l'ai vu en action. C'est un guerrier redoutable.

Ronan me prend la main et passe le pouce sur l'intérieur de mon poignet.

— Tu préfères certainement être revendiquée par nous, Riya, affirme-t-il.

J'ai envie de rire à nouveau, mais je n'y arrive pas. L'élancement entre mes jambes est devenu trop insistant. Le durcissement de mes tétons trop troublant.

Comme un seul homme, les trois cousins hument l'air, les narines dilatées.

— Elle est prête pour nous, commente Ronan.

Je serre les cuisses.

— N... non, pas du tout.

Tarren glisse une grande main derrière ma nuque pour la caresser.

— Tu as le droit d'être excitée, Riya, murmure-t-il. Nous sommes tes compagnons.

Je repousse le torse le plus proche, qui appartient à Jax, mais mes hommes ne reculent pas. Ils n'avancent pas non plus. Trois paires d'yeux m'observent avec intensité.

— Vous... vous n'êtes pas mes compagnons.

Pas encore.

Déjà, mon corps semble savoir que c'est inévitable. Je me mets à mouiller.

— Tu préférerais un autre guerrier ? s'enquiert Jax d'une voix douce, comme s'il savait que la réponse était non.

Je secoue la tête.

Il pose le pouce sur le pli entre mes sourcils et le caresse.

— Alors tu es à nous.

Il se penche pour m'embrasser sur le front.

— Ne lutte pas contre cette idée. Nous prendrons bien soin de toi, Riya. C'est promis.

Mon cerveau tourne à plein régime, et je me souviens de la façon dont mes deux amies humaines, Lily et Cambry, sont traitées par leurs compagnons zandiens. Comme des princesses.

Ils sont très dominateurs, ça ne fait aucun doute. Les Zandiens sont une espèce féroce et protectrice. Mais mes amies sont très heureuses.

Bien sûr, elles n'ont qu'un compagnon chacune. Et apparemment, moi, j'en aurai trois.

Je n'ai jamais demandé à être en couple.

Et il y a le souci de ma stérilité. Mais je refuse de l'avouer. Parce que j'ignore ce qui arrivera aux femmes qui ne seront pas revendiquées pour repeupler la planète. Qu'en fera le roi Zander ?

— Riya ? Lance Lily sur le seuil, et les cousins et moi nous éloignons d'un bon les uns des autres. Oh.

Mon amie humaine observe la scène et semble comprendre immédiatement ce qui se passe. Elle s'éclaircit la gorge.

— Euh, le Dr Daneth dit qu'il aurait bien besoin de ton aide à la nouvelle clinique, là.

— J'arrive.

Je me précipite vers la porte, soulagée lorsque les guerriers me laissent passer. Je n'avais encore jamais été aussi heureuse d'être interrompue.

Non, c'est un mensonge.

Une petite part de moi est déçue. Que se serait-il passé si j'avais laissé ces trois guerriers poursuivre leur offensive de charme ?

Un frisson me parcourt alors que je cours sur la place de marbre jusqu'au nouveau dôme. Tout cela n'a pas d'importance, car je ne peux pas m'accoupler à eux.

Dès qu'ils verront mes papiers, ils sauront que je ne suis pas en mesure de me reproduire, me rendant inéligible au programme de repopulation zandienne.

Bon sang, pourquoi cette idée me rend-elle aussi triste ?

CHAPITRE DEUX

J*ax*

— TU M'AS ENTENDU ?

La voix de Ronan est enthousiaste, comme toujours.

— Non, réponds-je d'un ton cassant.

La sueur perle sur mon front. Il est *possible* que je sois plus irritable que d'habitude, après le manque dans lequel nous a laissés Riya. Sans parler du fait que nous n'avons pas réussi à la conquérir. Mais je préfère m'inventer une excuse :

— Je suis occupé à mettre cette *vutain* de poutre en place.

Mes cousins et moi aidons les humains et les Zandiens qui montent les dômes. J'avoue que j'éprouve une grande satisfaction dès que j'entends le clic métallique indiquant qu'une poutre est parfaitement placée.

Compagne. Accouplement. Ces simples mots me font battre le cœur à tout rompre, impatient de revendiquer notre humaine... si elle accepte. Non, *quand* elle acceptera.

J'ai bien vu sa réaction, à l'infirmerie. Son attirance pour Tarren est indéniable, et Ronan semble l'avoir mise à l'aise. Je ne sais pas ce que je peux apporter à cette relation, à part ma détermination à ce que ça marche entre nous.

Je m'essuie le front avec l'avant-bras. Même mes cornes sont couvertes de sueur. C'est incroyable, de pouvoir travailler dehors, sous le soleil zandien, ou ce que notre espèce appelle l'*étoile zandienne légitime*. Après avoir passé la majeure partie de ma vie enfermé dans un vaisseau spatial dans l'espace aérien ocrétien, me retrouver à l'air libre sur le sol zandien me donne l'impression d'être pleinement vivant.

— Qu'est-ce qu'il y a ? dis-je à Ronan.

— Je te demandais seulement si tu avais hâte de coucher avec notre compagne, répond-il avec le sourire, agitant les sourcils dans ma direction.

Je lève les yeux au ciel. Évidemment que l'idée de ses cuisses écartées m'obsède depuis que nous avons été séparés d'elle.

Tarren pousse un grognement.

Je ne l'avais jamais vu aussi territorial. Partager Riya risque de s'avérer délicat. Mais hors de question de renoncer. Nous trouverons un moyen.

— *Vutain,* moi, je suis impatient, dit Ronan.

Il saisit son membre et le presse à travers son pantalon. Dans son autre main, il tient une vis argentée qui servira à fixer la partie sud du toit-dôme.

— C'est la plus belle humaine de la planète. Je sens que l'accouplement se passera bien.

— Tu crois toujours que les choses se passeront bien, gronde Tarren dans sa direction. Même quand tu foires quelque chose.

J'éclate de rire, et Ronan laisse tomber sa vis – je l'entends heurter une pierre – pour bondir sur Tarren en rugissant joyeusement.

Ils se battent un moment, jusqu'à ce que Tarren maîtrise Ronan. Ils halètent tous les deux, puis se mettent à rire. Tarren lâche son agresseur et lui tend la main pour l'aider à se relever.

— J'ai des doutes, admet Tarren.

Je suis étonné. Il partage rarement ses doutes et ses émotions, même avec nous. Il se frotte le front, les sourcils froncés.

— Tout ça, c'est nouveau, pour nous. Et on ne sait même pas si elle acceptera de s'accoupler avec nous. Ou si Zander nous laissera choisir la compagne qu'on veut. Jaso prétend qu'elles seront attribuées à partir de tests ADN aux Zandiens avec les meilleurs gènes, pour repeupler la planète le plus efficacement possible. Alors je ne suis pas sûr qu'on puisse avoir Riya. Si ça se trouve, un autre groupe demandera aussi à l'avoir.

Tarren serre les mâchoires, et je hisse une poutre avec plus d'efforts que nécessaire, la faisant tomber en direction de Ronan.

Il se baisse et pousse un juron.

Je me frotte le menton alors que je passe toutes les possibilités en revue. Mais ce n'est qu'un tas de suppositions émises par des hommes qui ne savent rien à rien. Je pourrais aller demander de plus amples renseignements à mon supérieur, Maître Seke. Mais il vaut peut-être mieux que j'attende les prochaines déclarations du roi Zander à ce sujet ?

Non.

Impossible, *vutain.*

Je ne compte pas attendre que l'on me donne la permission, ou que les femmes les plus séduisantes nous passent sous le nez. Non, pas les femmes les plus séduisantes. Riya.

Je ne veux pas qu'elle nous échappe. Elle est parfaite pour nous. Il y a de l'alchimie entre nous. Une attirance que nous avons tous perçue, dans l'infirmerie.

— Il va falloir qu'on la revendique avant, alors, déclaré-je.

— Je veux la revendiquer en premier, annonce Ronan, comme si cela suffisait.

Je lui jette un regard sévère.

— Nous devrons en discuter.

— On devrait peut-être la laisser en décider, suggère Tarren, bien que le grondement dans sa voix indique que cette idée lui déplaît.

— Décider de quoi ? De si elle veut de nous, ou de qui la revendique en premier ?

— De qui la revendique en premier.

Par les étoiles. Sommes-nous sérieusement en train de nous prendre la tête pour savoir qui la pénétrera en premier ? Il nous faut avant tout la percer et la lier fermement à nous.

— Nous le ferons par ordre d'ancienneté, tranché-je du même ton calme et décidé que j'emploie chaque fois que ces deux entêtés se disputent. Comme Tarren est le plus âgé, il passera d'abord. Puis moi, et enfin toi, Ronan.

Pour être honnête, je ne suis pas sûr de la logistique, mais je pense qu'il nous faut un plan.

Ronan lève les yeux au ciel.

— Non, cousin. Nous la prendrons tous en même temps, dit-il tout simplement, comme si c'était un fait indéniable.

Je hoche la tête. Cette idée me plaît autant, voire plus, que de la prendre tout seul.

— Mais nous rendrons sa première fois avec nous tellement incroyable qu'elle nous suppliera de recommencer, encore et encore, ajoute Ronan d'un ton assuré. Comme la petite soumise qu'on a *vutée* au centre commercial du sexe de Prium. Tu te souviens comme ça lui plaisait, d'avoir trois Zandiens en même temps ?

J'esquisse un sourire à ce souvenir. *Vutain,* c'était génial. Prendre trois queues en même temps avait rendu cette soumise tellement folle de désir qu'elle nous avait satisfaits encore et encore.

— On ne sait pas si les humaines sont pareilles, tempéré-je, bien que je sois obligé de me détourner pour ne pas montrer mon excitation.

Ronan ramasse sa vis, de nouveau de bonne humeur.

— Ça lui plaira, quand elle en aura fait l'expérience.

Ce n'est pas une mauvaise idée. Satisfaire la petite humaine, la percer, voire lui mettre un petit dans le ventre avant la fin de la semaine. Quand Zander fera d'autres annonces, elle sera déjà à nous, et il ne pourra pas ignorer notre revendication.

— Pauvres humains mâles, qui ne pourront pas profiter de leurs propres femelles, commente Ronan.

Il jette un regard à l'autre bout du dôme, où deux humains travaillent dans la chaleur sèche. Ils semblent être à la peine.

Personnellement, je n'ai jamais beaucoup songé à leur sort. Je hausse les épaules.

— Le plus important, c'est la survie de Zandia. L'ADN humain coexistera avec le nôtre, ça leur fera peut-être plaisir.

Ronan hausse un sourcil.

— Ça n'a pas l'air de les rendre fous de joie.

Je me tourne de nouveau vers les humains. Ils sont beaucoup plus faibles que nous, incapables de travailler aussi dur ou aussi longtemps, même s'ils font preuve d'intelligence et nous ont beaucoup aidés dans la capsule d'entraînement.

— Ils ne seront pas traités injustement, dis-je.

Selon moi, le simple fait de les laisser rester ici est déjà très généreux de la part de Zander, car si les Ocrétiens découvrent que nous accueillons des fugitifs ayant échappé à leurs capsules de la mort, ils nous déclareront la guerre.

— Et qui sait ? ajouté-je. Ils trouveront peut-être une autre espèce avec laquelle s'accoupler, un jour.

En tout cas, ce n'est pas mon problème.

— Ils choisiront peut-être de s'installer ailleurs ? Zander a accepté de les escorter jusqu'à Jesel, où se cachent d'autres rebelles humains. Ils y trouveront peut-être des compagnes, dans quelques cycles à l'avenir. Quoi qu'il en soit, ils ne trouveront pas ça ici, dit Ronan en installant sa vis. Mais assez parlé d'eux. Parions sur le temps qu'il nous faudra pour mettre notre compagne enceinte.

L'idée de mettre un petit dans le ventre plat de Riya me fait bander à nouveau. Mais avoir une compagne ne tourne pas seulement autour du sexe. Je ferais mieux de faire des recherches sur la meilleure façon de s'occuper d'une humaine. Tous les Zandiens accouplés à une femme de leur espèce disent qu'elles sont particulièrement sensibles. Qu'elles éveillent des émotions depuis longtemps en dormance chez notre espèce. Je le constate déjà avec Tarren. Riya le met dans tous ses états.

D'ailleurs, je crois qu'elle me fait déjà le même effet.

Je dois découvrir comment attacher, discipliner et dresser notre humaine, si nous voulons que notre plan réussisse.

Mon membre se presse contre mon pantalon d'uniforme alors que je m'imagine la punir. Par les étoiles, je suis capable d'imaginer mille raisons de la déshabiller, de l'attacher et de la fesser jusqu'à ce que sa peau rougisse. Mais aimera-t-elle cela ? Il paraît que ce genre de châtiments excitent les humaines. Ai-je tort d'espérer que cela plaise également à Riya ?

Je brûle les étapes. Avant toute chose, il faut en faire notre compagne.

~

Riya

Lily et moi nous dirigeons vers la capsule d'entraînement posée à terre après avoir travaillé dans le nouveau dôme médical, et nous passons devant des guerriers zandiens et des humains occupés à rebâtir la capitale. Certaines équipes enlèvent les gravats, tandis que d'autres montent des dômes. Déjà, la ville semble presque habitable, ce qui m'épate, vu que seulement une rotation planétaire plus tôt, nous étions toujours en pleine bataille.

Je tente de ne pas montrer que je cherche mes trois guerriers des yeux.

Lily jette un regard par-dessus mon épaule et lève le menton.

— Là-bas.

— Quoi ?

— Tes prétendants... admirateurs. Ou je ne sais quoi.

Je ne peux pas m'empêcher de suivre son regard, et... bon sang. J'en ai le souffle coupé. Ils sont là. Ils ont enlevé leurs tuniques pour travailler torse nu, exposant chacun de leurs muscles développés sous leur peau aux tons violets.

Lily me donne un petit coup dans l'épaule et me sourit.

— J'ai eu l'impression qu'ils te faisaient du rentre-dedans, à l'infirmerie.

Je me mets à rougir.

— Du rentre-dedans. Oui, je crois que c'est le bon terme. Tout ce qu'ils veulent, c'est une femme pour le projet du roi Zander.

— Bien sûr. Mais je pense qu'ils veulent que cette femme, ce soit *toi,* en particulier.

J'émets un son évasif.

— Alors ?

— Alors quoi ?

— Qu'est-ce que tu penses d'eux ?

D'une voix chevrotante, je réponds :

— Euh... je ne sais pas trop.

— Ils sont cousins, je crois. D'après Rok, ils font partie des meilleurs guerriers que Seke ait entraînés. Et ils sont beaux, tu ne trouves pas ?

— Je ne suis pas intéressée, mens-je.

Je refuse de les regarder à nouveau, mais mes joues me brûlent lorsque je songe à la réaction de mon corps, quand ils m'ont approchée. Ou – par les étoiles ! – à la sensation de la grande main de Tarren sur mes fesses. À la façon dont je me suis frottée à lui.

— Je sais que tu les trouves beaux, insiste Lily. Tu as le droit de les mater. C'est toi qui commandes, de mon point de vue.

Nous avons dépassé la zone où travaillent les hommes, et je dois me concentrer pour ne pas ralentir le pas ou faire demi-tour.

— Ah bon ? Pourquoi tu dis ça ?

— Il n'y a pas de femmes zandiennes disponibles. Et il n'y a que... quoi ? Vingt-cinq humaines sur cette planète ? Et ils ont déterminé que nous étions compatibles avec leur espèce. Alors tu seras très demandée.

— Oui, mais c'est eux qui commandent. Les humains n'ont pas leur mot à dire, dans cette galaxie comme dans les autres. Tu l'as oublié ?

Lily hausse les épaules.

— Je te dis juste que tu as plein d'options. Si ces trois-là ne te conviennent pas, jette ton dévolu sur un autre guerrier, et ils se battront tous pour toi.

— Mais dans tous les scénarios, je deviendrai un utérus sur pattes pour Zandiens. Je serai revendiquée par plusieurs guerriers pour la survie de leur espèce. Je me trompe ?

Lily pose une main sur mon bras.

— Les Zandiens sont des êtres honorables. Ils ont beau être dominateurs et autoritaires, on peut raisonner avec eux. Leur génération vit sans femmes depuis des années, désormais, et ils n'ont pas l'habitude des humaines. Mais crois-moi quand je te dis qu'après une période d'adaptation, on est *très compatibles*.

— Et si je ne veux pas m'accoupler du tout ? Avec qui que ce soit ?

Lily se mordille la lèvre, ses yeux verts pleins de regrets.

— Je ne sais pas. Les humains ne sont pas réduits en esclavage, ici, mais nous sommes leurs invités. À mon avis, soit on s'intègre, soit on s'en va.

C'est justement ce que je craignais.

Étant donné que mes anciens propriétaires m'ont condamnée à mort et que j'ai sur la nuque un code-barres avec des informations accessibles à tout être qui le scannerait aux quatre coins de la galaxie, je ne peux pas quitter Zandia. Plutôt mourir que de retrouver l'agriferme et ses esclavagistes violents. Alors je n'ai d'autre choix que d'écarter les cuisses pour pas un, mais trois extraterrestres gigantesques et cornus.

Douce Terre mère, j'espère qu'ils mettront très longtemps à comprendre qu'aucun bébé zandien ne grandira dans mon ventre.

Parce que j'ignore ce qu'ils me feraient subir.

Ronan

— Prems pour le tube de lavage ! lancé-je dès que nous terminons le travail avant de me précipiter vers la capsule palatiale.

— Connard, grommelle Jax.

J'entends son pas lourd me poursuivre, mais j'ai pris de l'avance. En plus, c'est moi le plus rapide, et de loin.

J'atteins nos quartiers communs et me rue sur le tube de lavage, sans m'arrêter pour me déshabiller avant que la porte se soit refermée derrière moi.

Je ris lorsque Jax jette l'une de ses chaussures contre la porte close.

J'en ai fait un jeu, mais j'étais réellement pressé. Nous devons nous laver et nous mettre en quête de notre compagne.

J'ai vu tous les *vutains* de regards se braquer sur Riya quand elle marchait avec Lily, et cela m'a donné envie de tabasser tous les guerriers qui oseraient convoiter notre femelle.

J'avoue, je suis un compétiteur. Par chance, mes cousins sont pareils. J'ai entendu Tarren grogner à mes côtés, et Jax avait l'air froid et calculateur qu'il prend lorsque quelqu'un se met en travers de notre chemin.

J'estime que nous devons ramener Riya dans notre disque de sommeil, ou notre chambre – peu importe – avant la fin de cette rotation planétaire.

Le souci, c'est que la beauté brune au corps de rêve est sur ses gardes. Elle a été abusée par des hommes, alors hors de question de la forcer. Et je sais que Tarren et Jax sont du même avis. D'ailleurs, Tarren avait l'air de vouloir mettre la main sur les salauds qui l'ont violée pour leur arracher la tête.

Mais nous ne pouvons pas non plus traîner. Notre groupe doit être formé avant que le roi Zander fasse sa prochaine annonce. Et mes cousins et moi, nous ne savons vraiment pas comment séduire une humaine.

Le tube de lavage se vide, et je saute l'étape séchage, appuyant sur le bouton pour ouvrir la porte.

— À toi, mon beau, dis-je en souriant à Jax, qui monte dans le tube. Fais vite, on a une femme à courtiser.

— Tu ne sais même pas ce que *courtiser* veut dire, grommelle Tarren depuis son disque de sommeil, sur lequel il s'est assis pour retirer ses bottes.

— Toi non plus, répliqué-je en lui passant devant pour enfiler l'uniforme d'un blanc pur de Zandia.

— Alors, c'est quoi ton plan, monsieur le romantique ?

— Je pense qu'on devrait aller chercher Riya et lui proposer une visite de la capsule palatiale. Elle n'est jamais entrée, si ? Elle est sans doute curieuse. C'est beaucoup plus luxueux que la capsule d'entraînement à laquelle elle est habituée. Elle préférera peut-être s'installer ici.

Tarren lâche un grognement amusé.

— Tu crois vraiment que ça sera aussi facile ? Qu'elle décidera de rester après avoir vu nos appartements ?

Je souris.

— Je comptais sur Jax et toi pour peaufiner mon plan.

Notre cousin écourte justement sa douche et sort du tube de lavage. Tarren prend sa place.

— C'est un bon résumé de notre stratégie, commente Jax d'un ton sarcastique.

Visiblement, il a écouté notre conversation. Je hausse les épaules.

— Au moins, c'est une expérience qu'on vivra ensemble, non ?

Jax revêt son uniforme. Le front plissé, il garde le silence pendant qu'il réfléchit. Je suis vraiment content que nous soyons dans le même bateau, car à mon avis, j'aurais du mal à séduire une femme tout seul. Je ne suis pas aussi baraqué que Tarren ou aussi malin que Jax. Moi, je suis le cousin qui fait rire. Mais nous sommes complémentaires, mes cousins et moi. Et je suis heureux de partager une femme avec eux.

Tarren émerge du tube.

— *Vutain,* il était temps. Allons chercher notre compagne, dis-je.

Tarren traverse l'appartement à grands pas, complètement nu, et ramasse son uniforme.

— On devrait la laisser tranquille. On est trop insistants.

Jax croise les bras, mais ne dit rien. Le connaissant, il est en train de peser le pour et le contre.

— Et puis *vut,* interviens-je. Un autre guerrier est sans doute en train d'essayer de lui mettre la langue dans l'oreille en ce moment même.

J'ai choisi ces mots avec attention, conscient qu'ils feraient réagir mes cousins.

J'ai vu juste.

Tarren grogne et enfile son pantalon en vitesse.

— Vous voulez laisser faire ?

— C'est bon, arrête de nous provoquer, m'avertit Jax.

Je n'ai même pas le temps de compter jusqu'à dix avant que nous passions tous la porte. Tarren ouvre la marche, les poings serrés. Jax et moi lui emboîtons le pas et échangeons des regards chaque fois que notre cousin pousse quelqu'un sur son passage.

Alors que nous quittons la capsule palatiale, nous croisons Maître Rok et sa compagne Lily, et nous nous arrêtons net. Après quelques courbettes et salutations ampoulées, Lily pointe du doigt la capsule d'entraînement.

— Riya est dans sa chambre.

Jax redresse l'échine. Les narines de Tarren se dilatent.

— C'est où ?

— C'est une cellule de prison qu'elle partage avec plusieurs autres humaines. La numéro onze ou douze, si je me souviens bien.

Nous nous inclinons tous à nouveau.

— Merci, Lily, estimée compagne de Maître Rok, murmuré-je.

Lily sort un poignard de son fourreau et le pointe sur chacun d'entre nous tour à tour.

— Si vous forcez cette fille à faire quoi que ce soit, je vous couperai les couilles. Pigé ?

Rok esquisse un sourire amusé, mais il ne tente pas de calmer sa femme.

Tarren serre les mâchoires et les poings.

— *Personne* ne forcera Riya, gronde-t-il.

— Et certainement pas nous, renchéris-je.

Lily hoche la tête d'un geste raide et rengaine sa lame.

— Alors bonne chance à vous.

Rok lâche un petit rire alors qu'il s'éloigne avec elle.

Mes cousins et moi échangeons un regard et traversons les ruines jusqu'à la capsule d'entraînement.

Alors que nous parcourons les lieux, Jax étouffe un juron. Il s'agit d'une ancienne capsule de la mort ocrétienne, créée pour exterminer tous les êtres à bord, alors elle est conçue comme une prison. Les cellules ont beau avoir été équipées de matelas et de couvertures, ça reste un *vutain* de trou à rat.

Pire encore, les lieux sont *envahis* par les hommes. Alors que nous passons devant les rangées de cellules, nous voyons groupe après groupe de Zandiens entassés autour des femmes. Leurs voix graves taquinent et se vantent.

Argh. Si c'est comme ça que l'on courtise, chez mon espèce, ma fierté de Zandien en prend un coup.

Lorsque nous atteignons le numéro onze, c'est la même chose. Cinq hommes sont entassés dans la cellule avec Riya et trois autres humaines. Elle est dos au mur, et elle semble cent fois plus sur ses gardes que tout à l'heure.

Elle croise le regard de Tarren lorsqu'il se fraye un chemin vers elle, ouvrant la voie à Jax et moi. Il lui tend la main.

— Viens.

J'ai envie de lui donner un coup de coude, car il a dit cela comme un ordre et non comme une requête, mais notre compagne n'hésite pas. Elle a envie d'être secourue. Elle saisit la main de Tarren et se faufile entre les corps pour nous rejoindre. Dès qu'elle est assez proche, mon cousin la soulève dans ses bras.

La surprise illumine le visage de Riya, mais elle ne proteste pas et ne jette pas le moindre regard vers la scène qui se tient derrière elle alors que nous nous éloignons. Une fois dans le couloir, libérée des hormones masculines et des postures agressives, elle agite les pieds.

— Je suis capable de marcher, tu sais.

— Tu ne marcheras *jamais* si je peux te porter, gronde

Tarren. Pas quand d'autres hommes te tournent autour comme des bêtes.

— Et tu trouves que vous trois, vous êtes différents ?

La note dans sa voix est courante chez les humains. Je ne connais pas encore très bien toutes les nuances de leurs modes de communication, mais je pense qu'il s'agit de sarcasme.

— Tu es venue avec nous, non ? réplique Jax.

Elle tourne ses yeux dorés ourlés de longs cils vers lui. Elle pince les lèvres, mais peine à masquer un début de sourire.

— C'était un moindre mal, grommelle-t-elle. Tu peux me reposer, maintenant ?

Elle se remet à lutter contre Tarren alors que nous quittons la capsule.

—On va où ?

— Ça te dirait, de visiter la capsule palatiale ? m'enquiers-je, d'un ton qui laisse entendre qu'il s'agit d'un honneur. Tu as déjà vu la Grande Salle ?

Elle cesse de se débattre.

— Non.

— Ça te fait envie ? C'est très beau.

— Seulement si je peux marcher.

Jax sourit face à cette petite victoire. Tarren s'arrête et la pose sur ses pieds sans un mot ni un sourire, toujours en mode protecteur bourru. Je ne préfère pas imaginer ce qui serait arrivé si nous avions surpris un autre homme en train de toucher Riya dans sa cellule. Quand mon cousin tient à quelque chose, il ne vaut mieux pas le provoquer.

Jax prend l'une des mains de Riya dans la sienne, et je me hâte de saisir l'autre, puisque Tarren l'a déjà prise dans ses bras.

Alors que nous pénétrons dans la capsule palatiale, Jax

et moi commençons à lui en faire un commentaire détaillé, expliquant une partie de l'histoire de notre espèce et notre survie après l'invasion de notre planète par les Finn.

Elle marche entre nous, mais je ne crois pas qu'elle nous écoute.

Elle semble… inquiète. Et cela me donne en vie de la prendre dans mes bras pour chasser ses peurs.

Craint-elle que nous l'emmenions dans nos appartements pour coucher avec elle ?

Vut, c'est un scénario qui nous a sans doute traversé l'esprit à tous les trois. Il faut que je trouve une autre tactique. Et vite.

~

Riya

J'aimerais bien que les guerriers me lâchent les mains. J'ai les paumes moites à cause du stress, et savoir que je ne peux pas m'échapper si je le souhaite ne me plaît pas du tout.

Ronan semble percevoir mon malaise, car il n'arrête pas de jacasser comme s'il cherchait à me changer les idées.

Le problème, c'est que ça me rend encore plus nerveuse.

Ces types ne sont pas comme les esclavagistes *ocrétiens,* mais je sais ce qu'ils veulent. Sont-ils en mesure de me violer ? Oui. Le feront-ils ?

Je me remémore la colère de Tarren lorsqu'il a réalisé que l'on avait abusé de moi.

Non. Je suis en sécurité.

Mais pas immunisée contre leurs charmes.

C'est insensé. Je ne peux quand même pas me laisser séduire par ces hommes ! Ce serait encore pire que d'accepter de devenir leur compagne. Parce que je ne resterai pas avec eux bien longtemps. Pas quand ils apprendront que je suis stérile.

J'arrête de marcher. Nous avons pris l'ascenseur jusqu'à l'étage principal, et ils m'ont fait visiter l'opulent palais. À présent, nous nous trouvons dans le couloir vide d'un étage inférieur, et à mon avis, c'est là que se trouvent leurs appartements.

— Écoutez, dis-je en reprenant mes mains pour les placer sur mes hanches. Vous pensez me vouloir pour compagne ?

Je lève les yeux vers leurs beaux visages : leurs mâchoires carrées, leurs peaux lisses aux tons violets. Leurs regards affamés.

Trois paires de cornes s'inclinent vers moi. Les cousins acquiescent.

Je secoue la tête.

— Je ne suis pas l'être qu'il vous faut. Je ne ferais pas une bonne compagne.

— Bien sûr que si, répond Jax sans la moindre hésitation. Tu es à nous.

Je fais un pas en arrière, et mes fesses se retrouvent collées au mur. Les trois hommes approchent.

— Vous... vous ne me connaissez même pas. Vous ne savez rien à mon sujet.

Je hais la note suraiguë dans zma voix.

— Moi, je te connais, intervient Tarren, le plus taciturne d'entre eux, d'habitude. Je sais que tu es courageuse et entêtée.

Son commentaire me laisse stupéfaite. Je ne m'attendais certainement pas à ces mots-là, dans sa bouche.

— Je sais que tu es sensible, même si tu joues les dures, poursuit-il. Tu as beaucoup d'empathie pour les êtres qui t'entourent, quelle que soit leur espèce. Tu as risqué ta vie pour en sauver d'autres, pendant la bataille.

Je retiens mon souffle. Le regard de Tarren se plante dans le mien, me clouant au mur. Il fait un pas vers moi.

— Toi aussi, dis-je d'une voix rauque.

Toute ma vie, je n'ai été qu'un code-barres. J'avais des amies humaines, c'est vrai, mais j'ai toujours été perçue comme une marchandise.

Je croyais que Tarren et ses cousins aussi me voyaient comme ça.

Il penche la tête vers moi, ses lèvres à un cheveu de mes tempes, et murmure :

— Je sais que tu rougis quand tu m'imagines te revendiquer.

Je me mets à mouiller, et mon sexe se contracte à ses mots. Sa peau chaude et si proche de la mienne !

— Je connais la forme de tes fesses sous mes paumes, ajoute-t-il.

Je me mords la lèvre pour ravaler un halètement. Je serre les fesses, comme pour me remémorer la sensation de ses mains.

— Je connais l'odeur de ton excitation.

Son regard parcourt mes seins, mes tétons durs bien visibles à travers le tissu de ma tunique.

— Je la sens en ce moment même.

Je ne peux retenir un petit gémissement. Je colle mes cuisses tremblantes l'une à l'autre pour soulager l'élancement dans mon clitoris.

Ronan soulève doucement le bas de ma tunique, comme si de rien n'était. Quand je tente de chasser sa main, il sourit.

C'est un sourire mutin qui me met à l'aise, malgré l'audace de son geste.

— Il faut absolument que je voie ta culotte, dit-il avec un clin d'œil. Tu me laisses y jeter un regard, Riya ?

Je rougis. Je commence à repousser sa main, mais je n'arrive pas à retenir le rire qui me monte dans la gorge. Par les étoiles, je n'aurais jamais cru glousser face à un homme qui me déshabille.

Les deux autres cousins sourient également, timidement, comme s'ils n'étaient pas sûrs de pouvoir se détendre tout de suite.

— Allez, Riya, renchérit Jax en tournant le charme au maximum. Illumine notre rotation planétaire en nous montrant ta culotte.

Je dois m'empourprer encore plus, car j'ai l'impression d'avoir les joues en feu. D'ailleurs, je me couvre les yeux d'une main avant de me soumettre à leurs regards.

Une large main se pose sur la mienne, bloquant toute la lumière.

— Laisse-moi faire, dit Tarren.

L'un d'entre eux siffle. Jax, je crois.

— Femme, si tu savais à quel point on a envie d'arracher ce bout de tissu pour plonger entre tes jambes, il n'y a pas que tes yeux que tu couvrirais, là, dit-il d'une voix plus grave que d'habitude.

J'ai envie de baisser ma tunique, mais l'une de mes mains est toujours sur mes yeux, sous la paume de Tarren, et l'autre est prisonnière de celle de Ronan.

— Donne-moi l'autre, dit Tarren doucement, et mon autre main lui est confiée.

Il l'ajoute à la pile qui couvre mes yeux.

— Ne bouge pas, Riya, me murmure-t-il à l'oreille d'une voix rauque. Ronan va t'inspecter de plus près.

Je sursaute lorsqu'une chaleur couvre soudain ma culotte, comme si Ronan y avait posé la bouche. Il me mordille dans une autre vague de chaleur mouillée.

Je me tortille, sans savoir si je tente de lui échapper ou de me coller à lui.

— Tu veux qu'il te fasse du bien, Riya ?

C'est la voix de Jax, je pense. Je bouge la tête, sans vraiment la hocher ou la secouer.

L'un des cousins tapote mes tétons à travers ma tunique. Ils sont durs comme du cristal zandien.

— Elle en a envie.

— Non, gémis-je.

Mais j'écarte les jambes et plaque mon pelvis à la bouche de Ronan. Il grogne et repousse ma culotte sur le côté.

Son premier coup de langue m'arrache un cri.

— Oh, *vutain,* gronde-t-il. Elle est délicieuse.

Jax étouffe un rire, mais je ne comprends pas ce qu'il rétorque à son cousin d'un ton taquin, car Ronan se remet à utiliser sa langue entre mes jambes, traçant les contours de mes petites lèvres, lapant mon clitoris.

L'un d'entre eux, sans doute Jax, plaque les mains sur mes fesses, les pétrissant pendant que Ronan poursuit ses coups de langue qui me poussent à me mettre sur la pointe des pieds et à me frotter à sa bouche.

J'ai les jambes tremblantes, et je suis trempée. Je me suis déjà caressée, et j'ai été prise de force, mais rien ne m'avait préparée pour ces sensations, cette torture exquise.

— Ne la laisse pas jouir.

Cet ordre inflexible vient de Jax, et je me raidis, freinée dans mon plaisir.

— Pas avant qu'elle ait accepté d'être à nous.

Ronan enlève sa langue. Seul son souffle chaud touche mon clitoris lancinant.

— Ronan, gémis-je.

Les mains sur mes fesses deviennent plus fermes, comme un avertissement. Je me souviens que Tarren a menacé de me fesser, lors de la rotation planétaire précédente. Ces hommes traitent-ils vraiment leurs femmes ainsi ? Avec des châtiments corporels ?

Douce Terre mère, cette idée ne devrait pas m'exciter à ce point.

— À qui appartiens-tu, ma belle ? me demande Jax de la voix douce d'un professeur en pleine leçon.

Mon côté rebelle veut répondre « À aucun homme ». Mais je crains que ce ne soit pas vrai. Si je leur dis non, Zander risque de m'attribuer à d'autres guerriers. En plus, j'ai déjà cédé. Ils le savent. Je le sais. Je ne serais pas debout dans ce couloir avec la tunique autour de la taille, si je n'avais pas déjà accepté.

Et bon sang, j'ai envie de savoir comment c'est, d'atteindre l'orgasme contre la bouche d'un homme. Je ne savais même pas que cette pratique existait.

Je me détends contre les mains de Tarren, qui maintiennent les miennes sur mes yeux.

— À vous. J'appartiens à vous trois. Tarren, Ronan et Jax.

Les trois hommes grognent à l'unisson. Ils poussent des jurons étouffés et resserrent leur prise sur moi.

Ronan plonge sur mon sexe comme si c'était son oxygène alors que Jax lui dit :

— Fais ça bien. Récompense notre petite compagne de toutes les façons possibles.

Il me pétrit les fesses d'une main, tandis que de l'autre, il soulève davantage ma tunique pour me caresser les seins.

Tarren ôte les mains qui me cachent les yeux et s'empare de ma bouche. Ses points de suture me chatouillent le visage alors que ses lèvres s'écrasent sur les miennes, chaudes et possessives.

Il avale mon cri lorsque Ronan se met à sucer mon clitoris.

— Fais-la jouir, gronde Tarren. Montre-lui ce qu'elle pourra attendre de nous.

Ses mots me donnent le tournis. Veut-il dire que je peux m'attendre à des orgasmes ? À du plaisir ? Ou simplement à ce qu'ils utilisent mon corps comme bon leur semble chaque rotation planétaire ?

Je ne suis pas sûre de la réponse, car Ronan glisse un doigt épais dans mon antre et caresse ma paroi interne tout en suçotant ma partie la plus sensible.

Je crie et passe une jambe au-dessus de son épaule, collant mon sexe trempé à sa bouche alors qu'il enchaîne les coups de langue, me faisant succomber.

— *Ronan Tarren Jax,* ânonné-je, incapable de réfléchir alors que des spasmes de plaisir me submergent.

Je me laisse tomber contre le torse de Tarren, seulement retenue par deux bras musclés. Ronan retire ses doigts.

Tarren me soulève à nouveau, sur sa hanche, cette fois, comme une mère porterait son enfant.

— Allons dans nos appartements, dit-il. Je veux goûter à ce délice, moi aussi.

Tarren

Je porte Riya jusqu'à nos quartiers et la pose sur ses

pieds. La méfiance réapparaît sur ses traits, et sa respiration est saccadée, mais ses tétons pointent toujours sous sa tunique. Et l'odeur de son excitation m'emplit toujours les narines, m'empêchant de me concentrer.

— On devrait la percer, murmure Jax.

Il sort le sachet de cristaux que nous avons travaillé toute notre vie pour acheter. Lors du rituel d'accouplement zandien, la compagne est percée de cristaux pour être marquée.

Je hoche la tête, soulagé que le cerveau de Jax fonctionne mieux que le mien. Il glisse les doigts dans le sachet et en sort plusieurs cristaux, qu'il examine à la lumière.

— Ronan, va chercher l'équipement, et tout ce qu'il nous faudra pour revendiquer une compagne humaine.

Ronan hésite.

— Et si on ne nous autorise pas à la revendiquer ? Vous croyez qu'on doit d'abord demander la permission ?

— Non, réponds-je en chœur avec Jax d'un ton cassant.

Les inquiétudes de notre cousin sont légitimes. Mais nous avons déjà déterminé qu'il valait mieux la revendiquer avant les prochaines annonces du roi.

— D'accord, marmonne-t-il. Je vais vous trouver ça.

Riya déglutit et fait un pas en arrière. Pour mon plus grand désarroi, elle a pâli.

Jax saisit ses doigts tremblants et les serre dans ses mains.

— Le perçage ne fera pas mal. On anesthésiera d'abord les zones. Tu ne sentiras rien.

La tension irradie de ses épaules, et j'ai l'impression qu'elle est prête à prendre ses jambes à son cou.

— Où... où comptez-vous me percer ?

Je ne peux pas m'empêcher de sourire.

— Où on voudra, Riya.

Jax me jette un regard qui veut dire « *Tu ne nous aides pas beaucoup, là* ».

— Où aimerais-tu porter nos cristaux ? lui demande-t-il.

Elle se tire les lobes d'oreilles.

— Là, très bien, dit Jax d'une voix douce en s'approchant d'elle.

De son index, il lui caresse les tétons à travers sa tunique.

— Et là, qu'est-ce que tu en dis ?

Elle déglutit.

— Je... je ne sais pas.

Comme je ne suis pas doué pour rassurer les êtres avec mes mots, je fais ce que je fais de mieux. Je la soulève, m'assois sur mon disque de sommeil et l'installe sur mes genoux. Au début, elle se raidit, puis se détend petit à petit, et l'odeur de son excitation toute neuve me rend fou de désir.

Sentir ses fesses moelleuses contre mon sexe provoque une réaction immédiate sur mon corps. Son odeur exotique – boisée et sucrée – m'emplit les narines. Mon membre se presse douloureusement contre mon pantalon, et j'écarte les doigts sur l'une de ses cuisses fermes pour la coller à moi.

— Riya, dis-je d'une voix encore plus grave que la normale. On sait que tu as été maltraitée... terriblement. Mais tu peux nous faire confiance. Si Jax te dit que quelque chose n'est pas douloureux, c'est que c'est vrai. Les Zandiens ne mentent pas.

À l'exception de l'ordure que nous prenions pour un ami. Mais je refuse de penser à lui en cet instant.

Je ne peux pas m'empêcher de jouer avec l'un de ses seins. Je le palpe, le caresse. Je me penche dessus et fais glisser mes dents sur son téton.

— Nous serons fiers de te voir porter nos cristaux, dis-je.

Je l'imagine déjà toute nue, parée de nos bijoux. Ça me

fait perdre la tête. Je lâche son sein des yeux et lui soulève le menton.

— Dis-moi ce qui te fait peur.

Elle frémit et se touche l'œil.

— J'ai envie de vous faire confiance. Mais... je n'ai pas eu une bonne expérience avec le genre masculin. C'était vraiment terrible. Je ne parle pas seulement des bâtons électrifiés, mais des...

Elle se touche à nouveau l'œil.

— Je ne suis pas sûre de pouvoir être ce qu'il vous faut, dans ce domaine.

Jax se rapproche et lui glisse les doigts dans les cheveux.

— On ne te fera pas de mal, petite humaine. On veut te donner du plaisir, Riya.

Elle lève les yeux vers lui et se frotte les lèvres l'une contre l'autre. C'est le regard qu'elle m'a lancé à l'infirmerie, pendant la bataille. Quand j'avais les mains sur ses fesses. Un regard vulnérable. Excité. Apeuré.

Ronan revient avec une boîte pleine d'objets, un grand sourire aux lèvres.

— Tu n'as pas eu de problèmes ? lui demande Jax.

Il hausse les épaules.

— Le Dr Daneth voulait l'examiner et tester ses gènes avant l'accouplement, mais je lui ai dit que c'était elle qu'on voulait, et qu'on se fichait des résultats.

Je sens quelque chose de salé, et je réalise que Riya ravale des larmes. Des alarmes retentissent en moi. Est-elle terrifiée à ce point ?

Mais Jax lui glisse un doigt sous le menton.

— Tu vois, ma jolie ? C'est toi qu'on veut.

Comme je n'ai aucune envie qu'elle quitte mes genoux, je tire sur sa tunique jusqu'à ce qu'elle lui découvre les fesses.

— Lève les bras, lui ordonné-je.

Elle obéit. Je fais doucement passer le vêtement au-dessus de sa tête.

Vutain, elle est parfaite. Ses seins sont petits et fermes, et ses tétons dressés sont couleur pêche. Je les saisis tous les deux, arrachant un grognement à Jax.

— On veut regarder aussi.

Je pétris et caresse les seins de Riya, pinçant ses tétons jusqu'à ce qu'ils durcissent encore plus.

— Je la prépare juste pour vous, répliqué-je d'un ton bourru.

Jax hausse un sourcil et Ronan lève les yeux au ciel, mais ils ne protestent pas. Ronan vaporise le même spray analgésique que Riya a utilisé sur moi à l'infirmerie sur ses deux tétons, puis sur son propre doigt pour lui en enduire les lobes.

— Ailleurs ? demande-t-il.

— Ici, dis-je en indiquant son nombril.

Ronan s'agenouille et je gémis presque en me remémorant les sons qu'elle faisait, la dernière fois qu'il était entre ses jambes.

Il hausse un sourcil et me montre l'entrejambe de notre compagne.

— Tu veux qu'on la perce ici aussi ?

Mon membre hurle *oui,* mais Riya s'est de nouveau raidie.

Jax secoue la tête, et Ronan suit son opinion.

Il glisse un cristal dans un pistolet de piercing, ainsi qu'une tige de platine. J'emprisonne les mains de Riya sur ses genoux et la saisis par la taille pour l'empêcher de bouger. Ronan s'avance, mais quand notre compagne grimace, il hésite.

Jax lui prend le pistolet des mains et lui perce les oreilles en un rien de temps.

— Tu vois ? dit-il en caressant ses jolies joues. Ce n'est rien du tout. Tu as mal ?

Elle secoue la tête.

— Parfait. Pince-les pour moi, Tarren.

Il me montre ses seins.

Avec grand plaisir.

Je place les mains prisonnières de Riya derrière sa tête, et soulève un téton en direction de Jax. Cette fois encore, d'un geste adroit, il perce Riya avec efficacité. Je change de main pour lui présenter l'autre téton, et c'est terminé.

— Maintenant, le nombril, dit Jax.

Il s'agenouille à nos pieds et en trace le contour avec son doigt.

— En haut ou en bas ?

C'est à notre compagne qu'il pose la question, mais avant qu'elle puisse répondre, je grogne :

— En bas.

— Ça te convient, ma belle ? s'enquiert-il en lui adressant son sourire le plus charmant.

Je ne sais pas comment il fait pour toujours être aussi détendu et assuré.

Elle hoche la tête, un peu tremblante.

Je pince un morceau de chair sous son nombril. En un instant, Jax l'a percée là aussi.

— Un autre endroit ? nous demande-t-il à tous. Sur le visage ?

Riya secoue fermement la tête, et Jax rit.

— D'accord, ma jolie. Ça suffit, alors. C'est bien. Merci pour ta soumission.

— Je n'ai pas vraiment eu le choix, marmonne-t-elle.

Je me hérisse en songeant à toutes les fois où sa capacité à choisir lui a été enlevée. Ça me rend malade, qu'elle puisse nous ranger dans la même catégorie que ces *vutains* d'Ocrétiens.

— Par les étoiles, tu nous prends pour des monstres ? demandé-je d'un ton cassant.

Je ne voulais pas me montrer aussi dur. Jax m'adresse un regard d'avertissement, mais j'insiste :

— N'as-tu pas accepté que nous devenions tes compagnons ?

Elle rougit, et je sens l'odeur de la peur sur elle.

Je regrette immédiatement ce que je viens de dire. D'un ton plus doux, j'ajoute :

— On vient tout juste de reconquérir notre planète. On a envie de partager la satisfaction de la reconstruction et de fonder un foyer avec une femme. Avec *toi*. On ne cherche pas à te terroriser.

Par l'étoile zandienne légitime, heureusement que mes cousins sont là. Ils prennent le relais pour la réconforter.

— On va t'aider à surmonter ton passé, lui dit Ronan.

Il lui tend la main, et elle la saisit, quittant mes genoux pour se lever.

— Après avoir connu le plaisir avec nous, tu n'auras plus jamais peur du sexe, promet Jax.

Elle déglutit.

— D'accord, dit-elle d'une petite voix.

Ça me tue, de la voir dans cet état. Je me fais la promesse de traquer tous les connards qui lui ont fait du mal et de les massacrer.

Mais c'est un début. Elle a accepté que nous tentions de lui donner du plaisir. Que demander de plus ?

Riya

Je plonge le regard dans celui de Ronan. Ses traits séduisants sont pleins d'un désir qui me coupe le souffle. Je n'avais encore jamais vu un être me contempler, moi, Riya, avec une telle gourmandise.

Une main plaquée sur ma bouche, je fais un pas en arrière, rentrant dans le corps solide de Jax. Il m'enlace et se penche pour me murmurer à l'oreille :

— Riya, je te promets que tu ne trouveras pas ça désagréable.

Son souffle brûlant m'envoie un frisson de la nuque aux tétons. Sans réfléchir, je me colle à lui, et me frotte à son bassin pour sentir son membre dur. Oui, *dur,* c'est le cas de le dire. Il a beau être tout habillé, je sens bien que son sexe est énorme, et soudain, ce que m'a chuchoté Lily à propos du plaisir ressenti pendant l'accouplement me paraît crédible, ou en tout cas, mon corps y croit.

Le plus beau, c'est qu'il a dit mon *nom.* Il m'a nommée, comme une personne, pas comme un objet. Pas comme les gardes ocrétiens. Ce souvenir est balayé lorsque Jax pose les lèvres dans mon cou, m'envoyant des étoiles dans les yeux et dans le pouls.

— Laisse-toi aller contre moi, susurre-t-il.

Il place les mains sur mes seins. Il caresse doucement les cristaux sur mes tétons percés, et je sursaute, bien que la zone soit anesthésiée.

— Si ça se met à te faire mal, tu nous le diras, d'accord ma belle ? Ronan les aspergera de nouveau pour chasser la douleur.

Je hoche la tête et ferme les paupières, avant de me coller à son torse muscler et de savourer son odeur. Je n'avais jamais été étreinte par un homme, jamais chouchoutée. C'est agréable d'être dans ses bras.

La voix de Tarren me tire de ma rêverie.

— Déplaçons les disques de sommeil.

Son ton bourru, au lieu de me préoccuper, me donne envie qu'il me touche à son tour. Il a beau être plus brusque que ses cousins, Jax avait raison, quand il a dit que je lui faisais confiance. Peut-être parce que je l'ai vu risquer sa vie pour les humains et les Zandiens pendant la bataille, sans faire de distinction. Peut-être parce que partager ce traumatisme m'a liée à lui. En tout cas, je lui fais confiance.

J'ouvre les yeux et le surprends en train de m'observer, avant de sourire. C'est un sourire coquin, sauvage, qui tord les points de suture de sa blessure, mais ça me plaît ; ce sourire en coin est tellement séduisant qu'incapable de résister, je lui souris timidement et lui tends la main. Je n'ai encore jamais fait cela de mon plein gré avec un homme, et encore moins trois, mais ça me semble tout naturel. Sa main est chaude et ferme, et je la serre fort, avant de faire glisser mes doigts sur les siens, plus puissants. Je reste ébahie face à la force des membres de son espèce, face à leur taille exceptionnelle.

L'un des cousins colle les trois disques de sommeil les uns aux autres, formant une vaste surface. Jax s'assoit sur le matelas, adossé au tissu qui couvre le mur, et il colle mon dos à son torse. Je sens son excitation entre mes jambes, pressée contre mes fesses. Je m'attends à éprouver de l'écœurement, comme lors de tous mes contacts avec l'organe masculin, mais ça ne vient pas. Quand Jax me saisit les hanches et me frotte à lui, la pression de son érection m'encourage à me cambrer, car je veux aller plus loin.

Tarren s'avance, les yeux brillants.

— *Vutain,* tu es superbe, gronde-t-il. Passe les bras autour du cou de Jax et tiens bon.

J'obéis. Cette position me soulève et sépare les seins. Mes tétons pointent, bien qu'il ne fasse pas froid. J'ai le souffle haletant, de plus en plus rapide alors que je le regarde approcher.

Il s'agenouille sur le matelas moelleux.

— Garde tes bras en position, m'ordonne-t-il, avant de coller sa bouche à l'un de mes tétons.

Je m'attends à ne rien sentir, à cause de l'anesthésiant, mais la sensation est inédite. Je sens toujours la chaleur de sa langue, et quand il suçote mon téton durci, une vague de plaisir pur me monte entre les cuisses. Je saisis les cheveux de Jax et les tire avec force alors que Tarren suce un téton, puis l'autre. Quand il me mordille, je pousse un petit cri face à cette douleur soudaine, puis je gémis alors qu'une autre sensation m'envahit : le désir.

— Je crois que ça lui plaît, commente Jax d'un ton amusé.

Il me caresse le ventre, juste au-dessus de la zone en feu. J'émets un petit bruit et me redresse, ce qui rend mes tétons encore plus accessibles à Tarren, qui mord l'un d'entre eux. Ses mains glissent sur mes cuisses, palpant, effleurant dans le même rythme que sa langue sur mes seins. Entre ça et les caresses toutes douces de Jax sur mon ventre, je suis en sueur et folle d'excitation.

— Oh ! m'exclamé-je.

J'en veux plus, bien que ces sensations soient déjà presque trop fortes.

— Je pense qu'il faut la mettre toute nue, déclare Ronan d'une voix grave et rocailleuse.

Tarren suce l'un de mes tétons avec force, puis se retire

dans un bruit de succion qui m'arrache un nouveau gémissement.

— Je suis d'accord, dit-il.

Il fait basculer ses jambes d'un côté du disque et se met debout. Il m'aide à ôter mes bottes.

— Soulève les hanches.

Il tire sur ma culotte. J'obéis, et quand je me retrouve complètement nue, Ronan me donne une tape sur les coudes.

— Tu peux lâcher Jax, me dit Ronan. Donne-moi tes mains.

Il me fait asseoir, avant d'ajouter :

— Lève-toi. Laisse-nous t'admirer.

Il m'aide à me mettre debout et m'indique un endroit de la pièce.

— Place-toi là, Riya.

Son ton badin a disparu, remplacé par une détermination féroce.

Je ne sais pas si j'ai peur ou simplement envie de résister. À moins que je ne supporte pas l'humiliation d'être nue alors qu'ils sont tout habillés. Je secoue la tête et croise les bras sur ma poitrine.

— Non, réponds-je.

M'allonger et les laisser me toucher, c'est une chose. Mais ça, c'est trop intense. Je refuse de le faire.

Avec un petit rire, Jax descend du disque de sommeil.

— Alors on va t'aider, ma belle.

Il me prend les poignets et les lève au-dessus de ma tête. Il est tellement grand qu'il peut m'écarter complètement les bras. Tarren et Ronan me tournent autour en admirant ma nudité. Je devrais être en colère, mais je suis excitée. Comme dans le couloir, quand Tarren m'a couvert les yeux, je trouve ça plus facile quand ils prennent les choses en mains. Ce qui est insensé, vu mon passé.

Quoi qu'il en soit, je ne peux nier le désir qui me coule entre les cuisses.

Tarren se place derrière moi et glisse un bras autour de ma taille, les doigts écartés sur mon ventre.

Le ventre qui ne grossira jamais pour faire naître des bébés zandiens. Mais je ne dois pas penser à ça.

Sa paume glisse plus bas, puis encore plus bas, mais avant d'atteindre l'endroit que je meurs d'envie qu'il touche, son autre main s'abat sur mes fesses nues.

— Écarte les jambes, ordonne Tarren.

Je ne bouge pas.

Jax place une botte entre mes pieds et les sépare.

— Sois plus obéissante, ma belle, me dit-il, mais d'une voix amusée. Sinon, Tarren donnera une correction à ton joli cul.

Les trois cousins prennent une profonde inspiration.

Oh, douce Terre mère. Ils sont en train de humer mon désir. *Maudit soit leur odorat surdéveloppé.*

Jax lâche un rire grave.

— Je crois que ça lui plairait.

Il glisse les doigts dans mes cheveux et me tire la tête en arrière. Sa poigne n'est pas forte, mais possessive.

— Tu veux qu'on rende tes fesses toutes roses ?

La délectation dans sa voix résonne dans la pièce.

— Non.

Ce mot est plus un halètement qu'autre chose, et je sais déjà qu'il est vain. La décision est déjà prise. Par mon corps et par le désir des cousins.

— Je meurs d'envie de donner une correction à ce petit cul depuis que je t'ai menacée de le faire et que ton adorable visage a rougi, me dit Tarren.

Il me mordille dans le cou, ses lèvres douces, ses dents fermes, et le mélange de douleur et de plaisir me fait gémir alors que je tente de coller mon corps au sien.

— Ne t'en fais pas. La douleur vaudra le coup. Parce que je peux t'assurer qu'on saura te faire hurler de plaisir, petite compagne.

Jax et Tarren me conduisent au disque de sommeil. Ronan s'assoit d'un côté, Jax de l'autre. Tarren, au centre, positionne mon bassin sur ses genoux, et je suis étendue sur ses deux cousins. Jax me saisit les mains pendant que Ronan me maintient les jambes en place. J'ai beau être nue et couchée sur le ventre, je me sens étonnamment... en sécurité. Comme si je savais qu'ils prendraient soin de moi. Drôle de sensation, chez quelqu'un qui s'apprête à recevoir une fessée.

— Écarte-lui les cuisses, ordonne Tarren.

Ronan m'écarte les jambes.

— Plus grand, Riya.

Il me donne une tape entre les jambes, et me caresse la peau de haut en bas quand j'obéis.

— Encore.

Il m'aide à me mettre en position.

— Parfait. C'est bien, écarte les jambes au maximum. C'est la position que tu prendras quand on te punira.

Mon sexe se contracte, bien que j'aie le visage en feu. Heureusement qu'ils ne peuvent pas voir ça. Jax presse mes mains dans les siennes.

— Une petite correction, ça amplifie toujours le plaisir, m'assure-t-il.

Je ne suis pas sûre d'être du même avis, mais je suis incapable de protester. Mon ventre frissonne de désir, de chaleur et d'impatience.

Peut-être aussi un peu de peur, car je dis à brûle-pourpoint :

— Je vous obéirai !

Jax rit.

— Bien entendu.

Tarren – du moins je crois que c'est lui – passe les mains sur mes fesses.

— Notre punition n'est pas une chose que tu dois redouter.

Il me caresse, et au même moment, Ronan glisse les doigts sur l'intérieur de mes cuisses.

— Je ne sais pas, commente Ronan en s'approchant de plus en plus de la zone que je veux qu'il atteigne. Moi, j'espère qu'elle désobéira souvent.

Je n'aurais jamais cru trouver une punition excitante, mais je suis dans tous mes états, et je mouille. Pour la première fois de ma vie, je désire quelque chose que seul un homme peut me donner. Que seuls *ces hommes* peuvent me donner.

La main de Tarren s'abat sur mon derrière, et je pousse un cri de surprise. La douleur s'épanouit sur ma peau.

— Commence doucement, lui suggère Jax. Laisse-la s'habituer à la brûlure avant d'y aller plus fort.

Je lui suis reconnaissante pour ses conseils avisés. Oui, je préfère que ce soit moins intense.

— Si elle accepte sa fessée bien sagement, on ne sera peut-être même pas obligés de l'attacher, dit Ronan.

Je bondis presque hors du disque de sommeil, le dos cambré alors que je relève brusquement la tête.

— M'attacher ? répété-je en lui jetant un regard.

Ronan rit et hausse les épaules, une expression légèrement coupable au visage.

— Ça serait amusant, tu ne trouves pas ?

Ses doigts ont presque atteint la fente entre mes jambes, et ils me caressent, là où je suis déjà mouillée. Il rit lorsque je me tortille.

— Riya, tu crois avoir peur, mais ton corps n'est pas du même avis.

— *Vutain,* tu es trempée, grogne Tarren. Commençons.

Il lève la main, j'entends l'air siffler, et il me frappe l'autre fesse. L'impact provoque un grand claquement, et je crie, bien que cette fois, il ne m'ait pas fait très mal.

Il me donne une nouvelle claque. Je gigote.

— Je vois mon empreinte sur ta peau, dit-il d'une voix grave. Je vais te rendre toute rose, coup après coup, Riya, et toutes ces empreintes se mêleront les unes aux autres.

Je gémis, sans savoir si c'est d'inquiétude ou de plaisir, car le ton de sa voix et le picotement de ma peau me poussent à coller mes hanches à ses jambes. Je sens son érection sous mon corps.

— Ne bouge pas, m'ordonne-t-il.

Ronan m'écarte les cuisses sans peine. Il a de la force, et bien que ses mains ne me fassent pas mal, elles parviennent à m'immobiliser.

Tarren me frappe encore, et encore. C'est plus douloureux, et je pousse une plainte.

— Tu as fini ? lancé-je.

Il rit.

— Non, Riya. On ne fait que commencer.

Sur ces mots, il se met à me frapper plus vite, plusieurs fois à la suite sur chaque fesse, et bien vite, je commence à bouger furieusement le bassin pour tenter d'échapper à cette correction. Mais Ronan me maintient en place, et quand je tente de me couvrir les fesses, Jax serre mes mains dans les siennes avec un petit son désapprobateur.

— Non, Riya. Ce n'est pas toi qui décides quand la fessée prend fin. Accroche-toi à mes mains et accepte ta punition.

— Occupe-toi du haut de ses cuisses, suggère Ronan. Elles sont bien trop pâles. Rends-les aussi roses que son cul.

Tarren doit être d'accord, car ses mains puissantes s'abattent à présent juste sous mes fesses, une zone encore plus sensible. En plus de la douleur, je perçois une autre sensation, un désir grandissant entre mes jambes, et je commence à attendre chaque claque avec autant de hâte que de crainte.

Je suis presque en pleine rêverie, quand une claque particulièrement forte me distrait.

— Aïe !

Je tente de me soustraire à leurs mains. Mais les trois guerriers me maintiennent, ne me laissant aucune chance de leur échapper avant qu'ils aient décidé que ça suffit.

Être maintenue ne fait qu'amplifier la chaleur entre mes cuisses trempées, une chaleur qui se mêle à la brûlure de mes fesses, et je me trémousse.

— Non... murmuré-je, bien que je me frotte aux jambes de Tarren.

Sa paume s'abat avec encore plus de force pour accompagner mon désir grandissant, et je me cambre pour aller à sa rencontre.

Il lâche un juron et la correction prend fin. Je halète, percevant la chaleur de leurs trois corps, et j'exulte à l'idée de ce qu'ils font de moi. Je n'aurais jamais imaginé trouver cela excitant.

Tarren me caresse les fesses, à présent, pour chasser la brûlure qu'il leur a causée. Jax me masse les avant-bras, et Ronan agite les doigts entre mes cuisses. Je me cambre, écarte davantage les jambes, impatiente qu'il me soulage enfin.

Il s'exécute, effleurant mes pétales couverts de rosée.

Je rue, tentant de coller mon bassin à sa main. Je lutte pour arracher mes poignets à la poigne de Jax, mais il se contente de rire et de me saisir par les cheveux pour m'embrasser.

C'est un baiser maladroit, mais torride. Je gémis dans sa bouche lorsque Ronan se décide enfin à tout donner avec ses doigts. Il caresse fermement ma fente trempée et pousse un grognement.

— Elle est tellement mouillée et...

Il ôte ses doigts pour m'écarter encore plus les jambes et me soulever les fesses.

— Touchez ça, ajoute-t-il d'un ton admiratif. Regardez comme sa chair est rebondie et gonflée, désormais.

Il me caresse à nouveau, et mon excitation monte d'un cran.

J'entends un gémissement, et une autre main s'insinue entre mes cuisses. Sans doute celle de Tarren.

— Il faut que je voie ça, gronde-t-il sans cesser de me toucher. Il faut que je voie ça *tout de suite*.

Cette fois, c'est Ronan qui donne des instructions au groupe :

— Allongez-la comme tout à l'heure, mais sur Jax.

Il m'aide à me relever et montre l'endroit où Jax s'est déjà adossé.

Je me retrouve de nouveau dans ses bras, assise entre ses cuisses. Mes fesses me brûlent toujours, mais dès que Tarren m'écarte les jambes de chaque côté de celles de Jax pour exposer mon sexe, j'oublie tout. Je ne résiste pas une seule seconde, car je suis folle de désir pour lui. Pour eux. D'ailleurs, j'écarte les cuisses le plus possible et gémis quand Jax se met à jouer avec mes tétons.

J'ignore comment Tarren compte me monter, mais je

retiens mon souffle lorsqu'il rampe sur le disque de sommeil pour placer son visage juste au-dessus de mon bassin.

— Tu es prête ?

Sa voix est rauque de désir. C'est alors que je réalise qu'il s'apprête à se servir de sa bouche sur moi, comme Ronan dans le couloir, et j'en ai tellement envie que ça me donne presque les larmes aux yeux.

— Je suis... commencé-je.

Mais seul un gémissement m'échappe lorsque sa langue touche mon clitoris. La sensation est exquise. Mes explorations avec mes doigts n'ont jamais tiré un tel plaisir à mon corps.

Je ferme les yeux et me colle au torse de Jax pour faire levier et presser mon sexe contre la bouche de Tarren.

— Oh !

Il donne des coups de langue à mon clitoris, et le plaisir m'envahit d'un coup.

— Tarren.

Je tire sur ses cornes. Elles durcissent et s'allongent sous mes doigts, et il pousse un rugissement.

Jax me pince les tétons assez fort pour m'arracher un petit cri.

— Non, me dit-il. Si tu fais ça, Tarren risque de perdre le contrôle et de te *vuter* jusqu'à ce que tu hurles. Ronan et moi, on a aussi envie de te savourer.

Comme pour souligner les propos de Jax, Tarren me lèche et me suçote comme si sa vie en dépendait, me faisant soupirer et me tortiller.

— Je vais lui tenir les mains, annonce Ronan en se plaçant à côté de moi. Riya, glisse de nouveau les mains derrière la tête de Jax.

J'obéis, presque incapable de comprendre ce que l'on

me dit, désormais, car Tarren me saisit les cuisses, une dans chacune de ses mains puissantes, et se met à lécher ma fente, des fesses au clitoris, encore et encore. Je tente de me dégager. Au début, c'est trop fort, puis j'en veux plus, mais il m'empêche de bouger, m'oblige à encaisser chaque caresse là où il veut.

Jax se remet à jouer avec mes tétons de plus belle, faisant rouler les cristaux jusqu'à me faire mal, avant de les effleurer avec ses ongles, me poussant de nouveau à me trémousser.

Ronan se penche sur moi, serrant mes mains dans les siennes, et me mord dans le cou, une zone qui me rend folle. Cette triple sensation, ces mains, ces bouches qui me touchent, me lèchent, me caressent, me mettent dans tous mes états, et un orgasme surpuissant commence à monter en moi.

— Je vais...

Je frémis.

— Non, ordonne Tarren en me regardant, ses yeux lançant des éclairs, ses lèvres mouillées de mes fluides. Pas avant d'en avoir obtenu la permission.

La confusion envahit mon cerveau embrouillé. Ne m'ont-ils pas promis de me donner du plaisir ? Pourquoi me refuseraient-ils la jouissance ?

— Mais s'il te plaît !

Mon corps tout entier est prêt pour l'orgasme.

— Attends encore un peu. Montre-nous que tu veux faire plaisir à tes compagnons, intervient Ronan.

Il glisse un doigt entre mes cuisses et le fait tourner en moi pendant que Tarren continue de me lécher.

Étonnamment, j'ai effectivement envie de leur faire plaisir.

— Oui, pitié, lâché-je.

Ronan rit.

— Tarren, elle ne tiendra pas bien longtemps, même si elle fait des efforts.

Je ne peux plus me contenir, et Tarren semble le comprendre, car il déclare :

— Riya, tu peux jouir.

Et je le fais. Dans un cri étranglé, je laisse le plaisir exploser en moi comme un millier d'éclairs, alors que des taches éblouissantes s'épanouissent derrière mes paupières. Je me tortille et gémis sous l'orgasme, et enfin, une fois l'apothéose passée, je retombe dans les bras de Jax, tremblant sous les ondes de choc qui me traversent, incapable de bouger.

Tarren pousse un grognement et se redresse pour s'allonger à côté de moi. Il pose une main protectrice sur mon ventre et caresse doucement mon pubis alors que je reprends mes esprits.

Jax m'effleure les bras et la poitrine. La bouche de Tarren est toute douce dans mon cou, et je pousse un soupir de pur plaisir, parfaitement à l'aise, en sécurité, protégée et rassasiée, comme je ne l'avais jamais été de toute ma vie.

Si c'est comme ça d'être accouplée à trois Zandiens, ça ne me dérange plus. Je pense même que j'adore ça. Je bouge un peu et sens la légère brûlure sur mes fesses après ma correction. Au lieu d'être perturbée, je suis excitée.

Au bout de quelques minutes, Jax me mordille le cou.

— Tu t'es assez reposée. Tes compagnons ne pourront pas admirer ton corps superbe très longtemps sans le revendiquer. Et crois-moi, tu veux qu'on se contrôle, quand on te prendra pour la première fois.

Je prends une grande inspiration. Comptent-ils me prendre tous *en même temps ?*

Jax rit, sans doute en voyant mon expression alarmée.

— Tu veux donner du plaisir à Ronan ou à Tarren comme ils t'en ont donné ?

— Ronan, ordonne Tarren en pressant son érection à travers son pantalon. Il peut prendre sa bouche. Moi, je veux sa petite chatte trempée.

La chatte en question se contracte lorsque j'entends le grognement possessif de Tarren. Je m'assois, mais je dois admettre que je suis intimidée. C'est la première fois que je suis avec un homme de mon plein gré. La première fois que j'ai envie de donner du plaisir.

— Je...

Comme si Jax devinait la cause de mon hésitation, il me dit :

— On va t'aider, Riya. Il te suffit d'obéir.

Il me soulève sans peine.

Ronan

Je ne sais pas comment j'ai fait pour avoir la chance de la goûter le premier et pour être le premier à être goûté, mais je ne me plains pas. Tarren veut sa chatte. Moi, j'estime que sa bouche, c'est parfait.

Je me débarrasse de mon uniforme en toute hâte.

— À genoux, dit Jax à Riya en la posant doucement par terre.

Je suis content que le sol soit couvert d'une épaisse moquette, assez confortable pour qu'elle s'y agenouille.

— Garde les mains derrière la tête, sauf si on t'ordonne le contraire.

Nous lâchons tous les trois un son approbateur lorsqu'elle se met en position. Quand elle lève les bras, ses seins se soulèvent et s'écartent. Ses tétons percés forment deux pointes dures, encore plus belles ainsi parées. *Nos* cristaux. Ils la marquent comme notre compagne.

— Écarte un peu les genoux, pour nous montrer ce centre rose qui nous rend dingues.

Elle s'exécute. Ses yeux sont brillants de désir, ses lèvres gonflées après nos baisers. J'étais sur le point de dire à Jax de fermer sa grande gueule, mais Riya semble soulagée de recevoir des instructions. J'imagine que même une petite dure à cuire comme elle a le trac, quand elle ne sait pas quoi faire. Aucun risque qu'elle nous déçoive. Mais elle semble toujours nerveuse, et je suis chagriné de la voir jeter un regard suppliant à Jax.

Il lui adresse un sourire encourageant.

— Ronan te dira ce qu'il veut. Mais tant que tu ne le mords pas, tu lui donneras forcément du plaisir.

Mon cœur tambourine contre ma poitrine quand je réalise que si elle est nerveuse, c'est par peur de ne pas me donner de *plaisir*. L'odeur de son lubrifiant naturel devient plus forte, et elle lâche même un petit gémissement. Je me place face à elle, les cuisses écartées, mon sexe dur comme du bois. Elle tourne le regard vers mon gland, d'où sort une goutte de liquide préséminal.

Elle écarquille les yeux.

— C'est couleur arc-en-ciel, dit-elle.

Je souris.

— Tu croyais quoi ? Que notre sperme était violet, comme notre sang ?

Elle rougit.

— Je n'en savais rien.

Elle semble fascinée.

— Je peux... ?

Elle tend la main, puis hésite, se rappelant sans doute l'ordre de Jax.

— Carrément. Touche-moi, Riya, grondé-je.

Mon corps est tendu par le désir, mes muscles crispés et mon érection lancinante.

Elle place une petite main autour de mon membre. Ses doigts ne parviennent même pas à se refermer dessus, à cause de ma circonférence.

Je vois bien qu'elle est intimidée, alors je suis l'exemple de mon cousin et lui donne des instructions.

— Serre-la bien, ordonné-je, frissonnant quand elle obéit. Caresse-la de haut en bas, du gland à la base. Comme ça. *Oui.*

Bien vite, je suis incapable de parler, car je n'ai jamais été aussi excité de toute ma vie. Je gémis, et mes paupières se ferment.

Je lutte pour reprendre mon souffle.

— Maintenant, penche-toi en avant et place ta bouche sur mon gland, Riya. Lèche le sommet et les côtés pendant que tu continues à me caresser.

Je lui décris ce dont j'ai toujours rêvé, bien que je n'aie encore jamais connu un tel plaisir.

Nous avons déjà engagé des femmes dans des bordels intergalactiques, mais là, c'est complètement différent. C'est notre *compagne*. Je l'entraîne à me satisfaire. Et j'apprendrai ce qui la fait crier.

Quand elle pose la langue sur le bout de mon membre, je gémis à nouveau, plus fort que la première fois. Mon goût ne semble pas lui déplaire, car elle lèche mon gland encore et encore, poussant mon corps à produire encore plus de fluide. Je suis surpris qu'elle soit à l'aise aussi vite. Elle tourne ses beaux yeux dorés vers mon visage pour observer ma réaction tandis que sa langue agile me contracte les bourses, impatientes d'être soulagées.

Elle se trémousse légèrement en me pressant le membre, laissant ses doigts se couvrir de salive pour mieux glisser. Je m'enflamme presque. En seulement quelques instants, je suis prêt à jouir, les cuisses crispées et tremblantes alors que ma respiration s'accélère.

— Oh, par les étoiles, prends-moi profondément, l'imploré-je d'une voix étranglée. Jusque dans ta gorge.

Je presse mon membre palpitant au fond de sa bouche. Au début, elle a quelques haut-le-cœur et est obligée de se retirer, mais je lui caresse les cheveux pour l'encourager.

Je ne peux plus tenir plus longtemps. Je lui saisis la tête et la pousse sur mon sexe. Je lui donne un rythme, la poussant avant de la laisser remonter. Ses yeux s'embuent lorsque je frappe le fond de sa gorge, et je pousse un juron, mais je suis incapable de m'arrêter. Je lui caresse la joue pour la remercier, pour l'apaiser, bien que je continue de contrôler les mouvements de sa tête, de plus en plus vite.

— *Vutain,* Riya, je vais jouir dans ta bouche, dis-je d'une voix rauque. Tu peux avaler, ma belle ?

Elle murmure son accord avant que je m'enfonce brusquement dans sa gorge, mon érection encore plus imposante.

— Riya ! m'exclamé-je en atteignant l'orgasme.

Elle avale, encore et encore, les yeux écarquillés et alarmés. Je me reprends enfin et la laisse respirer.

— Par les étoiles, oui ! rugis-je quand j'ai fini de jouir.

Elle passe sa petite langue chaude le long de mon membre puis se retire, un sourire satisfait aux lèvres. *Vutain,* j'adore la voir contente d'elle.

Dans un gémissement, je vais m'allonger sur le disque de sommeil, haletant, mon corps tout mou après l'orgasme.

— *Vutain,* par les étoiles ! Je ne savais pas que ça pouvait être aussi bon.

∼

Riya

La satisfaction m'envahit, accompagnée d'une tendresse inattendue. Bon sang. Il ne faut pas que je laisse mes émotions s'en mêler. Je ne peux pas tomber amoureuse de ces hommes, car une rotation planétaire ou une autre, je devrai peut-être renoncer à ça... à eux.

Mais je n'ai pas le temps de m'appesantir sur le sujet, car Tarren me met debout.

— À mon tour, grogne-t-il.

Il recule pour s'asseoir au bord du disque de sommeil.

Jax ne proteste pas. Il semble seulement amusé, ce qui me soulage. Je ne sais pas ce que je ferais si les trois cousins se mettaient à se battre pour moi.

Sans que je m'en aperçoive, Tarren s'est déshabillé pendant que je suçais Ronan, et *sainte Terre.* Il est gigantesque, avec des muscles tellement définis que je pourrais m'en servir de prises d'escalade.

Je veux que tu me chevauches, dit-il. Comme la rotation planétaire précédente, à l'infirmerie.

Un frisson d'excitation me traverse. Il se souvient de cette scène avec autant d'excitation que moi. Mais quand il saisit la base de son membre, je me fige avant de passer une jambe au-dessus de ses cuisses dures comme du bois.

Bon sang.

Moi qui croyais que Ronan était bien monté ! À côté,

Tarren est un monstre. Comment vais-je faire pour le prendre en moi ?

— J'ai apporté du lubrifiant, annonce Ronan.

Toujours allongé sur le dos sur le disque de sommeil, il nous montre la boîte qu'il a apportée.

Jax se lève et fouille à l'intérieur, en sortant des objets qui devraient m'inquiéter. Un paddle en cuir. Des liens. Une canne. D'énormes phallus. Un flacon de lubrifiant. Il le lance à Tarren, qui ni une ni deux en enduit son sexe épais.

Mon cœur se serre. Le souvenir des viols que j'ai subis me traverse l'esprit.

Jax se place derrière moi, les mains sur mes épaules.

— Ne t'en fais pas, Riya. Tu n'as pas d'inquiétudes à avoir. C'est toi qui seras dessus. Tu sais ce que ça signifie, non ?

Je me mordille la lèvre alors que j'essaye de chasser la peur irrationnelle qui me fait trembler. Je tente de me concentrer sur les mots de Jax, car je sais qu'ils sont sensés. Je hoche la tête. Tarren me donne le contrôle. Je serai au-dessus.

Tarren m'ouvre ses gros bras, et je chancelle jusqu'à lui pour l'étreindre. En un instant, je le chevauche, comme il me l'a demandé, mais ça ressemble plutôt à un câlin. Mon visage est enfoui dans son cou, et je hume son odeur.

Son membre se contracte, et je réalise que je suis juste dessus, mon clitoris pressé contre la base de son érection impressionnante, dressée entre nous.

— Voilà à quel point je te désirais, lors de la rotation planétaire précédente, dit-il lorsqu'il me voit regarder entre nos corps.

Il me saisit les fesses pour me coller encore plus à lui, frottant mon clitoris à sa chair ferme.

Je halète.

— Vas-y, petite. Frotte ta chatte juteuse à ma queue. C'est ce que tu voulais faire à l'infirmerie, non ?

Je rougis, mais je sais qu'il a raison. Mon clitoris savoure ce frottement qui satisfait le désir grandissant entre mes jambes.

Tarren me pétrit les fesses pour m'aider à onduler.

— Je n'ai pas réussi à garder mes mains pour moi, tu te souviens ?

Je ferme les yeux et me laisse gagner par la sensation, par le plaisir qui brûle de plus en plus fort en moi.

— *Vutain,* tu étais tellement belle sur le champ de bataille, à tenter de traîner les blessés à l'intérieur toute seule.

J'ouvre les yeux et le dévisage. C'est la deuxième fois qu'il parle de moi. Vraiment de *moi.* Il ne me voit pas seulement comme une reproductrice.

Pour le récompenser - ou simplement pour satisfaire mes propres envies, je ne sais même plus -, je glisse la main entre nous et glisse son gland énorme dans mon antre.

Il est bien monté, mais c'est agréable. Parfait. Mon lubrifiant naturel se mêle à celui qu'il a appliqué, et il s'enfonce encore un peu en moi lorsque j'ondule.

Nous gémissons tous les deux.

Jax me caresse les seins, et je me cambre, prenant Tarren plus profondément.

— Montre-nous ce que tu aurais voulu faire à Tarren, lors de la précédente rotation planétaire, me murmure Jax à l'oreille.

Ces encouragements me suffisent. Sous leurs trois paires d'yeux brûlantes d'excitation, je m'empale sur le membre de Tarren, le prenant le plus pleinement possible.

Ses doigts se referment douloureusement sur mes fesses, mais j'adore ça. J'adore voir ces hommes perdre leurs moyens à cause de ce que je leur fais. Nos ébats n'ont tellement rien à voir avec ce que j'ai subi par le passé que je cesse de faire des comparaisons. Ça, c'est de la passion. Un moment de communion. Un échange entre personnes consentantes.

Je renverse la tête en arrière et gémis, laissant Tarren contrôler le mouvement de mes hanches. Il y va doucement, au début, comme si j'étais en sucre, mais à chaque nouveau va-et-vient, je le prends plus facilement en moi. Je m'étire et le laisse m'emplir. Il ne peut pas me pénétrer entièrement, mais ça ne semble pas le déranger. Il dévoile ses dents serrées, et ses bras tremblent à cause de l'effort qu'il fait pour se contrôler.

— *Vutain*, Riya. *Vutain, vutain,* gronde-t-il. Je ne vais pas tenir plus d'une minute dans ta petite chatte parfaite.

Ses mots me suffisent. Mon sexe se crispe, et je suis catapultée dans un orgasme encore plus délicieux que les deux précédents. Mes parois internes se contractent autour de l'érection de Tarren, et il rugit, m'enfonçant sur son membre tellement profondément que c'est douloureux. Son fluide chaud m'emplit alors que je me laisse retomber contre son torse, haletante, les ongles plantés dans ses épaules.

Tout le reste est flou. Tarren me serre dans ses bras. On me soulève pour m'allonger, mon corps pelotonné contre le sien. Un autre corps se glisse derrière moi. Je flotte dans l'extase, à l'aise et en sécurité entre mes guerriers. Juste avant de m'endormir, je réalise que Jax n'a pas eu son tour.

— Jax ? murmuré-je en ouvrant mes paupières lourdes.

— Je suis là, ma belle.

C'est avec lui que je dois me montrer particulièrement attentionnée. C'est lui qui lit si bien en moi. Il n'est pas allongé contre moi, ce qui m'inquiète. Je tente de m'asseoir.

— C'est ton tour ? bredouillé-je d'une voix ensommeillée.

Il rit et se penche sur moi pour m'embrasser sur la tempe.

— Plus tard, mon cœur. Pour l'instant, repose-toi.

Je tente de garder l'œil ouvert, mais j'en suis incapable. Je plonge dans le sommeil le plus délicieux de toute ma vie.

CHAPITRE TROIS

J*ax*

J'apporte à manger dans nos appartements pour Riya quand elle se réveillera, mais notre douce compagne n'a presque pas bougé depuis la rotation planétaire précédente. Elle est blottie contre le torse de Tarren, Ronan collé à son dos. Mes cousins sont réveillés, mais ne semblent avoir aucune envie de quitter le disque de sommeil. Ou les disques, plutôt, vu que nous avons réuni nos trois couches pour n'en former qu'une plus grande.

Vutain, Riya est sublime quand elle dort, avec ses joues roses et ses lèvres pulpeuses toutes détendues. Le pli entre ses sourcils ne s'est pas effacé avec le sommeil, cependant, et cela me rend encore plus déterminé à apprendre quelles sont ses peurs afin de les effacer une par une.

— Le prince Zander, euh, le roi Zander a annoncé un nouveau rassemblement cette après-midi, dis-je à mes cousins.

Tarren me jette un regard courroucé, car Riya s'est mise à bouger au son de ma voix.

Ronan semble avoir remarqué la tension dans mon ton, cependant, et il s'assoit.

— À quel sujet ?

— Le projet de reconstruction. Et de repopulation. Et les épouses zandiennes.

Est-ce seulement lors de la rotation planétaire précédente qu'il a annoncé ce projet ? Je croyais naïvement que les choses avanceraient moins vite. Nous avons encore des équipes occupées à traquer les derniers Finn présents sur Zandia.

Mais bien sûr, il n'y a pas de temps à perdre. C'est justement pour cela que le roi veut que nous rebâtissions la planète : pour occuper toute sa surface et assurer la domination de notre espèce, bien que nos effectifs soient minces.

— Pourquoi es-tu inquiet ? intervient Riya.

Elle s'assoit, et Tarren et Ronan la rallongent, caressant sa peau pour l'apaiser. Mais elle a le regard braqué sur moi.

Je hausse les épaules.

— La rumeur parle de tests génétiques pour former les accouplements. Le Dr Daneth a une machine qui calcule la compatibilité. Mais on ne craint rien, puisqu'on t'a déjà revendiquée.

Je dis ça, mais tant que Zander n'aura pas officiellement approuvé notre union et qu'il ne nous aura pas distribué de terres, je reste sur mes gardes.

Mes cousins semblent penser comme moi, ce qui est bien dommage, car le pli entre les sourcils de Riya se creuse encore. Elle réessaye de s'asseoir, et cette fois, Tarren et Ronan la laissent faire.

— Je t'ai apporté à manger, ma belle. Les humains mangent plusieurs fois par rotation planétaire, non ?

Son sourire timide me fait chaud au cœur.

— Oui, répond-elle.

Je lui apporte un plateau, mais elle est déjà en train d'escalader Tarren pour descendre du disque de sommeil. Il me jette un regard chagriné, car elle a effleuré son érection grandissante au passage.

— Je vais faire un saut dans la salle de bains, annonce-t-elle.

Nous admirons tous les trois le mouvement de ses fesses alors qu'elle marche, et Ronan saisit son membre dans un grognement.

Dès que la porte se ferme derrière elle, Tarren demande :

— Ils ne risquent pas de nous l'enlever, si ?

Je me frotte la mâchoire.

— Je ne pense pas. On l'a revendiquée. Elle porte nos cristaux. Ça a presque valeur de loi.

— La loi, c'est Zander qui la dicte, réplique Tarren. Il pourrait la réécrire pour l'adapter aux besoins de son projet de repopulation.

Je secoue la tête. Je n'ai même pas encore revendiqué Riya physiquement, mais je suis décidé.

— Elle est à nous. Il faut qu'on convainque Zander. C'est un roi raisonnable.

Mes cousins hochent la tête.

J'entends le tube de lavage démarrer, et imaginer le corps nu de Riya sous le jet me pousse à me mettre en mouvement sans réfléchir.

À mon tour.

Oh, oui. C'est mon *vutain* de tour. J'ai été plus que patient. J'appuie sur le bouton du tube de lavage pour l'arrêter, et je souris lorsque la porte coulisse pour révéler une

Riya trempée et surprise. Je me déshabille en vitesse et la rejoins dans le tube, avant de rallumer l'eau.

— Tu croyais pouvoir te laver du sperme de mes cousins avant que je puisse me répandre en toi ?

— Je me nettoyais pour toi.

Sa voix est rauque, malgré l'étonnement dans ses yeux, sans doute à cause de la façon brutale dont je l'ai plaquée à la paroi du tube.

Mon érection pulse violemment à ses mots. Je lui écarte les jambes avec mon genou et la laisse sentir l'ampleur de ma souffrance en la pressant contre ses parties les plus sensibles.

— *Vutain,* je ne peux pas attendre, ma jolie. J'ai déjà patienté trop longtemps, et c'est toi qui en feras les frais.

Elle retient son souffle, et elle jette des petits coups d'œil à mon visage, juste au-dessus du sien.

— Tu crois que j'arriverai à être doux avec toi maintenant, douce Riya ?

Je sais que je me comporte comme un con, mais je ne peux pas m'en empêcher. Le désir me rend fou. Si je ne *vute* pas cette femme bientôt, je vais exploser. Je lui saisis les poignets et les coince au-dessus de sa tête, avalant son halètement. Je l'embrasse comme si je voulais la dévorer, lèvres, langue et dents revendiquant et brutalisant sa bouche.

Mon côté rationnel reprend le dessus. Riya a été abusée. J'interromps notre baiser pour m'assurer que ma petite humaine aille bien. Ses yeux sont brillants d'excitation, ses lèvres gonflées. Le souffle court, elle me regarde d'un air hébété.

Je colle mon bassin au sien, mon membre cherchant son entrée à l'aveugle.

— Tu n'as pas peur de moi, hein, petite ?

Elle hésite, puis secoue la tête.

Il faut que j'insiste. Pour être certain.

— Tu as envie de ça ?

Cette fois, elle acquiesce sans la moindre hésitation.

Quel soulagement !

Je grogne et prends mon membre en main pour le frotter à sa fente juteuse. Sa chair rebondie me guide, non, *m'aspire* presque.

Ça fait une éternité que je n'ai pas couché avec une femme, et toutes nos expériences ont eu lieu avec quelques rares prostituées intergalactiques. Je gémis. Être en elle, c'est l'extase. Je ne sais pas comment mes cousins ont réussi à se maîtriser, à ne pas la pilonner sauvagement.

— Riya, dis-je d'une voix rauque, mes lèvres contre les siennes, mon torse la plaquant à la paroi.

Le tube de lavage s'emplit d'eau, presque jusqu'à nos têtes, mais je m'en fiche. Je ne vois que Riya. Ma douce Riya. Je couvre sa bouche de la mienne et la pénètre, tellement fort que ses pieds quittent le sol. Elle glisse les jambes autour de ma taille, et je lui saisis les fesses pour enchaîner les coups de reins. Je sens à peine l'eau se vider, l'huile aromatique enduire nos corps. Ça rend nos ébats encore plus glissants.

— Je ne tiendrai pas longtemps. J'ai trop envie de toi.

Je ne reconnais même plus ma voix, grave et râpeuse. Je m'enfonce brutalement en Riya, profondément, la faisant glisser contre la paroi du tube.

Je perds complètement la tête. Je voulais prendre soin de ses besoins, m'assurer de lui donner du plaisir, mais je ne maîtrise plus rien. Je vais et viens sauvagement en elle comme si ma vie en dépendait. L'un de mes doigts glisse entre ses fesses.

Elle se contracte, et je pousse un cri.

Je jouis aussi fort qu'un cuirassé lancé à pleine vitesse, et notre belle humaine aussi. Je presse l'étroit anneau de son anus, car cela semble avoir provoqué sa jouissance, et elle se contracte davantage, aspirant chaque goutte de mon sperme.

— Tu es splendide, lui murmuré-je à l'oreille.

Je tapote son anus encore une fois, et elle serre de nouveau les muscles.

— Je suis content que tu aimes sentir mon doigt ici, parce que c'est là que je te prendrai la prochaine fois.

Je lève un genou pour la maintenir plaquée au mur, et je lui caresse les fesses.

— Imaginer pénétrer ton petit cul bien ferme me fait perdre la tête.

Elle se contracte encore, bien que ses gémissements aient désormais une note apeurée.

— Ne t'en fais pas, douce humaine. Tu sais qu'on s'assurera que ce soit agréable pour toi aussi. On adore entendre tes gémissements de plaisir. Voir ton expression quand tu atteins l'extase.

Elle baisse la tête et se cache le visage dans mon épaule. Je ris, avant de la reposer sur ses pieds et de me retirer à contrecœur.

Ses bras passés autour de mon cou ne me lâchent pas, et j'en suis ravi.

— Vous aurez le droit de me garder, hein ?

Mince. Elle a entendu notre conversation.

— Oui, réponds-je d'un ton ferme.

— Même si...

Quand elle s'interrompt, je l'éloigne de moi pour pouvoir la regarder en face. Quelque chose la tracasse, et il faut que je découvre de quoi il s'agit pour pouvoir la rassurer.

— Quoi ?

— Et si je ne suis pas la meilleure reproductrice pour vous ? Pas la plus compatible, génétiquement parlant ? Et si je ne tombe pas enceinte ?

J'ai envie de lui poser des questions à mon tour, de comprendre pourquoi cela l'inquiète, mais ses beaux yeux dorés s'emplissent de larmes, et ma priorité devient de la réconforter.

Je la serre contre moi et enfouis les doigts dans ses cheveux mouillés pour lui masser le crâne.

— On se fiche que tu sois la plus compatible génétiquement ou pas, Riya. On t'a déjà choisie. Et tu nous as acceptés. Tu portes nos cristaux, ma jolie. Le roi ne pourra pas ignorer notre accouplement. Il n'y a pas d'inquiétudes à avoir.

Elle frissonne en prenant une grande inspiration, mais quand elle recule, ses yeux sont secs. Elle hoche courageusement la tête et descend du tube de lavage, qui s'est ouvert. Je lui donne une tape sur les fesses, car elles sont irrésistibles.

— Va manger ce que je t'ai apporté, et va au travail. On te retrouvera cette après-midi sur la place pour la déclaration du roi Zander.

— Oui, Maître, murmure-t-elle.

Sa réponse est machinale, un reste de sa vie d'esclave, mais ça me fait de l'effet. Je sais que c'est tordu. Je devrais lui dire que je ne suis pas son maître, que nous sommes ses compagnons, mais sa réponse de soumise me plaît trop.

Je la regarde regagner notre chambre en ondulant, complètement nue, et je dois me mordre la main. Je bande à nouveau.

Je ne me lasserai jamais de notre petite compagne.

Riya

Je n'arrive pas à trouver mes compagnons dans la foule. Beaucoup trop d'êtres sont réunis sur la place, et je suis arrivée en retard, car l'un des humains était dans un état critique et devait être opéré. Le Dr Daneth n'a pas l'habitude de pratiquer ce genre d'interventions – apparemment, les Zandiens ne requièrent pas beaucoup de soins médicaux –, alors ma journée de travail a été très stressante, et je me tenais prête à l'assister.

Le roi Zander se tourne vers ses sujets, lève les mains, et tous les êtres se taisent en signe de respect pour leur chef.

Après avoir adressé un sourire complice et un hochement de tête à sa compagne Lamira, qui a leur bébé dans les bras, Zander s'éclaircit la gorge et active son amplificateur vocal. Le son porte aux quatre coins de la place en ruines.

— Mes loyaux sujets et chers invités, commence-t-il en balayant les Zandiens et les humains du regard. Je suis fier de me tenir devant vous en cette rotation planétaire pour vous annoncer que nous sommes prêts à nous lancer dans la prochaine phase du projet de réhabilitation, repopulation et reconstruction de Zandia.

Des hourras retentissent, et Zander lève la main pour les faire taire.

— Afin de protéger notre planète d'une nouvelle invasion et pour nous assurer d'avoir éliminé tous les envahisseurs Finn, nous devons occuper la planète entière. La tâche est ardue, vu nos effectifs, raison pour laquelle nous procéderons à une distribution des terres. Nos ingénieurs ont testé et approuvé les créateurs de dômes, qui nous permettront de bâtir rapidement des propriétés. Chaque équipe recevra un territoire sur lequel il érigera son propre dôme.

« Ces habitations seront confortables et opulentes. Certaines zones de Zandia n'ont pas été prises pour cible par les Finn et restent intactes. Malheureusement, ce ne sont pas ces zones qui nous préoccupent, mais celles qui ont été surexploitées. Vous devrez réintroduire les plantes originelles de Zandia ainsi que des cultures originaires de la Terre afin de subvenir aux besoins de notre population humaine.

Le roi jette un nouveau regard à sa compagne, et mon cœur se serre. Les Zandiens sont peut-être réellement décidés à former une alliance avec les humains, plutôt qu'à nous dominer.

— Chaque groupe s'occupera de ces cultures et veillera à rendre ses terres fertiles. Il devra parfois quitter son territoire pour aider à créer des routes et d'autres infrastructures pour notre population, qui va bientôt croître.

La place bourdonne de chuchotements et de questions.

Comment choisirez-vous les équipes ? Peut-on choisir où se trouvera notre dôme ? Aurons-nous des compagnes ? Trouverons-nous d'autres Zandiens pour notre planète ?

Zander lève une main et la foule se tait immédiatement.

— Vous avez beaucoup de bonnes questions. Nous pensons qu'aux quatre coins de la galaxie se trouvent des Zandiens coincés, réduits en esclavage ou incapables de nous rejoindre. Nous continuerons de les chercher. Cependant, sur notre planète, la repopulation est primordiale pour notre survie, dit-il avant de montrer la place d'un geste. Comme vous le voyez, parmi les femmes non accouplées, nous ne comptons aucune Zandienne, et nous avons très peu d'humaines femelles, comparées au nombre de

Zandiens mâles. Pour accroître la population, ce n'est pas l'idéal.

J'ai beau savoir ce qui va suivre, mon estomac se serre.

Le roi poursuit :

— C'est pourquoi j'ai établi un nouveau plan avec mes conseillers. Les Zandiens intéressés peuvent se porter volontaires pour recevoir des terres. Chaque groupe de deux à cinq hommes avec au moins une compagne recevra son propre dôme et devra administrer, protéger et améliorer son environnement. Ceux qui resteront pendant au moins trois cycles solaires deviendront propriétaires du territoire qu'ils auront exploité.

Il marque une pause pour souligner ce qu'il vient de dire.

— Nous nous servirons d'un tout nouveau programme de compatibilité génétique pour former les meilleurs accouplements possible dans le but de produire des petits en bonne santé. La femme s'accouplera avec tous ses compagnons, et, si l'étoile le veut, elle leur donnera une descendance qui perdurera.

Les conversations se font plus sonores, et chacun regarde autour de lui, poussant des cris de surprise. Comme lors du dernier rassemblement, les yeux des hommes se braquent sur les femmes seules avec grand intérêt. J'ai beau être déjà revendiquée, je croise les bras sur ma poitrine et commence à avoir du mal à respirer.

Zander se redresse de toute sa taille, et le silence retombe.

—— Zandiens, humaines, je vais vous dire une chose. Dans une société idéale, vous pourriez choisir votre ou vos partenaires librement, et à l'avenir, je suis certain que cela redeviendra possible sur Zandia. Mais pour l'instant, vous êtes de précieux pionniers, des soldats, des explorateurs.

Vous êtes ceux dont le dur labeur et les sacrifices figureront dans les holos d'histoire que des générations d'enfants zandiens regarderont dans plusieurs siècles. Vous êtes nos héros. Et le chemin d'un héros est parfois semé d'embûches. Sachez que votre planète et moi honorons votre sacrifice.

Le roi incline la tête en direction de la foule, comme s'il s'agissait d'un moment sacré et lourd de sens, et je vois plus d'un être s'incliner en retour. J'imagine qu'il serait malvenu de ma part de grogner ou de lever les yeux au ciel.

— Je remercie chacun d'entre vous, Zandiens comme humains, d'accepter de passer cet accord avec moi pour l'avenir et la survie de Zandia.

Les Zandiens lèvent les poings en l'air, les coudes pliés à quatre-vingt-dix degrés dans leur salut traditionnel.

Mais l'angoisse me serre les entrailles. Si le roi Zander impose des tests génétiques, il découvrira ma stérilité. Et ensuite, les Zandiens risquent de me juger inutile.

Et même s'ils me trouvent un autre rôle, je ne peux ignorer le pincement au cœur que cela provoque chez moi. Je ne veux pas quitter mes compagnons. Je ne suis pas prête à renoncer au plaisir et aux attentions qu'ils m'ont déjà apportés.

— Si une humaine n'approuve pas les compagnons qu'on lui aura attribués, elle pourra déposer une demande pour en changer. Les Zandiens aussi peuvent demander un changement si leur humaine n'est pas compatible. Cependant, à cette étape de notre projet, il y a peu de place pour le libre arbitre. Les humains doivent s'intégrer pour que notre culture et nos règles continuent d'être dominantes sur cette planète. Car je suis persuadé que d'autres humains viendront se réfugier ici, où ils seront mobilisés pour participer à notre programme de reproduction.

Il jette un nouveau regard à sa femme. Tout le monde

sait qu'il a acheté Lamira pour procréer, après le même test de compatibilité génétique qu'il veut nous imposer à tous.

— Nous continuerons d'offrir aux humains un endroit sûr dans la galaxie s'ils acceptent de s'assimiler. De suivre nos règles.

Sa voix est compatissante, mais ferme.

— Humains, vous avez gagné votre liberté en nous aidant durant la guerre, mais ici, la liberté s'accompagne d'obligations, et nous comptons sur vous pour nous aider à reconstruire notre planète. En acceptant ce rôle, vous sauvez notre race, et la vôtre, de l'extinction, et je suis honoré que vous participiez. Si vous refusez de nous prêter main-forte, nous vous trouverons le meilleur poste possible sur une autre planète.

Cette fois, je dois me retenir pour ne pas grogner. Tous les êtres de cette foule savent ce que cela signifie : un retour à l'usine, sur une agriferme ou dans un rôle d'esclave sexuel ou d'animal de compagnie. Chacune de ces perspectives est trop dangereuse et terrible pour que qui que ce soit s'y risque. Et vu que presque tous les non-Zandiens présents sont d'anciens condamnés à la peine capitale sauvés des capsules de la mort ocrétiennes, partir nous tuerait.

— Humaines : vous accepterez vos compagnons, et vous œuvrerez avec eux pour faire de votre dôme une zone florissante de Zandia. Zandiens : traitez vos compagnes avec respect et honneur. C'est elles qui nous donneront notre plus grande récompense : un avenir. Vous pourrez consulter le Dr Daneth pour vous renseigner sur les meilleures techniques d'accouplement et de discipline. Par-dessus tout, assurez leur sécurité.

Mon ventre frémit lorsque j'entends le mot *discipline*. J'en ai fait l'expérience lors de la rotation planétaire précédente, mais je ne doute pas que mes compagnons auraient pu se montrer beaucoup plus… sévères s'ils l'avaient voulu. J'imagine que c'est pour ça que Ronan est revenu du cabinet du médecin avec une boîte pleine de jouets sexuels et d'instruments de torture. Ma vision se trouble un instant, avant que je prenne une grande inspiration.

Lily apparaît à mes côtés et se penche vers moi.

— Ça va ? me demande-t-elle dans un murmure.

— Très bien.

Du moment qu'ils ne me soumettent pas à des tests génétiques. Je ne peux pas être expulsée. Il faut que je m'en sorte.

— C'est cette histoire de discipline qui t'inquiète ? Ça n'a rien à voir avec les bâtons électrifiés de l'agriferme. C'est…

Elle rougit et chuchote :

— C'est intime et sexuel.

Oh, je suis au courant. Mon ventre frémit à nouveau, et je me mets à mouiller. Je secoue la tête.

Lily n'en démord pas. Elle penche la tête et ajoute :

— Ils sont dominateurs, je te l'accorde. Il faut suivre leurs règles ou affronter les conséquences, mais parfois, ces conséquences valent le coup.

Elle sourit.

— Toi, tu n'as qu'un guerrier dominateur pour te donner des ordres. J'en aurai trois.

Son sourire s'élargit.

— Trois guerriers pour te donner du plaisir en même temps.

Je ne peux pas m'empêcher de me dérider lorsqu'elle agite les sourcils.

— On dirait que c'est toi qui veux trois compagnons. Et si je le répétais à Rok ?

— Oh, douce Terre mère, il m'attacherait au disque de sommeil et me fesserait avec sa ceinture si je lui disais que je voulais d'autres compagnons !

Je glousse, un peu choquée, et elle lève les yeux au ciel.

— C'est cette partie-là du plan de reconstruction qui me paraît risquée. Les guerriers zandiens sont possessifs. J'ai du mal à les imaginer partager la même femme. Mais si Zander le leur ordonne, ils obéiront, j'imagine. Ce sont des sujets loyaux.

Je songe à mes trois compagnons. Ils ne semblent pas en concurrence les uns avec les autres. Mais ils sont cousins. Ils ont peut-être l'habitude de partager. Un point de plus en leur faveur, non que je compte.

— Imagine, tu auras trois guerriers complètement dévoués. Trois hommes pour prendre soin de toi.

Jusqu'à présent, personne ne s'était encore jamais occupé de moi. Mais Lily a raison. Ces hommes ont effectivement pris soin de moi, même si je n'ai pas vraiment été consultée sur la marche à suivre. Par esprit de contradiction, je décide de me faire l'avocat du diable :

— Trois guerriers comme esclavagistes, tu veux dire.

— Tu n'es plus une esclave. Enfin, pas *vraiment*. C'est différent. Tu pourras faire des choix. Tu as entendu le roi : si ça ne fonctionne pas, tu peux demander des compagnons différents. Tu verras bien.

Ses yeux, lorsqu'ils croisent les miens, brillent d'empathie, mais aussi d'une lueur assurée.

Si seulement elle savait que j'ai autant d'assurance qu'elle au sujet de mes compagnons ! Ce que je crains, c'est de ne pas pouvoir les *garder*.

Je les cherche du regard dans la foule. Je les cherche depuis mon arrivée, mais soudain, je les vois en train de jouer des coudes pour atteindre le devant de la scène. Ronan me regarde et m'adresse un sourire éblouissant. Je me détends sur-le-champ, comme si tout allait bien se passer. Quand son sourire se fait coquin, mon soulagement se transforme en excitation.

Comment ces hommes font-ils pour provoquer une telle réaction de mon corps chaque fois que je les vois ? Ce matin, dans le tube de lavage, Jax était tellement brusque que j'aurais peut-être dû avoir peur de lui, mais sa passion m'a fait me sentir puissante. Savoir qu'il ne pouvait plus se contenir, tant il était impatient d'être avec moi... ça a éveillé des parties de moi dont j'ignorais l'existence.

Je détourne le regard. Je ne sais pas si les trois cousins auront le droit de me garder, et je ne veux pas que tous les êtres présents lisent dans mes yeux ce que j'ai dans le cœur. Mais je ne peux pas m'empêcher de me tourner une dernière fois vers eux. Tarren me dévisage, les sourcils froncés, mais je vois son attirance pour moi dans ses yeux. Il est inquiet.

Ma peur atteint des sommets.

Le roi Zander répond aux questions, mais il finit par agiter la main d'un air impatient, et la foule se tait à nouveau.

— Les Zandiens qui souhaitent se porter volontaires peuvent s'avancer pour être comptés.

Les êtres se déplacent dans une grande pagaille. Les humains se placent sur le côté, là où je me trouve, pendant que les mâles zandiens se dirigent vers l'estrade improvisée où se tient leur roi.

Mes compagnons font partie des premiers à se présenter. Maître Seke leur parle, mais sans amplificateur vocal, je n'entends pas ce qu'il leur dit.

Lily murmure :

— Il paraît que le roi Zander laissera les premiers volontaires choisir une compagne sans test génétique, pour inciter les autres à se lancer.

Elle touche le cristal sur mon lobe et ajoute :

— C'est bon, tu es tranquille.

Je tente de garder une expression neutre et de ravaler mon immense soulagement.

Vu l'expression de tous les Zandiens, ils n'ont pas besoin d'incitation. Ils seraient prêts à commencer les tests immédiatement même s'il n'y avait pas de dômes et de terres, vu leurs regards affamés.

— Où se trouveront les dômes ? demandé-je à mon amie.

Je regarde au loin, mais je ne vois que des gravats à l'horizon.

— Je n'en suis pas sûre, mais je crois que certains d'entre eux se trouveront loin de la capitale. Dans les zones surexploitées de la planète.

Je ressens une pointe d'angoisse. Et si les choses tournent mal avec mes compagnons, et que je n'ai pas d'amies à proximité pour me réconforter ? Pas d'autres humains ?

Mais je croise le regard plein d'affection de Jax. Il m'observe depuis l'autre bout de la place, comme s'il cherchait à déchiffrer la moindre de mes émotions. Comme s'il voulait chasser toutes mes inquiétudes.

— D'après Thalia, certains endroits de la planète sont toujours beaux et verdoyants, et les cristaux naturels n'y ont pas été minés.

Je me souviens que Thalia est l'une des rares femmes zandiennes. Elle a été capturée par les Finn et séquestrée ici avant que Tomis, son guerrier, la secoure.

— Dommage qu'on ne soit pas envoyés là-bas, dis-je.

Je tente d'imaginer des cristaux scintillants, par grottes entières, au milieu des plantes. Les esclaves de l'agriferme ne me manquent pas, contrairement au contact avec les plantes et l'odeur de la nature verdoyante. Je meurs d'envie de retoucher à ces feuilles toutes douces. Je croise les bras alors qu'un vent brûlant m'agresse de toutes parts. Je coule un regard à Lily.

— Rok et toi aurez des terres, vous aussi ?

Elle hausse les épaules.

— Je ne sais pas. Je crois que ça lui plairait. Il faudra qu'on voie si le roi Zander le permet. Ce qui est certain, c'est qu'il ne me laissera pas être accouplée à d'autres hommes.

J'éclate presque de rire à cette idée. Son compagnon est extrêmement dominateur et possessif. Pour qu'une relation avec plusieurs hommes marche, il vaut sans doute mieux que les guerriers soient de la même famille, comme les miens, ou qu'ils soient déjà amis.

— Les équipes finiront par rebâtir les villes aussi, dit Lily, bien que sa voix ait perdu de son enthousiasme alors qu'elle m'imite et contemple l'horizon. La tâche sera monumentale.

Elle soupire. Puis, d'un ton plus joyeux, elle ajoute :

— Imagine comme ça va être chouette, Riya ! On a une planète, désormais. Elle est à nous.

Elle semble pleine de fierté. Lily est l'une des personnes ayant convaincu les Zandiens de libérer les humains de la capsule de la mort. Elle y était prisonnière, elle aussi, et son compagnon Rok en a pris le contrôle à l'aide du roi Zander. Je pense que c'est aussi elle qui a convaincu Rok et Zander d'engager les humains pour contribuer à leur guerre. Sans cela, nous serions tous morts. Je suis reconnaissante à mon amie pour son influence. Toutefois, je trouve trop idéaliste ou optimiste de dire que cette planète est *à nous*.

— Elle est aux Zandiens, la reprends-je, avant de me mordre la lèvre.

— Non.

Son ton est déterminé. Quand elle veut, elle est aussi guerrière que son compagnon. Je la regarde sans rien dire.

— Riya, tu les as entendus. La planète est *à nous*. À nous tous. Aux Zandiens et aux humains. Nos ADN se mêleront et aideront ce monde à devenir fort et puissant, plus que si chacune de nos espèces était restée de son côté. C'est eux qui commandent, c'est vrai, mais nos gènes compteront pour moitié. Alors oui, elle est à nous aussi. Et moi, je suis reconnaissante.

J'espère vraiment qu'elle a raison. Même si mon ADN ne contribuera à rien du tout.

— Mon neveu en est la preuve, Riya.

Elle parle du petit prince Zander. La voix de Lily est devenue plus douce, mais garde de sa fermeté.

— Il représente notre avenir à tous, y compris le tien. Bientôt, tu auras un enfant à toi, plusieurs, même, et tu verras à quel point c'est génial de donner la vie. Pas seulement pour cette rotation planétaire, mais pour des milliers de siècles, si les étoiles le veulent.

Mon cœur se gonfle d'un tas d'émotions inédites. Quand j'étais esclave, on me répétait que j'étais inférieure, stupide, une moins que rien. Seulement bonne à produire d'autres esclaves. On me disait que la race humaine avait été écrasée parce que nous étions faibles, et que j'avais de la chance d'être en vie pour travailler. Que l'avenir ne m'appartenait pas, et que j'existais uniquement pour servir les races supérieures pendant leur conquête de la galaxie. L'idée que mon ADN soit utile, et même puissant ? Ça me fait bizarre, et ça m'effraye.

Mais je ne peux pas participer comme ils le veulent. Ils finiront par réaliser que je ne suis pas utile à leur avenir. Je devrais admettre la vérité tout de suite. Au moins à Lily.

Si ça se trouve, elle non plus n'est pas en mesure d'avoir

des petits. Elle était esclave sexuelle, avant que Rok la secoure. Elle a peut-être même été stérilisée.

Mais je vois mes hommes me regarder avec – par les étoiles... est-ce de la fierté ? –, et je n'arrive pas à prononcer les mots à voix haute. Je n'arrive pas à envisager d'alternative au fait d'être leur compagne. Je pourrais peut-être demander à rester sur Zandia quand même, à me rendre utile dans un dôme, même sans servir de compagne, mais cette idée me démoralise.

En plus, les Zandiens risqueraient de me considérer comme un fardeau, et de m'expulser de leur planète. Je ne peux pas prendre le risque.

~

Tarren

Nous faisons la queue devant Zander pour demander à recevoir des terres, et nous perdons Riya de vue. Je serre les poings. Ronan me jette un regard curieux. Je sais que je transpire l'agressivité, mais je n'arrive pas à me calmer.

L'enjeu est trop important. Si Zander insiste pour que nous nous faisions tester et que Riya est attribuée à un autre groupe, je suis prêt à tuer chaque membre du groupe en question à mains nues. Personne ne se dressera entre notre compagne et nous.

Même si pour cela, je dois défier mon roi.

Vutain.

En serais-je capable ? Je n'en suis pas sûr. Je dois tout au roi Zander. C'est grâce à son courage et à sa détermination que nous avons reconquis notre planète et que nous sommes de retour ici.

Pourtant, mon besoin d'avoir Riya à mes côtés éclipse tout le reste.

Nous nous avançons. Le roi Zander s'est assis et écoute les propositions de ses sujets une par une.

Jax se présente devant lui en premier, et je suis bien content que mon cousin soit si bon orateur. Il sait arrondir les angles.

— Roi Zander, mes cousins et moi avons revendiqué et percé notre compagne. Nous sommes prêts à recevoir des terres.

Il parle d'un ton assuré, même si je sais qu'il est aussi inquiet que nous. C'est son don : il présente les choses sous l'angle qui l'aidera à parvenir à ses fins.

Zander hoche la tête.

— Qui est votre compagne ?

Jax s'éclaircit la gorge.

— Elle s'appelle Riya.

Zander allume son amplificateur vocal.

— Riya, lance-t-il.

Je passe en revue la foule d'humains. Elle en émerge, le visage pâle et pincé. Je serre les poings de plus belle. J'ai envie de me battre pour elle. De tuer tous les êtres qui lui ont fait peur au cours de sa vie, mais je ne peux pas encore la réconforter. Pas avant d'avoir obtenu cette victoire pour notre avenir.

— Avancez-vous, ordonne Zander.

Elle se déplace comme si elle marchait dans une boue épaisse. Chaque pas semble prendre une éternité. Non, c'est sans doute ma perception des événements. Je veux en finir au plus vite.

Elle jette un regard par-dessus son épaule à l'humaine

Lily, qui lui fait un signe dont je ne connais pas le sens. Elle lève un pouce en l'air.

Riya se tourne de nouveau vers moi et se touche le lobe de l'oreille, comme pour vérifier que la preuve de revendication est toujours là. Les cristaux scintillent au soleil, et une fierté possessive monte en moi. Je bombe le torse.

Elle est à nous.

À nous, comme aucune autre n'aurait pu l'être.

Et personne ne nous la prendra jamais.

Quand elle s'approche du roi, nous nous plaçons autour d'elle, Ronan et Jax de chaque côté, et moi derrière.

Le roi Zander nous observe de son air songeur.

— Riya.

Elle fait la révérence.

— Majesté.

Sa voix chevrote un peu. C'est sans doute la première fois qu'elle parle au roi, ce qui ne fait qu'amplifier son stress.

— Vous êtes-vous accouplée à ces hommes de votre plein gré ?

Elle semble aussi surprise de cette question que nous, mais elle hoche la tête sans hésitation.

— Oui, Majesté.

Il promène de nouveau le regard sur nous quatre.

— Et vous êtes tous prêts à servir Zandia à travers notre programme de réhabilitation ? Vous jurez de défendre nos terres, d'œuvrer à leur reconstruction et à leur végétalisation et d'habiter votre territoire durant au moins cinq cycles solaires, après quoi vous en deviendrez propriétaires ?

— Oui, mon roi, répond Jax.

Ronan et moi nous inclinons en signe d'accord.

Zander se tourne vers le guerrier qui se trouve à ses côtés.

— A-t-on le dossier d'esclave de Riya ?

Notre compagne se raidit. Je ne suis pas le seul à le remarquer. Jax lui jette un regard interrogateur. Ronan la prend par la main.

L'assistant du roi secoue la tête.

— Je ne l'ai pas ici, Majesté. Je peux le localiser et l'envoyer sur votre bracelet de données.

Zander agite la main d'un air nonchalant et répond :

— Envoyez-le à ses compagnons quand vous le trouverez.

Puis il se tourne vers Riya.

— Quelle fonction aviez-vous auprès des Ocrétiens ?

Elle déglutit bruyamment.

— Je travaillais sur une agriferme, Majesté.

Zander s'illumine.

— Cela sera d'une grande utilité à votre groupe. Vos compétences seront particulièrement appréciées sur le site de la Mine Égantienne. Pourquoi aviez-vous été condamnée à mort ?

Riya se balance d'un pied à l'autre. Elle a pâli.

— J'ai tué un garde, Majesté, répond-elle d'une voix brisée.

Je serre tellement les poings que mes doigts craquent. Je suis certain que si Riya a tué quelqu'un, c'est que cet être ne lui a pas laissé le choix. Le roi Zander semble en avoir conscience, lui aussi, car il ne laisse paraître ni surprise ni désapprobation.

— Pour vous défendre ?

— Oui, Majesté, dit-elle, bougeant à peine les lèvres.

Il lève le poing dans notre salut traditionnel.

— Vous partez immédiatement. On vous expliquera tout en vol. Vous savez déjà comment ériger un dôme. Le reste de vos instructions suivra. Un transporteur vous attend avec tout votre matériel. Veuillez accepter ma gratitude pour votre aide dans la réhabilitation de Zandia.

Immédiatement. Nous sommes sans doute tous surpris, mais je ne suis pas fâché. Plus vite nous serons installés sur nos terres avec notre compagne, mieux ce sera. Je veux que tout soit officiel.

Mes cousins et moi rendons son salut au roi, et Riya fait la révérence, même si je soupçonne Ronan de l'aider à tenir debout, car elle semble avoir les jambes tremblantes.

Alors que nous nous éloignons, mon corps exulte. *Oui.* Nous avons demandé à avoir Riya, et par les étoiles, elle est là. Un rare sourire me fend le visage, tirant sur la blessure en cours de guérison. Je suis certain que Ronan doit également avoir un sourire béat aux lèvres, mais je n'ai d'yeux que pour notre compagne.

Elle semble à la fois terrifiée et soulagée. C'est compréhensible. Cette situation est inédite pour nous quatre. Notre accouplement était phénoménal, mais tisser un lien au cours de toute une vie, c'est quelque chose que nous devrons apprendre ensemble.

Quand nous atteignons les limites de la foule rassemblée, nous nous arrêtons, et je tends la main à Riya. Elle ne la saisit pas, cependant. Elle se mord la lèvre.

— Alors, qu'est-ce qu'on fait maintenant ?

Elle parle à voix basse, et malgré la joie indéniable qui s'est emparée de son expression lorsque Zander nous a remerciés, elle semble avoir peur.

Ronan soulève leurs doigts mêlés et lui embrasse le dos de la main.

— Eh bien moi, je suggère que nous nous accouplions à nouveau ici devant tout le monde, rien que pour prouver que nous formons une équipe. Ce genre de trucs, ça rapproche, tu sais.

Elle entrouvre les lèvres et fronce les sourcils, comme si elle se demandait s'il était sérieux.

Ronan éclate de rire.

— Je te taquine, Riya. J'essaye de te faire sourire.

— Crétin, interviens-je d'un ton sec.

Je prends sur moi pour ne pas lui donner de coups de poing. Sa blague était stupide et inappropriée. Notre compagne est apeurée et a besoin qu'on la rassure.

— Riya... commencé-je.

Mais elle se met à glousser, visiblement soulagée.

— Très drôle, dit-elle.

Je me détourne et aboie :

— On y va.

D'un côté, je suis content que Ronan, toujours aussi boute-en-train, ait fait sourire notre compagne dans ce moment de tension. Je ne veux pas être jaloux, car c'est une émotion inutile. Mais une part de moi fulmine alors que la main de Riya se resserre sur la sienne.

Nous pénétrons dans le transporteur.

— Tes affaires sont prêtes ? Les nôtres sont déjà faites, y compris les objets dont nous aurons besoin dans notre nouvelle habitation, dit Jax.

Il touche le bras de Riya, et elle hoche la tête en déglutissant.

— Le peu que j'ai, oui, répond-elle en regardant par la fenêtre, avant de se tourner vers nous. Je ne suis pas arrivée avec une liste interminable de... possessions. Seulement quelques vêtements.

Ronan lui adresse son fameux sourire, celui qui fait chavirer les cœurs aux quatre coins de la galaxie.

— Tout ce qui compte à nos yeux, c'est toi, dit-il d'un ton sincère. On fabriquera ce qui nous manque une fois sur nos terres. Ensemble.

Elle fait tourner une mèche de ses cheveux bruns autour de son doigt, toujours nerveuse.

— Oui, tu as sans doute raison, répond-elle.

J'ai envie de la rassurer, mais *vutain,* je n'ai aucune idée de ce que sera la vie dans notre nouvelle habitation. Tout ce que je sais, c'est que je suis fier qu'elle soit notre compagne.

CHAPITRE QUATRE

T *arren*

À PRÉSENT QUE nous sommes tous assis les uns à côté des autres, je hume l'odeur de Riya : exceptionnelle. C'est un arôme floral léger, qui chatoierait sûrement s'il s'agissait d'une couleur. Et en dessous, une note musquée, agréable et... excitée ? Je me penche légèrement pour voir si j'ai raison. *Vutain*, oui, elle est excitée. Je prends sur moi pour ne pas lui sauter dessus et la prendre ici même. Nous devons d'abord rejoindre nos terres.

— On t'a enseigné des choses sur cette planète ? lui demandé-je.

Je suis curieux de voir quelles informations on lui a données, de savoir dans quelle mesure elle sera utile dès le départ.

Elle cille, et ses yeux, si grands et si jolis, me font bander.

— Sur la capsule d'entraînement, on assistait à des conférences sur l'histoire, la biologie et l'agriculture zandiennes. Sur les ressources naturelles de la planète. Mais rien sur ce que nous ferions une fois arrivés. Ou ce que l'on attendrait de nous.

Elle rougit.

Songe-t-elle à ce que nous attendons d'elle... sexuellement ?

Car moi, c'est clairement à ça que je pense.

Je ravale un sourire triomphant. Cette petite humaine a beau être nerveuse et avoir un passé traumatisant, elle nous désire. Ça, j'en suis certain.

— Et à ton avis, quel sera ton rôle ?

Elle prend une inspiration.

— Eh bien... J'imagine que je préparerai mes propres repas, vu que vous trois, vous ne mangez pas beaucoup. Je m'occuperai de l'entretien du dôme et je vous aiderai à revégétaliser les terres. Je m'occuperai de notre jardin et des bêtes, s'il y en a. Est-ce qu'on possédera des animaux ?

Je la regarde d'un air surpris.

— Pour quoi faire ?

Elle rougit.

— Pour manger. Sur l'agriferme, on avait plein de bêtes qui nous fournissaient des ingrédients.

Je hoche la tête.

— Excellente idée. Je verrai si nous pouvons capturer des animaux que tu pourras domestiquer.

Elle écarquille les yeux.

— Euh... bredouille-t-elle. Je... je ne sais pas si je saurais domestiquer des animaux sauvages, mais... Je suis sûre qu'on trouvera comment faire.

Elle déglutit et hoche la tête.

Qu'est-ce que notre compagne est courageuse !

— Je compte aussi développer mes connaissances sur les plantes et les herbes zandiennes pour créer de nouveaux médicaments pour les humains et les Zandiens, poursuit-elle. Et bien sûr... pour les petits. Si, euh, quand nous aurons des petits, je m'en occuperai.

Elle évite mon regard, et je remarque que ses doigts forment un poing.

Je me demande si elle a peur de donner naissance. J'ai déjà vu un hologramme de ce moment, et *vutain*, c'était sanglant, mais avec le Dr Daneth et les autres femmes qui sont déjà passées par là, je suis certain que ce sera aussi sûr que possible.

Le visage de Riya s'illumine.

— Je m'y connais très bien en plantes et en propagation botanique. Je suis sûre de pouvoir créer le meilleur jardin que vous ayez jamais vu et de mettre au point des améliorations paysagères que l'on pourra partager avec toutes les équipes.

Sa voix est pleine de ferveur, et cela me provoque une drôle de sensation dans les entrailles. Comme si elles se réarrangeaient pour faire de la place à la chaleur dans ma poitrine.

Jax lui touche le bras. De son habituelle voix grave et chaleureuse, il lui dit avec un sourire :

— Ça sera nouveau pour nous aussi. On apprendra ensemble.

Elle se détend.

— Oui. Merci.

Je regarde par le hublot alors que le territoire que l'on nous a attribué apparaît.

Il est... complètement aride. Nous sommes censés ériger notre dôme au milieu d'un tas de résidus miniers et de roche brisée.

— Est-ce que c'est... ça ? demande Riya.

J'ai l'impression d'avoir reçu un coup de poing.

Comment sommes-nous supposés rendre notre compagne heureuse dans cet endroit laid et lugubre ?

Et qu'est-il arrivé à la planète de ma jeunesse ? Cela me donne envie de démolir les Finn à nouveau. Ils ont massacré notre superbe planète.

Ronan pousse un juron.

— Il est trop tard pour demander d'être postés dans la capitale ?

Même Jax semble être démoralisé.

— Bon, intervient Riya, et je suis surpris de la voir sourire. On est là pour améliorer les choses, non ? Ne nous focalisons pas sur l'apparence de ces terres. Imaginons ce que nous pouvons en faire.

— Et qu'est-ce que nous pouvons en faire ? Demande Ronan d'un ton dubitatif.

Elle a un grand sourire.

— Tout ce que l'on voudra.

Mon cœur manque un battement. *Vutain,* notre compagne n'a peur de rien. Elle est forte et déterminée. Bien sûr, elle a sans doute connu de pires conditions de vie. Les Ocrétiens ont pillé les ressources de sa planète d'origine, la Terre, jusqu'à ce qu'elle devienne inhabitable. Ils surexploitent toutes les planètes qu'ils envahissent. Et sur son agriferme, ce ne devait pas être beaucoup mieux.

L'appareil se pose, et j'insiste pour porter Riya, surtout pour pouvoir la toucher. Pour la remercier de son optimisme.

Le guerrier qui nous a conduits ici nous aide à décharger notre matériel, puis il s'en va, nous laissant sans aucun moyen de quitter notre nouveau territoire.

Nous allons devoir prier l'étoile zandienne de nous aider à y fonder un foyer, car nous n'avons nulle part où aller.

Je jette un regard au ciel. Le soleil zandien se couchera

dans quelques heures, et il nous faut monter notre dôme avant la nuit tombée, sans quoi notre compagne devra dormir dans une tente, chose que je refuse de lui infliger.

— Mettons-nous au travail, grommelé-je. Riya, reste à proximité pendant qu'on érige le dôme.

Jax et Ronan me suivent, et nous mettons en place les poutres et les matériaux haute technologie dont nous avons besoin pour construire notre habitation. Riya nous observe et nous aide en nous tendant les outils adéquats.

Je ne sais pas pour Jax et Ronan, mais sous son regard, j'ai du mal à me concentrer. Surtout quand ses yeux ourlés de longs cils fixent mon torse et mes bras, comme si mes muscles la fascinaient.

Nous finissons juste avant le crépuscule. Le dôme argenté scintille au soleil. L'intérieur est conçu pour garder l'humidité et la température à des niveaux agréables. L'extérieur est assez solide pour nous protéger des tempêtes, des bêtes sauvages et de toutes autres menaces.

Il se sert du soleil et du vent pour produire de l'énergie, mais nous n'aurons pas d'eau avant d'avoir creusé un puits lors de la rotation planétaire suivante. En attendant, nous avons un réservoir d'eau suffisant.

— Entre, jette un œil, dis-je à Riya.

Je suis fier de lui présenter le dôme. Notre foyer, qui ne sera complet qu'avec elle. C'est fantastique.

Riya

J'ai déjà vu les dômes que les Zandiens érigeaient dans

la capitale, mais voir mes compagnons bâtir le nôtre avec une telle efficacité était à couper le souffle. La structure en elle-même est vaste, et son sommet est parcouru de poutres argentées qui s'entrecroisent autour de vitres. Aux alentours, le paysage est rude, c'est sûr, mais j'ai vu un ruisseau non loin de la zone où nous avons atterri, alors je suis convaincue que nous pourrons faire pousser des choses. Dans quelques cycles solaires, quand la végétation aura repris ses droits, les lieux auront une allure complètement différente.

L'intérieur est luxueux, du moins comparé à ce dont j'ai l'habitude. Il y a un garde-manger pour conserver et préparer les aliments, ainsi qu'une zone pour manger, avec une table et des chaises. Un placard pour les vêtements, les outils et les armes. Une salle de bains équipée d'un tube de lavage automatisé, comme dans leurs appartements de la capsule palatiale. Un salon pour se détendre, avec des fauteuils-planeurs et des tables. Et... la chambre à coucher. Comme chez mes compagnons dans la capitale, il y a un grand disque de sommeil composé de trois disques plus petits. Il y a d'autres fauteuils-planeurs le long du mur, sans doute pour se détendre. Le disque de sommeil est couvert de draps tout doux et d'un baldaquin au tissu fluide.

— Je n'aurais jamais imaginé avoir une maison à moi un jour, admets-je à mes compagnons, qui me suivent au sein du dôme pour observer la moindre de mes réactions. Quand j'étais esclave sur l'agriferme, je dormais par terre dans une tente avec les autres. Nous n'avions aucune intimité, et pas le droit de posséder quoi que ce soit.

Je touche les draps finement tissés du disque de sommeil. Je me ramollis. Je ne devrais pas me faire à tous ces conforts. Suis-je assez bête pour croire que je serai toujours là dans cinq ans, quand cette propriété devrait nous revenir ? Mes compagnons s'apercevront bientôt que je ne suis pas une reproductrice, et ils réclameront une autre compagne.

— Ici, tout t'appartient, désormais, me dit Tarren d'une voix dure.

Les larmes me montent aux yeux, et je le vois prendre une expression alarmée. Je dois me souvenir que les Zandiens ont du mal à comprendre les émotions humaines. Ou en tout cas, c'est ce que j'ai entendu dire. Elles les déroutent, mais les influencent également. En se liant avec nous, ils y deviennent plus sensibles.

— Je suis désolée.

Je m'essuie les joues en vitesse.

Tarren se détourne, mais j'ai cru voir quelque chose passer dans ses yeux. Il est tellement sur la réserve que j'ai envie de briser sa carapace pour découvrir ce qui se cache derrière.

Après avoir visité ma nouvelle demeure, je retourne dehors, où des caisses pleines de matériel traînent au soleil. Les guerriers me suivent, comme si tout ce que je faisais les fascinait.

— Qu'est-ce qu'il y a là-dedans ? m'enquiers-je.

— J'imagine qu'il s'agit de ce dont nous aurons besoin pour cultiver ces terres. Tu veux regarder dedans ? me demande Jax.

Il soulève le couvercle d'une des caisses et jette un coup d'œil à l'intérieur.

— Voilà tes réserves de graines, me lance Tarren de sa voix bourrue en ouvrant plusieurs boîtes argentées. Et des outils.

Je retiens mon souffle et me dépêche d'ouvrir la première boîte. Dans la capsule d'entraînement, on m'a donné un aperçu des graines que nous recevrions, des plantes à faire pousser en priorité et de celles qui étaient d'importance secondaire, à planter en fonction des besoins et des envies de notre équîpe. On nous a assuré que nous recevrions de l'aide en cas de besoin, mais vu mon passé, je suis confiante.

— Du blé ! m'exclamé-je. Des carottes, des tomates, des haricots, des oignons.

Je passe en revue sachet après sachet.

— Des fraises, des pommes de terre, des épinards, des blettes.

Il y a aussi des boîtes d'herbes, de vitamines et de ferti-lisants.

— Ça doit valoir une fortune, m'émerveillé-je. Comment le roi Zander a-t-il obtenu tout ça ?

Je montre du doigt notre trésor. Les ingrédients terriens sont toujours très appréciés, même si la Terre a disparu depuis longtemps. Tout ce qu'il en reste, à part des esclaves humains, ce sont nos ressources alimentaires excep-tionnelles.

— Le roi Zander achète toutes les graines terriennes qu'il trouve, depuis qu'il a revendiqué sa compagne, m'ap-prend Jax.

Je me souviens de toutes les plantes chargées de fruits et légumes que j'ai vues dans la capsule palatiale. Ronan m'avait dit que Lamira les cultivait. Avant, elle aussi était esclave sur une agriferme.

— Nos cristaux sont très recherchés, ajoute-t-il, et nous obtenons énormément de choses en échange de seulement quelques-uns d'entre eux. Un cristal de la taille de mon poing a sans doute suffi à acheter le matériel pour tous les dômes.

— Je n'ai jamais goûté à certains de ces aliments, admets-je.

— Ah bon ? Pourquoi ? demande Tarren d'un air surpris.

Je hausse les épaules.

— On avait beau être responsables des cultures, en tant qu'esclaves, on était sévèrement punis si l'on mangeait ne serait-ce qu'une bouchée de ce qui était destiné aux Ocrétiens.

Mon estomac se serre lorsque je me remémore ma vie avant le sauvetage des Zandiens. Les étoiles soient louées, la vie est bien différente, désormais. Ces graines, ces plantes en devenir, elles m'appartiendront. J'aurai le droit de les goûter. Je ressens une telle joie à cette perspective que je saute au cou de Tarren. Son corps se raidit, puis il m'étreint, avec un temps de retard.

Ronan a les sourcils froncés.

— Riya, dorénavant, tu mangeras tout ce qui te fera plaisir. D'ailleurs, je me donnerai pour mission de te faire goûter chacun de ces ingrédients à chaque rotation planétaire, jusqu'à ce que tu me supplies d'arrêter.

Il observe un sachet.

— Celui-là. Du maïs. Tu mangeras du maïs trois fois par rotation planétaire si ça te chante. Sept fois, même.

Je ris et lui prends le sachet des mains.

— Je crois que pour le maïs, une fois par semaine suffira.

Les Zandiens ne comprennent rien aux habitudes alimentaires humaines. Pour eux, c'est aussi étrange que leur consommation de cristaux l'est pour moi.

— Mais je compte extraire le liquide de leurs grains pour tenter d'en faire du carburant. Je pense que ça pourrait être utile, même si je ne sais pas encore très bien comment.

Des tas d'idées me viennent en tête.

Ronan penche la tête.

— Du carburant à partir de ça ? dit-il en regardant la

photo sur le sachet. Ça paraît impossible. Mais je te fais confiance. Bientôt, nous aurons le meilleur territoire de la planète, et nous dirons à tous les êtres que notre compagne est une faiseuse de miracles.

Les vastes terres désertes m'emplissent d'enthousiasme.

— C'est incroyable, m'exclamé-je en tournant sur moi-même. Je crois que le blé devrait être planté dans ce champ, là, pour profiter du soleil. Et les fraises ici, mais sous les pois et les haricots, qui les protégeront. Je pense que les tomates et les blettes devraient aller...

Je m'interromps, hésitante.

— Sauf si vous les préférez ailleurs ?

La surprise se lit sur le visage de Jax.

— C'est toi qui décideras où planter telle ou telle graine, dit-il en me montrant nos terres. Nous, on les labourera pour toi afin de t'y aider.

Je suis stupéfaite.

— C'est moi qui déciderai ?

— Bien sûr, comment saurions-nous où les planter ? On s'en remet à ton jugement. Tu t'y connais mieux que nous, dans ce domaine.

— Mais je croyais que vous me donneriez des ordres.

Il a un sourire en coin.

— Oh, on te donnera beaucoup d'ordres, petite humaine, mais ce sera plutôt dans la chambre à coucher. Tu n'es plus esclave, Riya. Tu es notre compagne.

Ronan s'approche et me prend par la taille pour me coller à son torse.

— J'ai quelques ordres à te donner, là tout de suite.

Sa voix grave et suggestive éveille mes parties féminines. Mes tétons fraîchement percés et un peu douloureux, maintenant que l'anesthésiant ne fait plus effet, se dressent.

Je suis entourée de trois beaux mâles qui veulent de

nouveau coucher avec moi. *Bientôt.* Très bientôt, à en juger par leurs regards affamés. Même Tarren, le plus bourru de mes compagnons, me désire... passionnément.

Ronan

— À l'intérieur, femme.

Je ne lâche pas Riya, mais la pousse en direction du dôme, ses fesses délicieuses pressées contre l'avant de mon corps.

Je ne sais pas pour mes cousins, mais moi, je suis impatient de revendiquer de nouveau notre compagne. Je ne m'étais jamais senti aussi reconnaissant d'avoir un autre être dans ma vie.

L'optimisme de Riya est la seule chose qui m'a empêché d'être démoralisé, en voyant nos nouvelles terres. Mais elle a raison. Grâce à sa maîtrise de l'agriculture, nous parviendrons à redonner sa splendeur à cette zone.

Je suis tellement heureux de l'avoir. Elle représente déjà beaucoup plus que ce que j'espérais trouver avec une compagne. Et la partager ne me dérange pas du tout. En fait, je trouve même cela plus facile, car tout seul, je ne saurais pas du tout comment rendre une femme heureuse. Mais à trois, nous trouverons bien comment faire.

Riya nous laisse la guider à l'intérieur, et l'odeur exquise de son excitation me rend dur comme du cristal zandien.

Mes cousins m'emboîtent le pas. Je crois entendre Tarren grogner d'impatience. Je la mène dans notre chambre et la lâche.

— Déshabille-toi, ordonné-je.

Elle nous jette un regard nerveux, mais n'obéit pas.

— Je crois qu'elle préfère qu'on le fasse à sa place, suggère Jax.

Il se dirige vers elle d'un pas tranquille et lui enlève sa tunique verte.

Les seins de Riya se libèrent dans un rebond, et cette fois, je suis certain que Tarren a grogné en même temps que moi.

Jax se place derrière notre compagne et lui saisit la poitrine.

— Elle apprendra bien vite à nous obéir.

Il lui pince les tétons et tire doucement sur les cristaux qui les ornent désormais.

Elle pousse une exclamation, mais ce n'est pas la peur que je lis sur son visage, plutôt un désir aussi grand – je l'espère – que le nôtre. Ses joues sont roses, ses pupilles noires et dilatées, faisant foncer l'or de ses iris.

— Les petites compagnes qui n'obéissent pas sur-le-champ sont punies, murmure Jax contre son oreille.

Il la mordille à la base du cou. Elle frissonne, mais à mon avis, ce n'est pas de peur.

— Enlève tes bottes. Et vite, sinon Ronan sortira les liens de la boîte que nous a donnée le Dr Daneth.

Elle obéit dans un sursaut, adorable alors qu'elle sautille sur un pied pour ôter les chaussures qui la rendent sexy au possible.

Jax glisse un pouce dans l'élastique du legging de Riya et le baisse, ainsi que sa culotte, jusqu'au sol. Elle s'avance pour les laisser tomber, tout en se tordant les mains. Jax les prend dans les siennes et les coince derrière sa tête.

— Laisse mes cousins t'admirer, ma belle. Tu es la plus jolie créature que nous ayons jamais vue.

Je hoche la tête et presse mon érection à travers mon pantalon tout en m'avançant.

— Écarte les jambes, mon cœur, ordonné-je.

Dès qu'elle s'exécute, je plaque la main sur son pubis et avale son halètement. Je suçote sa lèvre inférieure et glisse ma langue dans sa bouche. J'ai envie de la dévorer.

Son sexe couvre mes doigts de nectar alors que sa chair gonfle à chaque caresse. Elle est tellement sensible... ça me fait presque perdre la tête.

Je grogne en mettant fin à notre baiser. Elle me regarde avec surprise.

— Cette chatte, dis-je, doit être la plus belle chatte de la planète.

Je glisse un doigt en elle, et elle tombe presque en avant en tentant de reprendre ses mains, prisonnières de Jax. Il continue de la garder captive, cependant, coinçant ses poignets dans l'une de ses mains tout en jouant avec ses seins de l'autre. Tarren observe la scène depuis le disque de sommeil. Il a ôté ses vêtements et a fait sa toilette, et il est en train de se caresser.

— Où est-ce que tu veux ma queue, Riya ? demandé-je en ajoutant un deuxième doigt pour la *vuter* avec.

Elle halète et se trémousse, les yeux brillants.

— Tu la veux ici ? Dans ta chatte ?

— O... oui.

Je l'embrasse à nouveau.

Jax lui lâche les mains et la guide jusqu'au disque de sommeil. Je la penche sur le matelas. Ses fesses sont tellement belles, elles attendent seulement de rougir à nouveau, alors je les frappe avec force.

Riya glapit, mais ne change pas de position. Je la fesse encore et encore, jusqu'à ce que sa peau prenne une adorable teinte rosée. Puis je libère mon sexe et fais glisser mon gland contre son antre. Les yeux révulsés, je la pénètre dans un gémissement. Je m'enfonce, tout en lui laissant le temps de s'adapter à ma circonférence. J'ai les cuisses qui tremblent tant je me contiens, mais je me change les idées en caressant ses flancs, la courbe de son dos. Lorsqu'elle se cambre pour me prendre plus profondément, je lâche un juron. Me contenir n'est plus envisageable. Je la prends par les hanches et me retire, avant de l'emplir pleinement.

Elle pousse un cri, mais il est plein de désir, alors je continue. À chaque coup de reins, elle pousse des petits miaulements de plaisir, jusqu'à ce que je n'entende plus que ses cris, mes grognements, et le son de nos chairs qui s'entrechoquent. Jax rampe sur le disque de sommeil pour la saisir par les cheveux et lui soulever la tête afin de joindre leurs bouches. Tarren lui glisse les mains sous le bassin et caresse l'endroit qui la rend folle.

Elle commence à se serrer sur moi, et je perds le contrôle. Mes bourses se contractent, mes jambes tremblent. Je m'enfonce sauvagement en elle trois fois de plus, avant d'éjaculer.

— Jouis, Riya, lui ordonne Tarren.

Ce n'était pas nécessaire. Notre petite compagne est déjà en pleine extase. Ses muscles se contractent et me vident de mes dernières gouttes de sperme.

— C'est bien, ma belle, l'encouragé-je en me couchant sur son dos, comblé.

～

Riya

Je continue d'être ébahie que mes ébats avec mes compagnons ne fassent pas remonter les souvenirs des agressions que j'ai subies par le passé. Pas du tout. Comme si mon corps reconnaissait ses maîtres, réagissait à leur contact comme s'il était fait pour eux.

Je remarque à peine quand Ronan se retire et quand Tarren s'assoit à côté de moi sur le disque de sommeil. Un être me frotte le dos. Un autre me masse le crâne. Le plaisir m'envahit, chaud et enveloppant.

Tarren me ramène à la réalité lorsqu'il me soulève pour m'allonger sur ses genoux ainsi que ceux de Jax.

Je pousse une petite plainte, sûre qu'ils vont me donner une nouvelle fessée. Mais l'idée de Tarren est tout autre.

— Écarte les jambes, me dit-il, et détends tes fesses. Je vais insérer un objet dans ton derrière pour t'étirer. Comme ça, tu pourras accueillir le membre de Jax et on pourra te partager en même temps.

Je sens à quel point Jax est long et dur sous mes cuisses, et je me crispe par réflexe. Impossible qu'il me prenne par-derrière sans me faire très mal.

— Détends-toi, me dit Tarren d'une voix étonnamment douce et apaisante. On va bien s'occuper de toi. Tu peux nous faire confiance.

Ronan me caresse la cuisse et intervient :

— Le Dr Daneth m'a assuré que tu pourras tous nous prendre par-derrière, sans souci. Et que ça te plaira.

Il me donne une petite tape sur les fesses et rit.

— Tu verras.

Ça m'étonnerait, mais je suis curieuse, et mon corps vibre de désir. J'ai entendu d'autres humaines vanter cette pratique, et douce Terre mère, j'ai envie de la découvrir par moi-même. Le plug est enduit d'une sorte de lubrifiant, et quand Tarren l'insère en moi, je relâche mes muscles pour le laisser entrer.

— C'est bien, m'encourage Jax. Laisse-le l'enfoncer en entier. Ne lutte pas. Si tu le laisses faire, ça passera plus facilement.

— Ça fait mal, gémis-je alors qu'une douleur brûlante monte en moi au passage de la partie épaisse du plug.

— Seulement une minute, concède Jax en me caressant l'arrière des cuisses. Une fois complètement enfoncé, la douleur disparaîtra. Je te le promets.

Tarren glisse une main sous mon ventre et enfonce ses doigts en moi alors que de son autre main, il continue de presser le plug contre mon entrée.

Alors qu'il me caresse, je me détends. Cette fois, je suis prête, et ses doigts sur mon clitoris me rendent dingue.

— C'est bien, écarte sagement les cuisses et détends-toi, m'encourage Jax.

Tarren finit d'enfoncer le plug, qui trouve sa place en moi.

— Tu vois ? dit Jax. La douleur s'est envolée, non ?

Je hoche la tête.

— Si.

La sensation est étrange, cependant. Inédite.

Tarren me donne une petite claque sur les fesses.

— Il n'est pas aussi large que la queue de Jax, mais ça suffira à t'ouvrir à lui.

Un frisson me parcourt le ventre à ces mots. Ce sera encore plus large ?

— Et ce sera d'autant plus serré que je te pénétrerai par-devant en même temps, ajoute Tarren d'un ton calme. Mais d'abord, on va t'y préparer.

Il me couche sur le disque de sommeil, m'écarte les jambes et s'agenouille à mes côtés. Il se penche et colle sa bouche à l'un de mes tétons. Je pousse un cri, submergée par un désir soudain. C'est fantastique, et quand Jax plonge entre mes cuisses pour me lécher le clitoris, mon excitation est démultipliée. Les coups de langue constants sur mes tétons et mon clitoris sont délicieux, et bien vite, je me mets à me tortiller et à me coller à leurs bouches.

— Regardez comme son clitoris est gonflé, dit Jax d'un ton émerveillé.

— Elle est encore plus trempée qu'avant, renchérit Tarren. Je pense qu'elle est prête pour qu'on la prenne.

Il se penche sur moi pour me regarder dans les yeux.

— Riya, tu veux que Jax te sodomise ?

Le souffle court, les mots me viennent immédiatement.

— Oui, j'en ai envie.

Jax se redresse et s'assoit, les jambes légèrement écartées.

— Viens là, me dit Tarren en s'asseyant au bord du disque. Enlevons ce plug tout de suite pour que Jax le remplace par sa queue.

— Oui, s'il vous plaît, s'il vous plaît, murmuré-je.

Je me fiche que ça me fasse mal. Si cela me conduit à l'orgasme, il peut me pénétrer où il veut.

Tarren me soulève comme une plume.

— Quand je te poserai, détends les muscles de tes fesses. Tu seras debout sur le sol, et tu te laisseras glisser sur la queue de Jax. Si tu y vas doucement, ça ne fera pas mal.

— Oui, murmuré-je lorsqu'il applique davantage de lubrifiant sur mon trou étroit.

— Maintenant, m'ordonne-t-il.

Il m'installe entre les jambes de Jax, les pieds sur le sol, les fesses pressées contre l'érection dressée.

— Bouge jusqu'à le sentir contre ton entrée, puis baisse-toi.

Jax me prend par les hanches.

— Comme ça, Riya.

Au début, c'est comme avec le plug, mais alors qu'il me presse contre lui, son membre de plus en plus enfoncé en moi, sa circonférence me complique la tâche.

— Oh, gémis-je alors que la douleur monte.

— Vas-y lentement, me suggère Tarren en se penchant pour me lécher les tétons. Riya, tu es tellement belle comme ça, avec ta chatte trempée, à t'enfoncer bien sagement sur la queue de Jax. Tu es l'être le plus sexy de la galaxie, là.

Je me relève pour soulager la brûlure, et les mains puissantes de Jax me maintiennent les hanches. Tarren me prend par les épaules et appuie fermement dessus tout en me suçant les tétons. Jax me caresse le clitoris, et bien vite, je me colle à ses doigts, oubliant mon inconfort dans ma quête du plaisir.

— Plus vite tu m'auras pris en entier, plus vite tu t'habitueras à moi, m'encourage Jax en me tirant vers le bas.

Cette fois, le lubrifiant et mon excitation font leur œuvre, et je m'ouvre, petit à petit, pour accepter son épaisse érection. Je halète lorsque je me retrouve sur ses cuisses, son membre entier en moi.

— La première fois est la plus dure, m'assure Jax en m'embrassant l'épaule. Ça sera plus facile la prochaine fois, Riya.

Le sentir en moi est agréable. Très agréable. Il se met à bouger, ses bras musclés contrôlant aisément mes va-et-vient sur son membre. Au bout de quelques minutes, il se met à me faire aller plus vite, et une drôle de sensation monte profondément en moi.

— Oh, c'est trop bon ! m'écrié-je, le souffle coupé.

Tarren grogne.

— C'est le moment de m'accueillir aussi, Riya.

Jax se sert de ses mains sur mes hanches pour me relever, et son membre quitte mes fesses avec un bruit mouillé. Il me donne à son cousin, qui s'assoit et me place à califourchon sur lui.

— Tu vas me chevaucher, Riya, gronde-t-il.

Un instant plus tard, il m'empale sur son membre. Il est encore mieux monté que Jax, et je suis soulagée qu'il ne me prenne pas par-derrière. Douce Terre mère, que c'est bon ! Il stimule toutes mes parties sensibles. Même mon clitoris frotte contre lui à chaque va-et-vient.

— Chevauche-moi, Riya.

J'obéis. Dès le départ, je trouve mon rythme, et je réalise que je peux contrôler la profondeur et les zones qu'il stimule. Il me pince les tétons, les fait rouler entre ses doigts, comme si c'étaient des poignets. C'est génial, et je halète, mettant mes cuisses à contribution pour rebondir sur lui.

Je remarque à peine Jax derrière moi, et quand Tarren m'immobilise pour que son cousin m'écarte les fesses et applique du lubrifiant, je détends bien sagement les muscles et me cambre pour que Jax me pénètre plus aisément.

Au début, ça brûle, mais après quelques secondes, l'extase revient. Je ne sais plus où mon corps se termine et où le leur commence. Tout ce que je sais, c'est qu'avec deux énormes membres zandiens par-devant et par-derrière, je vais mourir de plaisir. Jax va et vient dans mon dos, et la force de ses mouvements me pousse sur le sexe de Tarren. Ce dernier l'aide en me saisissant par les hanches. Je sens son odeur musquée et boisée alors qu'il me pénètre, de même que l'odeur de mon excitation. Je suis tellement trempée que j'entends mon sexe émettre de petits bruits mouillés sur le membre de Tarren, et Jax grogne chaque fois qu'il me *vute* plus fort.

— Vous allez bientôt jouir ? gronde Tarren.

— Oui, susurré-je.

— Oui, rugit Jax.

— Riya, tu pourras jouir quand on aura fini tous les deux, m'ordonne Tarren.

Jax se raidit, et je sens un liquide chaud se répandre en moi. Au même moment, Tarren se contracte devant moi, et la sensation d'être aussi pleine me fait basculer. Je hurle de plaisir, submergée par l'orgasme le plus délicieux de toute ma vie. Mon cœur tout entier scintille de joie et de lumière.

Quand je me réveille, je suis sur le disque de sommeil, dans les bras de Tarren, couverte d'un drap tout doux. Jax est allongé à côté de nous, une main sur ma cuisse, et Ronan est couché de l'autre côté, la main sur ma cheville. Je retiens mon souffle, car Tarren est en train de me caresser les cheveux, un geste si tendre – surtout de sa part – que je ne veux pas gâcher ce moment.

Mais ils remarquent immédiatement que je suis réveillée.

— Riya, dit Tarren d'une voix rauque. Comment tu te sens ?

Je bouge pour tester mon corps.

— Bien, réponds-je en rougissant. Très bien.

Mon sexe et mon derrière sont endoloris, mais de la meilleure des façons, me rappelant ce que nous avons partagé.

— Tu es à nous, dit Ronan d'un ton tendre et assuré. Vraiment à nous.

— Pour toujours, ajoute Jax en me pressant la cuisse.

Tarren se contente de grogner, mais il me serre davantage dans ses bras, avec une telle tendresse que les larmes me montent aux yeux.

— Tu es triste ? demande Ronan en me dévisageant d'un

air stupéfait, les muscles bandés comme s'il s'apprêtait à livrer bataille.

— Non, réponds-je en m'humectant les lèvres, la voix éraillée. Je suis heureuse.

Pour la première fois de ma vie, je crois que je suis réellement heureuse.

Ronan pousse un grondement, le visage débordant de joie. Alors que nous nous assoupissons tous les quatre, Tarren continue de m'étreindre. Je n'avais encore jamais dormi aussi profondément.

CHAPITRE CINQ

R *onan*

Je me réveille tôt, alors que l'aube grisâtre commence à prendre des tons roses et orangés. Mes cousins dorment à poings fermés. Riya rêve encore, ses membres mêlés à ceux de Tarren, ses cils papillonnant sur ses joues. Avec le temps, nous mettrons sûrement au point un système de roulement pour l'étreindre pendant qu'elle dort.

Je quitte le dôme et savoure seul ce début de matinée alors que j'observe notre territoire. La fierté m'envahit, accompagnée d'un sens du devoir. Je ne suis pas aussi fort que Tarren et Jax, et je ne suis pas le plus beau Zandien de l'univers, alors je dois bosser deux fois plus dur pour faire mes preuves. Je prends une bouffée d'air frais et pur. Je commence à trier les caisses d'équipement et à les empiler : nourriture, outils, vêtements.

Alors que j'essuie mon front couvert de sueur, je la sens derrière moi. Je me retourne immédiatement, incapable de contenir un sourire bébête, et je manque de trébucher dans ma hâte de la rejoindre.

— Bonjour, dis-je.

Je la prends dans mes bras, un peu maladroitement, au début. Mais elle se colle volontiers à moi, la joue pressée contre mon torse.

— Bonjour.

Elle semble intimidée, et elle rougit.

— Comment ça va ? m'enquiers-je en la dévisageant. C'est un gros changement de venir ici, de découvrir tout ça. Avec nous.

Elle croise mon regard.

— Je suis contente. Merci.

Cela me rend fou de joie.

— Je suis désolé qu'on se soit tous endormis avant que je puisse te donner à nouveau du plaisir, la rotation planétaire précédente.

J'ai envie de lui donner des tas d'orgasmes, de lire la satisfaction sur son visage un million de fois, de lui faire oublier les Ocrétiens. Cette envie de la protéger de toute souffrance me surprend par son intensité.

— J'aime bien ce plaisir, dit-elle en rougissant de plus belle, mais avec le sourire.

— Ce n'est qu'un début, la taquiné-je, soulagé. Nous réservons encore bien des choses à ton joli corps. Et bien sûr, à notre vie commune.

Je ne veux pas qu'elle croie que seul le sexe nous intéresse. Elle écarquille les yeux, et au début, je crois qu'elle a peur, mais je sens son excitation.

— Je suis impatiente.

Elle mêle ses doigts aux miens. Son sourire est large et plein de confiance, et sa propre joie semble la surprendre.

— C'est tellement inattendu, admet-elle en serrant ma main dans la sienne.

Le désir s'empare de moi, et j'ai de nouveau envie de la revendiquer, mais j'imagine qu'elle a besoin de se réveiller tranquillement. Je m'éclaircis la gorge.

— Tu veux me dire où je dois labourer le sol en premier ? On pourrait prendre un peu d'avance.

— Oui. Je veux que notre territoire soit le meilleur, un exemple pour les autres groupes.

Sa voix est déterminée, et je souris. *Vutain,* j'adore son côté compétiteur. Il est en adéquation avec le nôtre.

— Nous devons ouvrir la voie, niveau innovations. J'ai déjà des idées... reprend-elle avant de marquer une pause. Sur l'agriferme, j'ai fait des expériences avec une nouvelle recette de fertilisant avec une proportion différente de nitrogène pour mieux le *fixer.* Tu sais que *fixer* veut dire enfermer pour perdre moins de nitrogène, hein ? J'ai aussi ajouté plus de vitamine B que de coutume. Il en a résulté une pousse plus rapide et plus de fruits sur les plants de tomates. J'aimerais tenter la même chose ici.

— Bien sûr. Je dois bien admettre que cette histoire de nitrogène a aussi peu de sens que les bla-bla-bla d'un Ocrétien, dis-je en grimaçant pour imiter les syllabes traînantes de ces êtres. Mais je me fie à ton jugement.

Jax la trouve intelligente. Moi, je pense que c'est un génie. Les esclaves humains n'apprennent pas à lire ou à écrire avec des instruments. On les tient à l'écart de tous les appareils de communication susceptibles de leur apporter des connaissances. Alors le fait qu'elle en sache autant me sidère.

J'espère que nous arriverons à stimuler sa confiance en elle. Je crois que c'est le rôle des compagnons.

Elle rit, un son merveilleux, comme un oiseau en vol, et tout son visage s'illumine.

— C'est exactement comme ça qu'ils parlent, dit-elle en pressant mes doigts.

Je retente le coup.

— *Bla bla-bla*, Riya, montre-moi où *bla-bla bla* la terre, dis-je en louchant et en mimant des crocs avec mes doigts, bien que les Ocrétiens n'en possèdent pas.

Je sens que ça lui fait du bien, que je me moque de ses anciens ravisseurs, et je veux lui donner tout ce qu'elle désire.

Elle éclate à nouveau de rire et se plaque une main sur la bouche.

— Oh, douce Terre mère, tu es trop drôle.

Elle regarde alentour comme si quelqu'un risquait de la surveiller, et cela aussi, ça la fait rire.

— J'adore avoir un endroit à nous. En sécurité.

Elle dit ces mots comme si elle les chérissait. Je la serre contre moi.

— Oui. On ne peut pas faire plus sûr. Le seul danger, ici, ce sont nos propres défauts, Riya. Et bien entendu, les bêtes sauvages qui vivent près des forêts. Elles peuvent être féroces, alors nous devons les éviter. Mais il n'y a pas d'esclavagistes, ici. Notre destin est entre nos mains, désormais.

Ensemble, nous regardons le territoire désert, loin des contours argentés du dôme qui scintille sous le soleil zandien.

— J'ai cru voir de l'eau en arrivant, dit-elle. Il y a un ruisseau dans les parages ? Tu peux m'y emmener ?

J'accepte. Je la prends par la main, bien que ce ne soit pas nécessaire – elle est vive et agile –, mais j'aime sentir ses petits doigts chauds et délicats dans les miens. Lorsque nous atteignons la colline, non loin de notre habitation, elle pousse une exclamation.

— Mais c'est très joli ! dit-elle d'un air ahuri. C'est splendide. On peut la boire ? Nager dedans ? S'en servir pour l'irrigation ?

— Tout ce qu'on veut.

J'ai envie de l'entendre rire à nouveau, alors je décide de faire une autre blague. Je prends une voix grave.

— Mais mieux vaut ne pas nous en servir comme latrines, parce que nous sommes en haut du ruisseau, et toute son eau descend jusqu'à notre pompe. Et les déjections de Jax suffiraient à détruire le système de filtration.

Elle rit encore et émet un grognement qui nous fait redoubler d'hilarité. Soudain, sans réaliser comment, nous nous retrouvons allongés dans les fleurs violettes qui bordent le ruisseau.

Elle me caresse le visage, et j'attends en retenant mon souffle. Je la laisse faire le premier pas, même si je meurs d'envie de la dominer, de la prendre, de la faire mienne encore et encore.

— Ta peau est tellement chaude, dit-elle d'un ton émerveillé.

Ses doigts provoquent des sensations incroyables chez moi, et je bande déjà douloureusement.

— Tes cornes.

Elle les caresse à deux mains.

Je gémis alors qu'elles durcissent de désir.

— Riya...

— Elles t'excitent ? s'exclame-t-elle avant de me dévisager. Comme ton sexe. Ça te plaît quand je fais... ça ?

Elle se met à genoux et se penche sur moi. Au début, je sens l'odeur florale de ses cheveux, le musc de son corps, avant de tout oublier lorsque ses lèvres se referment sur ma corne gauche pour la sucer timidement.

— Riya, grondé-je alors que mon membre se contracte, que le désire monte. Quand tu fais ça...

— Ça ? demande-t-elle, avec une innocence factice qui me donne envie de la fesser.

Elle donne un coup de langue à mon autre corne.

— Est-ce que c'est comme si je léchais ta queue, Ronan ?

Elle me caresse à travers mon pantalon, pressant sa paume sur mon érection et traçant ses contours avec ses doigts.

— Ça te donnerait l'impression d'avoir deux bouches qui s'occupent de toi, si je te suce ici et te caresse là ?

Sa main se met à l'œuvre, me caressant de bas en haut, et *vutain,* mon membre est prêt à déchirer mon pantalon. Je libère ma chair endolorie, et elle s'en saisit pour la caresser d'une poigne ferme. Je frémis.

— Suce mes cornes plus fort, ordonné-je. Et continue de me caresser comme ça.

Non, elle n'a pas la maîtrise totale de la situation, et je m'en fiche. C'est tellement bon que j'ai envie de me perdre dans cet océan de plaisir.

Elle rit.

— Oui Maître, susurre-t-elle bien sagement.

Entendre ce mot sur ses lèvres me fait bander encore plus fort. Puis elle repose les lèvres sur mon corps pour m'obéir, comme si c'était la seule source de son plaisir. Ses petits soupirs et gémissements m'excitent de plus en plus, jusqu'à ce que je ne puisse plus tenir.

— Sur le dos, dis-je d'une voix rauque en la retournant.

Je lui écarte les cuisses d'une jambe et me presse contre elle. D'une main, je lui coince les poignets au-dessus de la tête pendant que je joue avec un téton percé de l'autre, à travers son tee-shirt.

Elle pousse un cri, et ses yeux deviennent noirs de désir. Elle se tortille pour tenter de libérer ses mains. Mais je sens l'odeur de son excitation, alors je la maintiens plus fort et suce son téton à travers le tissu jusqu'à ce qu'il soit bien dur, moulé par la soie mouillée, et qu'elle tremble sous mes caresses.

— Ronan, m'implore-t-elle d'une voix rauque et passionnée. S'il te plaît, baise-moi. S'il te plaît.

Elle se sert du terme ocrétien pour *vuter*, ce qui me contrarie. J'ai envie de lui apprendre notre langue, qu'elle ne parle qu'elle.

— *Maître*, lui rappelé-je.

Je lui donne une claque sur la cuisse, ferme, mais pas trop forte. Son gémissement de plaisir m'apprend que j'ai bien fait, alors je recommence, encore et encore, jusqu'à ce qu'elle ondule contre moi, haletante, le regard brillant.

— Maître, susurre-t-elle en fermant les paupières, ses cils noirs contre ses joues pâles.

— Garde une main au-dessus de ta tête.

Je tire doucement sur son legging, exposant son sexe nu.

— Écarte les cuisses pour moi, Riya. Et de ton autre main, sépare bien tes petites lèvres. Le plus possible. Montre-moi ce qui m'appartient. Je t'ordonnerai de faire la même chose pour mes cousins, plus tard, alors entraîne-toi maintenant. Fais ça bien, sinon je te fesserai jusqu'à ce que tu obéisses.

Vutain. Mes ordres la font tellement mouiller que je vois ses fluides couler.

— Non... murmure-t-elle en secouant la tête, la main dans ses cheveux.

— Je t'avais prévenue.

Je la fais rouler sur le côté. Tandis que je frappe une fesse après l'autre avec force, je martèle :

— Tu. Feras. Ce. Que. Je. Te. Dis.

Je m'assure qu'elle n'ait pas réellement peur, mais elle s'écrie :

— Oh ! Oui, Maître, j'obéirai.

Ses tétons sont dressés sous son tee-shirt, à présent. Je la rallonge sur le dos au milieu des fleurs et passe la langue sur la peau de son ventre. J'en veux tout de suite plus, alors je plonge la tête entre ses cuisses pour lécher son nectar.

— Je vais te prendre sauvagement.

— Oui, oui, gémit-elle en saisissant mes cornes.

Puis elle m'adresse le sourire le plus coquin qui soit et murmure :

— Tout à l'heure, si tu veux, je lécherai tes cornes et ta queue jusqu'à ce que tu exploses dans ma bouche.

— *Vutain,* rugis-je en la pénétrant le plus profondément possible.

Elle m'enserre la taille de ses jambes et va à la rencontre de chacun de mes coups de reins. Peu de temps après, nous jouissons tous les deux dans un cri d'extase.

Nous restons allongés là, haletants, jusqu'à reprendre notre souffle. Elle a la tête sur mon torse. Je lui caresse l'épaule et murmure, soudain inquiet :

— J'y ai été trop fort ? Je ne veux surtout pas te faire de mal.

Elle sourit, les yeux toujours grands ouverts et animés après nos ébats passionnés, et elle m'embrasse dans le cou.

— Non, c'était seulement agréable, pas douloureux du tout. Je crois que le sperme zandien a des propriétés curatives.

Son sourire s'efface, comme si ce sujet la préoccupait.

Je tente de la dérider.

— Si tu veux, tous les quatre, on peut créer une entreprise de revente de sperme. Tu commanderas de jolis flacons en verre, et on se branlera devant ton corps nu à chaque rotation planétaire. On en obtiendra facilement plusieurs litres par semaine. On appellera ça un élixir curatif, et on le vendra à tous les dômes.

Je la dévisage. Ai-je été trop loin ? Mon sens de l'humour n'est pas du goût de tout le monde. Surtout que les femmes admirent souvent la force et les prouesses sur le champ de bataille, pas la capacité à faire des blagues. *Vutain.* J'espère ne pas avoir cassé l'amb...

Elle sourit, et je sens sa poitrine se soulever en rythme sur la mienne, ses tétons contre ma peau. Une vague de bonheur et de soulagement me court dans les veines.

— Bonne idée, si vous êtes à court de cristaux, ça pourra devenir la nouvelle exportation zandienne. Efficace pour toutes les maladies.

Un rire tonitruant quitte mes lèvres avant que je puisse me retenir. Je n'avais jamais connu une telle complicité avec une femme. Et je crois que ça lui fait du bien, à elle aussi. Alors pendant que nous nous baignons dans le ruisseau, je continue de faire des blagues sur la pureté de l'eau, et elle me tient par la main pendant tout le chemin du retour jusqu'au dôme.

CHAPITRE SIX

R *iya*

— Tu me fais marcher, dis-je en donnant un petit coup dans le torse de Jax pour plaisanter.

Nous sommes en train de traverser notre champ situé le plus au Nord, qui sera consacré à la culture des herbes les plus fragiles. Pour l'instant, on dirait plutôt un grand jardin en friche, mais j'ai des projets.

— Je te jure que c'est vrai, insiste-t-il en se plaquant la main sur le cœur avec son sourire qui me fait fondre. Ça fait déjà presque deux cycles lunaires, Riya. Tu n'as pas remarqué le passage du temps parce qu'on te tient très... occupée.

Il m'adresse un clin d'œil, et je rougis.

— Tellement occupée que je suis en retard sur mon planning pour cette rotation planétaire, rétorqué-je. Et vous avez de la chance que j'arrive toujours à marcher.

Je fais mine de me renfrogner. Mais je passe les doigts autour de ses triceps impressionnants – autant que possible, en tout cas. Mes caresses racontent une histoire différente de mon regard sévère, une histoire pleine de passion et de cris de plaisir, encore et encore la nuit dernière.

— Ah, tu arrives à marcher ? dit-il en penchant la tête de côté avant d'émettre un son désapprobateur. Je n'ai pas fait mon boulot correctement, alors. Si au matin, ta chatte n'est pas complètement dévastée, c'est qu'on a failli à notre devoir de compagnons.

Je lève les yeux au ciel, car ces trois-là sont ultra-protecteurs. D'accord, ils me *vutent* jusqu'à ce que le plaisir me mette dans tous mes états, jusqu'à ce que je ne puisse plus le supporter une seconde de plus... mais ensuite, ils me couvrent d'affection et de compliments, me massent les jambes et les pieds, m'apportent de l'eau de miel dont je m'abreuve jusqu'à ce que je reprenne du poil de la bête. S'ils me donnent la fessée jusqu'à ce que je sois toute rose et suppliante, chose courante, ils m'offrent ensuite assez d'orgasmes pour me faire oublier la douleur et me comblent tellement que je m'endors comme une bûche à minuit, avant de me réveiller fraîche et dispo pour attaquer la rotation planétaire suivante avec vigueur.

— Oh, non. Oh...

Je me mords douloureusement la lèvre, et les restes d'extase et de langueur fondent comme neige au soleil.

— Qu'est-ce qui ne va pas ?

Les sourcils froncés, Jax s'approche de moi et observe les alentours, une main sur mon épaule.

— Riya ?

— C'est mon calendula.

Je lutte pour ravaler mes larmes. C'est bête, mais je fais

tellement d'efforts pour végétaliser cet endroit. Pour tenter de prouver à mes compagnons que je suis bonne à autre chose qu'à me reproduire.

— Tous les plans sont morts... encore.

Je quitte les bras de Jax et me penche en avant, comme si toucher les pousses brunies pouvait changer leur destin.

— C'est la troisième zone que j'essaye, et j'ai encore gâché des graines.

Je creuse la terre pour chercher les grosses larves blanches qui s'y infiltrent parfois, et je prends les feuilles entre mes doigts pour voir si j'y trouve la trace de ces bestioles, mais tout ce que je vois, c'est une matière brune et rabougrie.

— Je n'y comprends rien.

La poitrine serrée, je me relève, et ma tête se met à tourner un instant.

— Il faut que je découvre quel est le problème.

Jax fronce les sourcils et me dévisage, puis il s'approche.

— Riya, nos champs donnent de bons résultats. Quand j'ai communiqué tes progrès au roi Zander, il a dit que tu battais tous les autres dômes.

Avec un sourire, il ajoute :

— Non que ce soit une compétition. C'est un projet commun.

— Oui, je sais bien.

Je me mordille la lèvre et hoche la tête avec un sourire forcé.

— C'est juste que je voulais vous rendre fiers.

Vu que je ne pourrai pas vous donner d'enfants. Chaque rotation planétaire qui passe sans que je leur révèle mon secret rend mon mensonge plus grave.

— Tu fais déjà notre fierté, me dit-il en me touchant le

menton. Pas seulement notre fierté, notre bonheur, Riya. Pour la première fois, on a la chance d'apprendre ce que c'est de *vivre* vraiment, pas seulement de se battre pour espérer avoir une vie. Tu réalises à quel point c'est merveilleux ?

Sa main glisse sur ma joue, et il continue de plonger son regard dans le mien. Ses yeux, si foncés, reflètent le soleil zandien, les faisant luire. Un rayon de lumière accentue l'une de ses pommettes bien définies, mettant en valeur ses traits avantageux. Je prends une grande inspiration et pose ma main sur la sienne, soudain envahie par l'émotion.

— Moi aussi, j'ai cette chance, dis-je en pressant ses doigts puissants avec les miens, plus tendres. Une esclave n'a jamais ce genre d'occasions.

La peau de ma nuque me démange, là où un code-barres la marque au fer rouge, et je dois prendre sur moi pour ne pas me gratter. Je pose plutôt mon autre main sur le bras nu de Jax et je savoure ses muscles, puissants et sculptés.

— Le calendula, ce n'est pas si grave, quand on y réflé-chit bien, dit-il avec un sourire en coin.

Je bats des paupières.

— Tu as raison. Il faudra juste que je cherche d'autres idées et que je retente le coup.

Mais pour moi, c'est bel et bien une compétition. Sauf que je ne peux pas lui dire ça. Ce n'est pas moi contre les autres humaines, cependant. Pas vraiment. C'est surtout moi contre mon destin une fois qu'ils apprendront que je ne peux pas concevoir. Si je n'enchaîne pas assez de réussites à la ferme pour prouver que mes compétences en agriculture sont si impressionnantes qu'elles font de moi une experte indispensable, qui sait ce qui m'arrivera ?

— Le calendula est parfois appelée *souci,* raconté-je à Jax.

Je fais rouler le mot terrien sur ma langue. Je ne parle pas anglais (personne ne le parle), mais beaucoup de vieux termes subsistent, dont ceux des plantes qui nourrissent désormais la galaxie.

— Une autre esclave m'a raconté qu'il y a des milliers de cycles, sur la planète d'origine, cette plante était utilisée pendant les cérémonies d'accouplement.

Je tente d'imaginer ce qu'elle m'a décrit : des milliers de fleurs dorées et orange parant une mariée à la peau brune, ses amies, les murs... faisant rayonner toute la ville. Ces traditions humaines, transmises d'esclave à esclave pendant des siècles, me paraissent sacrées.

— Je ne sais pas si c'est vrai, ajouté-je en lui pressant le bras. Mais les propriétés de cette plante sont connues, en tout cas.

— Quelles sont-elles ?

Il ne détourne pas les yeux. Jax lit toujours en moi comme dans un holo. Son expression est alerte, comme s'il s'intéressait sincèrement à ce que je lui raconte.

— Elle possède des propriétés antimicrobiennes et anti-inflammatoires. À mon avis, elle sera dix fois plus efficace sur les coupures et les égratignures zandiennes que sur la peau humaine, vu votre réaction aux autres plantes que j'ai utilisées sur vous.

Je passe l'index sur une longue et fine cicatrice de son bras. Il se l'est faite au début de notre installation, en défrichant un champ. J'ai appliqué des huiles botaniques sur sa blessure pour l'aider à guérir, mais j'ai l'intention de trouver un remède encore plus efficace.

— Imagine, guérir si vite que tu n'auras même pas le temps de pleurnicher.

Je lui jette un regard taquin. Évidemment, il ne pleure pas. Les mâles zandiens ne pleurent jamais. Leur stoïcisme face à la douleur est célèbre. Ils ne se blessent pas aussi facilement et aussi grièvement que les humains, mais quand ça arrive, le tolérer fait partie de leurs devoirs de guerriers.

— Pleurnicher ? répète-t-il en haussant tellement les sourcils qu'ils atteignent presque ses cornes, et il me grogne dessus. Pleurnicher ? Oh, Riya, c'est moi qui vais te donner une raison de pleurnicher.

Le front plissé, il se rapproche.

— Déshabille-toi et allonge-toi sur mes genoux, jolie terrienne.

Je pousse un petit cri et me plaque une main sur la bouche pour ravaler un gloussement.

— Tu comptes masser mes muscles courbaturés ? Quel compagnon attentionné ! Merci, Jax.

Il a un sourire en coin.

— Un massage ? J'imagine qu'on pourrait appeler ça comme ça, avec un peu d'imagination. Je me servirai de mes doigts pour manipuler les muscles de tes fesses, en tout cas. Appelle ça un massage si tu veux.

Il s'étire les doigts. Mais son regard a beau déborder de désir, je vois aussi un pli soucieux au coin de ses yeux. Mon compagnon s'inquiète-t-il de quelque chose ?

Jax

— Ton massage me fait très envie, dit Riya en me souriant.

Elle passe le doigt sur ma joue et ajoute :

— Mais d'abord, dis-moi ce que tu as. Je sais que je ne suis pas la seule à être tracassée, cette rotation planétaire.

— De quoi tu parles ?

Je suis surpris par sa perspicacité. Pour être honnête, je suis préoccupé par la situation au travail. C'est nouveau, chez moi. Le fait que Riya décrypte aussi bien mon expression me trouble, puis me fait plaisir. Je peux lui faire confiance.

Je l'étreins, et elle se blottit contre mes muscles et poussant un petit soupir, comme si elle se sentait en sécurité.

Je jette un regard vers le Nord, en direction des collines d'Afir.

— Tu es bien silencieux, dit-elle en massant doucement mon quadriceps. Quelque chose te donne du souci ?

Elle se raidit, et j'ai même l'impression qu'elle retient son souffle un instant.

— Je ne veux pas t'inquiéter avec ça.

À ces mots, elle se détend à nouveau. Elle me donne une tape du bout des doigts, presque une caresse.

— Tu ne veux pas m'inquiéter ? Tout ce qui touche à ta personne m'intéresse. De là à là.

Elle agite les fesses contre mon bassin tout en me caressant la tête.

Je ris, mais je finis par soupirer.

— Je suis en train de construire une route, en ce moment. Je commence à défricher la zone et à établir son parcours.

— Tu en parlais l'autre soir, se souvient-elle. Quel est le problème ?

— On forme une équipe de trois Zandiens... pas mes cousins. Les deux autres membres, Arran et Ketral, passent leur temps à argumenter. Je pourrais leur dire que nous vivons sur Zandia qu'ils trouveraient le moyen de me contredire.

Je n'ai pas pu m'empêcher de hausser le ton, malgré ma volonté de rester calme.

— J'essaye de faire des compromis, mais ils n'ont pas un brin de jugeote.

Elle hoche immédiatement la tête.

— Vous, les Zandiens, vous êtes habitués à avoir une hiérarchie, à obéir aux ordres sans poser de questions. Mais désormais, vous pouvez demander des comptes. Si tes collègues sont aussi insupportables, c'est peut-être parce qu'ils cherchent à s'adapter à leur nouvelle vie. Ils apprennent à se débrouiller sans recevoir d'ordres directs d'un supérieur. Bosser en équipe, d'égal à égal, c'est différent d'exécuter les instructions d'un chef. Vu leur passé, tes explications calmes basées sur la logique risquent de ne pas fonctionner. Ils réagiront peut-être mieux si tu prends les choses en mains et si tu leur dis : *voilà mes idées, voilà pourquoi elles fonctionneront, et c'est comme ça qu'on fera, sauf si vous arrivez à me prouver que j'ai tort, là, tout de suite.*

C'est une révélation.

— Fascinante observation, Riya. C'est vrai qu'on a l'habitude d'avoir une hiérarchie. En fait, j'y suis tellement habitué que ça m'empêchait de voir plus loin. C'est comme être dans une boîte en verre.

Je lève les mains, comme pour mimer un espace tout autour de moi, et j'ajoute :

— Tu viens de me libérer.

Son sourire est tellement radieux, ses yeux tellement pleins d'amour et de bonheur, que je l'embrasse, vite et fort, débordant d'exubérance.

— Tu aurais fait une bonne capitaine. Ou une bonne conseillère de capitaine.

Le pas léger, je lui donne une tape sur les fesses avec un sourire en coin. Je ne plaisante pas. Cette femme, cette humaine, est épatante. Chaque rotation planétaire, elle me surprend avec ses conseils avisés, ses idées pour rendre ma vie meilleure.

CHAPITRE SEPT

R *iya*

— Riya, il paraît que tu as impressionné tout le monde, cette rotation planétaire, dit Tarren.

Il prend une grosse cuillerée du riz pilaf que j'ai cuisiné avec des tomates, des champignons et du basilic, et il l'engloutit. C'est le repas plaisir hebdomadaire, la seule véritable nourriture consommée par mes Zandiens, et je m'enorgueillis de leur présenter les concoctions les plus savoureuses possible.

Jax hoche la tête.

— Sans ton mélange d'herbes pour empêcher la salive toxique des *vipn* d'infecter sa blessure, Slanic aurait perdu sa jambe.

— *Vutain*, lâche Ronan en tapant du poing sur la table, avant de me jeter un regard et de me toucher le bras. Désolé, Riya. Je suis fier de toi. Mais ça me met en colère, que les attaques de *vipn* deviennent plus fréquentes.

Il secoue la tête, avant d'enfourner une grosse cuillerée de nourriture. Je suis à la fois amusée et touchée de constater qu'après avoir goûté à mes petits plats, aucun sujet ne peut couper l'appétit à mes compagnons.

Moi, j'ai du mal à déglutir, et je dois me forcer à finir ma bouchée, qui me paraît soudain bien fade.

— Il ne retrouvera peut-être pas l'usage complet de sa jambe, avertis-je.

C'est exactement ce que j'ai dit au roi Zander.

Je repose ma fourchette et serre les poings sur mes genoux.

— Il a aussi perdu beaucoup de sang. Et les bords de la plaie... ils sont déchiquetés. Les dents de *vipn* sont comme des rasoirs. Elles réduisent la chair en lambeaux, comme s'il ne s'agissait que d'une fine feuille de papier. Sa blessure devra être pansée régulièrement pour que les bords se ressoudent bien comme il faut.

Jax pose une main sur mes poings.

— Mais on a de la chance de t'avoir. Quand je dis on, je parle de toute la planète, dit-il en agitant sa cuillère. Tu étais la seule à savoir quoi faire, parmi tout le personnel soignant.

Il rayonne, et je vois à quel point il est fier.

— C'est mon devoir, réponds-je, toujours sous le coup de l'adrénaline.

Une capsule palatiale est venue me chercher au dôme. Je me suis retrouvée au chevet de Slanic, je l'ai vu se tordre de douleur, les yeux embués par une peur contenue, sa blessure plus terrible que tout ce que j'ai pu voir sur le champ de bataille. Sa douleur était amplifiée par la salive venimeuse des *vipn*.

J'avais apporté ma trousse de secours pleine d'herbes et d'onguent, y compris mes nouvelles créations, des produits que je pensais capables de débarrasser sa chair des toxines.

La Terre mère soit louée, ça a fonctionné. Même maintenant, je tremble de soulagement, après une situation très stressante. Le roi Zander m'a chargée de créer plus de baume et d'apprendre aux autres agriculteurs à en fabriquer, pour qu'il y en ait dans tous les dômes et infirmeries. Je suis fière que mon plan pour prouver mon utilité prenne forme.

Le roi Zander et le Dr Daneth me regardaient avec une telle surprise et un tel respect que j'étais sur un petit nuage. Le médecin m'a même demandé comment il était possible que je sois capable d'accomplir une telle chose sans savoir déchiffrer. La vérité, que je lui ai confiée, c'est que je n'en ai aucune idée. Les esclaves n'étaient pas censés lire ou s'instruire, mais dans nos tentes, les plus âgés nous enseignaient tout ce dont ils se souvenaient, et les traditions orales ont perduré. Je me suis accrochée à tout ce que j'apprenais, estimant qu'il était de mon devoir de retenir ces choses pour les transmettre aux générations futures, qu'il s'agisse d'agriculture ou de médecine. Et maintenant que je n'ai plus besoin de cacher ma soif d'apprendre, mon cerveau fourmille constamment d'idées, même quand je me repose.

Tarren prend une autre énorme bouchée, presque aussi grosse que tout le contenu de mon assiette, et la hume.

— Tu commences à te faire une réputation d'experte en botanique, dit-il. Il va falloir qu'on s'accroche à toi si on ne veut pas que tu nous sois enlevée.

Il plaisante, mais son regard est féroce.

Je souris, les bras croisés.

— Je n'irai nulle part, déclaré-je en croisant son regard sombre.

Lorsqu'il esquisse un sourire, celui qui trahit ses désirs coquins, je rougis.

— Sauf s'il s'agit de notre disque de sommeil, ajouté-je.

Je laisse retomber mes bras, impatiente qu'il me touche. Qu'ils me touchent tous.

— Non, répond-il d'un ton dur, qu'il tempère en inclinant la tête. J'ai un autre endroit à l'esprit.

Il s'éclaircit la gorge et regarde ses cousins en penchant la tête.

— Peut-être... ?

Ils acquiescent, et Jax sourit.

— Je pense qu'il est grand temps.

Ronan bondit sur ses pieds.

— Allons-y tout de suite.

— Où ça ? m'enquiers-je en les regardant tour à tour. Vous voulez aller quelque part en particulier ? On va rendre visite à Lily ? Ou chercher de l'écorce d'*agrax* ? Vous savez, je pense qu'elle contient un acide spécial, pas trop fort, qui soulage la douleur et la fièvre.

Ça fait une éternité que je leur demande de m'emmener dans la forêt. Si je parviens à créer un autre médicament utile, ma place sur Zandia me paraîtra encore plus assurée.

Tarren fronce les sourcils.

— Riya, cette écorce se trouve dans un endroit dangereux, me réprimande-t-il, le regard braqué sur moi. On t'y emmènera dans une semaine ou deux, quand on aura le temps de préparer une telle expédition et qu'on sera présents tous les trois pour t'accompagner. Il faudra patienter. Est-ce que c'est clair ? On ne peut pas prendre le risque de te laisser y aller seule, surtout avec toutes les attaques de *vipn* dans cette zone.

Je hoche la tête et me mords la lèvre. Évidemment, il ne peut pas comprendre à quel point c'est important pour moi. Et je ne peux pas le lui expliquer. Alors je me contente de sourire.

— D'accord, dis-je en ravalant mon angoisse. Où va-t-on, alors ?

— Où ? répète Tarren en se levant, faisant onduler les muscles de ses bras lorsqu'il s'étire. On va t'emmener voir les cristaux des cascades d'Eloki. C'est l'un des plus beaux endroits de Zandia. Et après une rotation planétaire pareille, je pense qu'on a tous besoin de profiter de ses propriétés curatives. On manque de temps, mais on en trouvera pour ça.

Je fonds.

— Ça fait une éternité que je veux les voir !

Je bondis sur mes pieds, le cœur battant.

— Merci !

Je ris, et je pourrais même danser de joie.

L'air triste de Ronan me déconcerte, et je me fige.

— Quoi ? Qu'est-ce qui ne va pas ?

Il déglutit.

— Rien. Sauf que je me rends compte qu'on a attendu tout ce temps pour t'emmener faire un truc sympa. Par les étoiles, on est des compagnons pitoyables. Comment tu fais pour nous supporter ?

— Ronan.

Je le dévisage pour tenter de déterminer s'il est sérieux. Je le prends dans mes bras.

— Comment est-ce que tu peux dire ça ? On était tous très pris par le travail. Je suis consciente qu'on a déjà à peine le temps de dormir, alors les sorties... Je ne vous trouve pas pitoyables du tout.

Il est toujours tendu.

— On t'a gardée là pendant plusieurs cycles lunaires sans visites. Il faut qu'on s'améliore.

— Je ne peux pas me plaindre, dis-je en tapotant sa corne, ce qui le fait généralement gémir et sourire. Je suis sûre que dans quelques cycles solaires, tout sera tellement calme qu'on passera toutes nos rotations planétaires à se détendre.

Cette idée me met mal à l'aise, car dans quelques cycles solaires... où serai-je donc ? Je me mords la langue et ajoute :

— Mais pour le moment, j'adorerais aller voir les cristaux.

Je lui tapote de nouveau les cornes et murmure assez fort pour que tout le monde m'entende :

— La seule chose qui m'inquiète, c'est le manque d'intimité aux cascades.

Ses épaules se détendent, et il rit, avant de me serrer contre lui.

— Dans le cas où on voudrait te *vuter* là-bas, c'est ça ?

— Non, répliqué-je en grimaçant. Au cas où on aurait besoin de parler stratégie agricole.

Il grogne et me soulève.

— Prends des objets dans la boîte, suggère-t-il à Jax. Elle est particulièrement insolente, et je crois qu'il faut qu'on lui réapprenne le respect.

Je glousse et laisse Ronan me porter jusqu'à la capsule de transport que nous venons de recevoir. La plupart des premiers dômes se partagent désormais des véhicules. Bientôt, chaque foyer aura le sien, mais l'offre n'arrive pas à suivre la demande pour l'instant, alors nous alternons.

— *Vutain*, heureusement que c'est à notre tour d'avoir la capsule, dit Tarren alors qu'il synchronise ses appareils de communication et entre les coordonnées. Et heureusement qu'il s'agit de l'un de ces nouveaux modèles avec autopilote.

— Parce que t'es trop feignant pour la piloter, réplique Ronan.

Tarren lâche un grognement amusé et lève les yeux au ciel.

— Plutôt parce que je suis obligé de garder un œil sur toi pour m'assurer que tu ne tombes pas accidentellement par la porte d'ouverture d'urgence ou que tu n'appuies pas sur un bouton dangereux.

J'éclate de rire. J'adore leur camaraderie mêlée de rivalité. Au début, j'avais peur qu'ils ne s'entendent pas. Désormais, je sais que c'est leur façon d'interagir, et que leur lien est si profond qu'il est indestructible.

Tandis que la capsule quitte notre dôme à toute allure, mon pouls s'emballe alors que de nouveaux paysages se révèlent. Il y a les dômes voisins, puis les monts Eloki, et... oh, douce Terre mère.

Les larmes me montent aux yeux, et je me plaque une main sur la bouche, confrontée à une scène majestueuse. La cascade doit faire au moins cent mètres de haut, et l'eau blanche et rugissante s'écrase par vagues, mais de loin, elle me rappelle des fleurs agitées par la brise. Des reflets arc-en-ciel dansent dans les jets, et j'entends déjà le grondement puissant de cette montagne d'eau, qui tombe inlassablement dans une étendue d'eau profonde d'un bleu aux notes céruléennes et azur. De tous les côtés, à perte de vue, il y a des cristaux. Des grottes de toutes les couleurs, qui scintillent comme un vaste trésor. Je me croirais dans un rêve.

— C'est encore mieux qu'en holo, murmuré-je, les yeux écarquillés.

— Aucune image ne peut rendre justice à ce paysage, confirme Jax en me prenant par la main.

Les trois cousins se taisent et gardent le silence, et je me demande si ce moment les touche encore plus que moi. Ils ont un lien profond avec ces cristaux, qui nourrit leur sang, leur existence même. C'est aussi cela qui rend l'invasion Finn aussi détestable. Ils ont cherché à vider Zandia de ses cristaux. À les vendre pour acheter des pistolets laser. Comme ils savaient que les Zandiens en avaient besoin pour vivre, ils ont sciemment tenté de commettre un génocide.

Mais ils ont payé.

— C'est un lieu sacré, dit enfin Tarren. Tu le sens, toi aussi ?

Ses yeux cherchent les miens.

— Oui, réponds-je en lui touchant le visage, en caressant ses cicatrices. Je le sens.

— Tes cristaux viennent d'ici, m'explique-t-il d'une voix grave en me touchant l'oreille.

Je colle ma tête à la chaleur de sa paume.

Jax m'effleure la nuque, glisse le pouce dans les petits cheveux qui s'y trouvent.

— Les cristaux ne servent pas seulement de parure, commente-t-il en m'embrassant dans le cou. Ils nous rappellent que pour nous, tu es aussi sacrée que la vie elle-même. Tu portes ces cristaux pour montrer que tu es nécessaire à notre existence, à notre avenir. C'est un lien indestructible.

Les larmes aux yeux, je pose ma main sur la sienne de manière à ce que nos deux paumes se pressent contre mon corps.

— Merci. Je ne m'étais jamais sentie aussi estimée de toute ma vie.

Je m'efforce de me concentrer sur cette pensée positive, sur l'instant présent, de ne pas songer à l'avenir.

— Est-ce qu'on peut... sortir ? Je peux toucher les cristaux ?

— Allons-y, répond Ronan en me tendant la main. Je veux que tu observes toutes ces couleurs et que tu me dises quelles sont tes préférées, pour comparer avec les miennes.

J'aime particulièrement les cristaux qui comportent des reflets rouges. Je ne sais pas pourquoi, c'est comme ça.

Il me sourit.

— La mousse est épaisse près de la cascade, dit Jax. On pourra s'y détendre, en restant éloignés du bord.

— C'est tellement bruyant !

Je suis presque obligée de crier pour me faire entendre. Aussi près des chutes d'eau, leur puissance est extraordinaire, et terrifiante. Une telle quantité d'eau serait capable d'écraser et de détruire n'importe quoi, bien que ce soit une force de vie. La nature est une déesse féroce.

Des rochers ornés de cristaux se trouvent au milieu de fougères, éparpillés sur la mousse épaisse. Je me dirige vers le plus proche d'entre eux et passe les mains sur les cristaux, roses et bleu ardoise, turquoise et grenat, laissant mes doigts les découvrir. Puis je ferme les yeux et les effleure à nouveau, et à ma grande surprise, je sens un battement, une étincelle, me parcourir.

Étonnée, je cligne des yeux et regarde autour de moi. Était-ce réel ? Mes compagnons m'observent, le regard affamé.

— Il y a de l'énergie, ici, commente Jax en voyant ma réaction. On la sent tous. Si toi aussi, tu la perçois, cela ne pourra que renforcer notre lien. Je ne savais pas que les humains en étaient capables, mais... nous avons encore beaucoup à apprendre sur la façon dont les Zandiens et les humains interagissent. Dont ils se changent les uns les autres.

Mes compagnons me semblent encore plus forts que d'habitude, comme si l'air lui-même les revigorait. Je n'avais jamais vu Ronan se tenir aussi droit, ou Tarren être aussi impressionnant. Le profil de Jax est beau à tomber, ses muscles sont parfaits.

Il adresse un signe de tête à ses cousins. Une nouvelle fois, ils communiquent sans prononcer le moindre mot, et quand Jax se tourne vers moi et me montre une zone couverte de mousse toute douce, à quelques mètres de là, je souris.

Je n'étais pas sûre que ce soit approprié. Mais à présent que je suis là, un accouplement près de la cascade n'est pas seulement désirable, c'est nécessaire. Cet endroit me parle. J'ai envie de ne faire qu'un avec mes Zandiens, et j'ai du mal à contenir mon excitation pendant que Jax me déshabille sans un mot. Il y a trop de bruit pour parler, et en cet instant, nous n'en avons pas besoin.

Nous retombons dans un rythme qui nous est devenu naturel, un procédé que nous connaissons par cœur après tant de nuits ensemble. Et quand je jouis contre la bouche de Ronan, avec le membre de Jax et celui de Tarren, je hurle mes orgasmes et ma joie dans l'eau rugissante qui avale tous mes sons avant de les renvoyer en échos à travers la vallée. Et ce que je hurle, c'est ça : *je suis heureuse.*

CHAPITRE HUIT

T*arren*

— J'AI UNE SUPER NOUVELLE, lancé-je en rentrant chez nous en fin de soirée, le cœur battant.

Le ciel est noir, et les constellations scintillent comme des diamants sur de l'encre noire. Le dôme sent le pain. Riya a dû en préparer cette rotation planétaire. J'ai beau ne pas manger comme elle, j'aime sentir les doux arômes associés à ses coutumes humaines.

Jax, assis sur un tabouret, les jambes écartées, observe une carte étalée sur la table, les sourcils froncés, pianotant d'un air concentré. Ronan est allongé sur le canapé, Riya blottie contre lui. Il lui montre un holo sur son appareil de communication. Elle a les yeux qui brillent, et ses cheveux effleurent l'épaule de mon cousin. Mon membre frémit lorsque j'imagine ses cheveux sur ma peau, mais... plus tard.

— Katya attend un petit, dis-je en claquant la porte et en

essuyant mes bottes sur le carré de tissu que Riya nous oblige à utiliser. Elle vient de l'annoncer.

Jax bondit sur ses pieds, et sa carte tombe par terre.

— C'est une excellente nouvelle ! rugit-il en levant le poing en l'air.

Ronan le rejoint et me prend dans ses bras avec brusquerie. Puis il recule et éclate de rire.

— C'est plutôt le Zandien qui a conçu ce bébé, que je devrais prendre dans mes bras, dit-il.

Nous rions tous, peut-être un peu trop fort.

— On devrait fêter ça, ajoute-t-il. Riya, qu'est-ce que tu en penses ?

Mais elle a pâli et écarquillé les yeux, comme sous le choc. Enfin, elle cille et se frotte les mains.

— Je suis... folle de joie, déclare-t-elle d'une petite voix.

Mais bien sûr.

Notre petite compagne est-elle déçue de ne pas être tombée enceinte en premier ? Par les étoiles, je ne veux surtout pas qu'elle ait l'impression d'avoir échoué. Quel que soit le domaine.

Elle se touche le visage et regarde par la fenêtre un moment, et je sens une vague de malaise émaner d'elle. A-t-elle peur ? Je jette un regard à Jax et Ronan pour voir ce qu'ils en pensent, mais ils ne semblent pas avoir remarqué son expression, et quand elle se met debout et coince ses longs cheveux derrière ses oreilles, elle sourit aussi, et ses joues ont repris leur couleur habituelle.

— C'est génial, dit-elle. Un bébé. C'est l'avenir. Bien sûr, on savait que ce n'était qu'une question de temps.

— Mais personne n'en était absolument certain, commente Ronan. Alors c'est un soulagement. Le premier jeune du projet de repopulation.

Il enlace Riya et la fait tournoyer.

— Et si ce soir, on essayait de devenir le deuxième groupe à faire une telle annonce ? ajoute-t-il en la reposant. À moins que tu... sois déjà... enceinte ?

Il ouvre de grands yeux, le visage figé.

Je lâche un grognement amusé, car il lui touche le ventre comme si elle était fragile. Mais elle secoue la tête.

— Non. Je ne suis pas enceinte.

Sa voix, presque chagrinée, me pousse à me demander ce qui la tracasse.

— Pas encore, corrige Jax en l'embrassant dans le cou. Mais bientôt.

Ronan est exalté.

— Planète Zandia, population +1 !

Riya lui sourit, et ses yeux se remettent à pétiller. Je prends une grande inspiration. Tout s'arrange, comme nous l'avons imaginé il y a des années. Notre propre planète... des terres exploitées... et à présent, la promesse d'une population croissante. Tout se met en place comme un plan mis au point par la Destinée.

L'envie de prendre ma compagne m'envahit, et j'étreins Riya.

— Bientôt, notre enfant grandira dans ton ventre, lui grondé-je à l'oreille. Mon bébé.

Je ne sais pas si cet enfant sera de moi ou de l'un de mes cousins, mais là, je m'en fiche complètement, du moment que cela arrive.

— Rien ne me rendrait plus heureuse.

Elle a une petite voix. Du bout des doigts, elle caresse la cicatrice sur ma joue. Quand elle l'a fait pour la première fois, il y a de ça plusieurs cycles lunaires, je me suis dérobé, mais désormais, je savoure ses caresses, conscient qu'elle le fait avec affection. Elle aime chaque part de moi, me dit-elle, et ses doigts ne mentent pas.

— Vous êtes tellement forts. Bons. Un jour, vous aurez une dizaine d'enfants, dit-elle, les yeux débordants de larmes.

— Moi aussi, ça m'émeut, admets-je.

Je lui caresse les fesses. Je sais que les larmes ne sont pas toujours synonymes de tristesse ; les humains pleurent parfois quand ils ressentent des émotions fortes, telle que la joie. Je suis fier de m'en être rendu compte, cette fois.

— Mais mon cousin a raison, reprends-je. On devrait mettre toutes les chances de notre côté.

Avec un grand sourire, je lui donne une tape sur le derrière, et elle pousse un petit cri surpris, un son que j'adore.

— Il paraît que plus elles sont mouillées, plus les humaines sont fertiles, annonce Jax en se déshabillant. Riya, ça veut dire que je vais devoir te donner une bonne fessée, parce qu'on sait tous que ça te fait mouiller à mort.

— Non... gémit-elle.

Mais ses cils papillonnent, et je vois ses joues prendre leur teinte rosée caractéristique. Notre petite humaine aime beaucoup nos punitions.

— Je pense qu'elle a besoin du martinet, suggère Ronan. Ça l'excite encore plus.

— Ça fait trop mal, proteste-t-elle.

Mais je vois ses tétons durcir sous sa fine tunique, alors je sais qu'elle aime ça plus qu'elle ne voudrait l'admettre. Avec un grognement, je déchire le tissu de son haut et étouffe son cri de surprise avec ma bouche. Elle me rend mon baiser, d'abord timidement, puis passionnément, et ses mains se mettent à jouer avec mes cornes.

Je lui donne une grande claque sur les fesses.

— Pas encore, ordonné-je en lui saisissant les poignets. Je te dirai quand. Ne bouge pas.

Je lui lèche les tétons et les mordille jusqu'à ce qu'elle gémisse, le souffle haletant, mais elle garde sagement les bras le long du corps, bien qu'elle se tortille sous mon châtiment.

— Elle est tellement obéissante, commente Jax, la voix rauque de désir. On l'a vraiment bien dressée.

— C'est sûr, dis-je.

Je lui donne une nouvelle tape sur le derrière, la faisant gémir. Elle colle son pelvis au mien, mais ne bouge toujours pas les mains.

— C'est notre petite esclave sexuelle, hein, Riya ?

Au début, faire un tel commentaire aurait été de la folie, avec son passé. Mais désormais, ces mots l'excitent, je le sens dans l'air.

— Oui, pitié. Je suis à vous. Je peux te toucher ?

— Non.

Je m'assois sur le disque de sommeil et l'allonge sur mes genoux.

— Tu n'auras pas d'orgasme avant que je t'en donne la permission. Et je pense que ce soir, on jouira tous les trois au moins une fois avant que tu y aies droit. Si tu jouis avant d'y être autorisée, je me servirai du fouet.

Elle se raidit. Le fouet, c'est l'accessoire le plus sérieux en notre possession, et elle sait qu'il est réservé aux infractions les plus graves. D'ailleurs, je ne m'en suis encore jamais servi contre elle. Mais je veux m'assurer qu'elle comprenne ce que j'attends d'elle.

— Oui, Maître, murmure-t-elle.

— Écarte les cuisses, ordonné-je. Montre-nous comme tu es excitée. Je vais te fesser jusqu'à ce que tu sois deux fois plus mouillée, et ensuite, je te *vuterai* sauvagement. Mais tu n'auras pas le droit de jouir avant d'avoir sucé Jax et d'avoir laissé Ronan jouir dans ton cul. C'est compris ?

— Oui.

Elle écarte les jambes, et je vois que ses replis sont plus mouillés qu'avant. Elle aime bien qu'on la fasse mariner, même si elle déteste ça à la fois, et après ce petit jeu, ses orgasmes sont tellement puissants que le plaisir la fait presque s'évanouir. Ce soir, j'ai bien l'intention de reproduire l'expérience.

Je commence fort, avec des tapes fermes, sans l'échauffer avant. C'est plus douloureux, mais ça l'excite follement, et elle encaissera tant que je maintiendrai son bassin et ses cuisses qui se tortillent. Je lui donne la fessée jusqu'à ce que sa chair soit bien rose et qu'elle me supplie d'arrêter, puis je la soulève pour l'asseoir sur mes genoux, son dos contre mon torse.

— Aïe, Tarren, aïe, dit-elle, la tête posée sur mon épaule. Ça fait mal. Tu as fini ? Pitié, *vute-moi* tout de suite !

— Vérifie si elle est assez mouillée, ordonné-je à Jax, qui est déjà tout proche.

— Tu peux te pencher en arrière, lui soulever les jambes et les écarter ? me demande Jax.

— Bien sûr, cousin.

Je souris et m'allonge contre le dossier du disque tout en soulevant les jambes de Riya.

— Les pieds en l'air, l'humaine. Bien haut, et écarte les cuisses. Fais ce que demande Jax.

Elle pousse une plainte, mais obéit, s'exhibant bien sagement.

— Écarte tes petites lèvres pour lui. Et si tu n'es pas assez mouillée, on t'y aidera avec le martinet.

— Je suis trempée, gémit-elle en glissant les mains entre ses cuisses.

Vutain, j'ai envie de goûter à son nectar tout de suite.

Mais mon tour viendra, alors je lui soulève davantage les jambes pour offrir à mon cousin ce qu'il désire.

Il se penche et plonge la tête entre les cuisses de Riya, la léchant jusqu'à ce qu'elle pousse des cris et se mette à trembler dans mes bras.

— Jax, Tarren, je vais jouir, s'il vous plaît, nous implore-t-elle.

— Tu connais le règlement, lui grondé-je à l'oreille. Tu veux des coups de fouet ?

— Non, je ne veux pas de coups de fouet, mais je ne pense pas réussir à tenir.

Ses jambes luttent contre mes mains.

— Dommage, réponds-je d'un ton intransigeant. Ça fait partie de ton entraînement. Tu as trois maîtres à satisfaire, Riya. Tu dois apprendre à encaisser ce qu'on t'inflige. Les orgasmes sont une récompense, aujourd'hui. Tu les gagneras en nous donnant du plaisir.

— Je veux qu'on l'allonge au bord du disque, annonce Jax. Riya, laisse ta tête tomber en arrière et ouvre la bouche le plus possible. Je vais *vuter* ta gorge. Si tu me fais plaisir, je demanderai à Ronan de te lécher pour te récompenser. Si tu ne me satisfais pas, je te frapperai entre les jambes.

Notre compagne lâche une exclamation, et je la mets en position. Elle semble légèrement apeurée, mais lorsqu'elle écarte les jambes, elle est tellement mouillée que son nectar coule le long de ses cuisses, et ses tétons sont durs comme du bois.

Elle ouvre la bouche et ferme les paupières.

~

Jax

Je bande tellement que c'est douloureux, et voir Riya nue et allongée, la bouche ouverte pour me satisfaire, c'est incomparable. Elle est pile à la bonne hauteur, et je saisis sa tête à deux mains.

— Ouvre les yeux, lui dis-je.

Elle obéit, me regardant à l'envers.

— Tu ne pourras pas parler avec ma queue dans ta bouche. Et je vais te *vuter* longtemps. Si tu as besoin d'air, serre la main de Tarren, et il me préviendra.

— Oui, Maître, murmure-t-elle.

Elle donne la main à Tarren, qui lui lèche déjà les tétons, allongé auprès d'elle.

— Et garde les cuisses bien écartées, pour que Ronan puisse te punir si nécessaire. Maintenant, ouvre.

Je lui donne une tape sur la joue, pas fort, une petite claque possessive qui lui arrache un halètement, mais elle fait ce que je lui dis.

Je m'enfonce centimètre par centimètre. Sa langue de velours est paradisiaque. Sa gorge est étroite et m'enserre le sexe, m'étourdissant de plaisir. Je maintiens sa tête alors que je vais et viens en elle dans un bon rythme. Je la sens se raidir, et je me retire. Elle tousse et prend une bouffée d'air. Puis elle me regarde, et bien sagement, elle renverse de nouveau la tête en arrière et ouvre la bouche.

Je reprends mes va-et-vient, plus profondément cette fois, et seulement quelques secondes plus tard, je sens mes bourses me démanger.

— Je vais jouir dans ta bouche, rugis-je. Avale tout, Riya. N'oublie pas la moindre goutte.

Elle ne peut pas parler, mais vu l'expression de Ronan, elle est plus mouillée que jamais, car il se met à lui lécher le clitoris. Elle lève le bassin, et il lui attrape les hanches alors que j'éjacule dans sa gorge, dans l'un des meilleurs orgasmes de ma vie. Voir Riya être maintenue et satisfaite pendant que je *vute* sa bouche est la chose la plus excitante que j'aie jamais vue, et je rugis son nom encore et encore, enivré par le plaisir.

Quand je me retire, laissant une traînée de sperme arc-en-ciel sur ses lèvres, elle reprend son souffle et tente de se coller à la bouche de Ronan.

— Oh, s'il te plaît, *vutain,* s'il te plaît, gémit-elle en se tortillant entre ses mains.

— Non, dit-il. Et si tu poses encore la question, je devrai punir ta chatte.

— Fais-le quand même, intervient Tarren. Je veux entendre à quel point elle est mouillée quand tu la frapperas.

— Excellente idée, cousin, répond Ronan.

Chancelant, je monte sur le disque de sommeil et m'allonge à côté de Riya, épuisé, le corps toujours secoué par le plaisir. Tarren se trouve toujours de l'autre côté et joue avec l'un de ses tétons.

— Riya, c'était fantastique, bredouillé-je en pinçant son autre téton.

Ronan

— Lève les genoux, ordonné-je.

Riya obéit et place les pieds à plat sur le disque, jambes pliées. Elle sait dans quelle position je la veux, quand je lui donne cette consigne. Mon érection s'intensifie à la vue de son sexe gonflé, mais c'est par-derrière que je compte la prendre ce soir. Son cul toujours serré me fait jouir bien fort, et j'adore la sentir se trémousser de douleur, puis de plaisir.

— Ça, c'est pour Tarren, dis-je en frappant son sexe du plat de la main.

Elle pousse un cri et serre les genoux, mais la lueur dans ses yeux m'apprend combien ça lui plaît.

— Jambes écartées. Sauf si tu veux qu'on te fasse attendre jusqu'à la rotation planétaire suivante pour ton orgasme.

— Vous n'oseriez pas, s'exclame-t-elle, les pupilles dilatées.

Je hausse les sourcils.

— D'autres Zandiens m'ont dit que refuser un orgasme à une humaine, c'est le meilleur moyen de la rendre obéissante. Je crois qu'on devrait tester.

— Mais pas ce soir, dit-elle, tout le corps contracté.

— Pas si tu es sage.

Je lui donne une nouvelle tape entre les cuisses, plus fort.

Elle retient son souffle, les cuisses crispées, mais elle garde les jambes écartées.

— Ça y est, elle est assez juteuse pour toi, Tarren ?

Je donne une troisième tape à Riya, encore plus ferme, cette fois.

Elle gémit et lève le bassin.

— Recommence, m'implore-t-elle.

Je plonge un doigt en elle.

— Tu es trempée, Riya.

Je lui donne plusieurs petites tapes, la dernière sur son clitoris. Elle se tortille et pousse un cri de pur plaisir.

— Presque, répond Tarren.

Alors je frappe à nouveau, et le claquement résonne dans toute la chambre.

— Retourne-toi, dis-je en donnant une tape sur la hanche de notre compagne. À quatre pattes. Tu sais que c'est ma position préférée pour te sodomiser.

— C'est la mienne aussi, murmure-t-elle.

Je grogne, soudain impatient. Je ramasse le flacon de lubrifiant qui attend sur la couverture, et je presse son extrémité contre son trou. J'appuie, laissant une bonne quantité du liquide entrer en elle. Elle se trémousse et marmonne quelque chose d'inintelligible, alors je lui donne une claque sur les fesses et appuie à nouveau sur la pompe. Mais cette fois, c'est mon érection que j'enduis de lubrifiant.

— Détends-toi pour me laisser entrer, lui rappelé-je.

Je me colle à son antre. Elle se contracte, puis se détend, et je m'enfonce.

— Oh, s'exclame-t-elle.

Sa voix est pleine de désir, comme à chaque fois que l'un d'entre nous la prend par-derrière. Je lui maintiens fermement les hanches en la pénétrant, centimètre par centimètre, savourant ses mouvements. Une fois pleinement en elle, elle se détend contre moi alors que ses muscles acceptent mon membre, et elle pousse un petit gémissement ravi.

— *Vutain,* c'est trop bon d'être profondément enfoncé en toi, dis-je en saisissant sa chair assez fort pour y laisser des bleus. Je vais te *vuter* bien fort. Souviens-toi, tu n'as pas le droit de jouir, sinon tu seras punie.

— Je m'en souviens. Mais je risque de jouir quand même.

Elle adore qu'on la fasse attendre, alors je ne me sens pas coupable. Elle nous a dit et répété qu'être obligée de patienter rendait ses orgasmes plus puissants.

La faire mariner est tellement amusant. La conduire aux limites du self-control et l'y maintenir, la laisser prendre ce que j'accepte de lui donner... C'est plus enivrant que tout, et je la *vute* un long moment, me retirant avant de m'enfoncer à nouveau, caressant parfois son clitoris jusqu'à ce qu'elle n'en puisse plus et qu'elle soit à une seconde de l'orgasme.

Nous sommes tous les deux en sueur quand je rugis son nom et m'enfonce profondément en elle, jouissant si fort que ma vision se trouble, emplissant son cul de mon sperme. Elle scande mon nom, et je ne sais pas si elle me supplie de la laisser jouir, ou si elle implore seulement l'univers de l'aider à se retenir. Quoi qu'il en soit, mon orgasme est la plus belle chose au monde, et je me laisse tomber à côté de Riya, comblé, pour la prendre dans mes bras jusqu'à ce que je reprenne mes esprits.

Tarren

Notre compagne est tellement excitée, à présent, que ses yeux brillent de désir, son corps tendu par le besoin de jouir. Ronan lui essuie doucement les fesses pour nettoyer son sperme, mais je sais que Riya n'a plus qu'une chose en tête : ma queue, qui, si elle a de la chance, lui donnera un orgasme à elle aussi.

Elle me regarde avec de grands yeux. J'ai tout autant envie d'elle. Je l'ai dans la peau, dans la tête, et c'est à elle que je pense en allant me coucher et en me réveillant le matin. Voir mes cousins la *vuter* sans la satisfaire m'a fait bander tellement dur que c'est presque insupportable. Elle meurt d'envie de se faire prendre, et c'est mon membre qui la fera jouir. Mon membre qui la rassasiera ce soir.

Je me penche en avant pour la lécher, pour goûter à cette saveur qui me rend fou, et quand je l'embrasse, elle se jette joyeusement sur ma bouche, collant sa langue à la mienne, son bassin pressé contre le mien.

— Tu veux te goûter toi-même ? lui demandé-je.

Je plonge de nouveau entre ses cuisses et la lèche encore et encore, avant de poser mes lèvres contre les siennes.

— Goûte à ta chatte, qu'on aime tant.

— Mmm, gémit-elle en suçant ma langue tout en pressant mon membre avec sa main.

— Ouais, caresse-moi. Comme ça.

Elle commence à faire des va-et-vient.

— Enfonce les doigts dans ta chatte pour tremper ta main et branle-moi.

Elle obéit, et la sensation de sa paume mouillée est paradisiaque. Je ne tiens que quelques minutes avant de la retourner sur le dos.

— Je vais te pénétrer tellement profondément que ça te fera crier, l'avertis-je.

Je m'agenouille sur le disque de sommeil et tire sur ses hanches jusqu'à ce que ses fesses se retrouvent sur mes cuisses. Je lui écarte les jambes et colle mon membre à son sexe.

— Comme ça, petite humaine.

Je m'enfonce et elle pousse une exclamation, toute tremblante, alors que je l'étire et l'emplis. Elle a beau être trempée, mon membre est tellement énorme que je suis obligé de bouger très lentement pour éviter de lui faire du mal.

— Tarren, c'est trop bon, gémit-elle en secouant la tête.

— Pince-toi les tétons, fort. Tire dessus jusqu'à ce que je te dise d'arrêter.

Elle obéit. Ses tétons sont tellement beaux, durs et étirés... Je pourrais les admirer pendant toute la rotation planétaire.

— Tarren, s'il te plaît, j'ai envie de toi.

Je sais que la douleur dans ses tétons a pile la bonne intensité pour l'exciter encore plus. J'ai appris à connaître son corps, pendant les derniers cycles lunaires, et je ne veux pas lui faire trop mal... rien qu'une petite douleur, suffisante pour démultiplier son plaisir.

— Ne bouge plus, maintiens la position pendant que je te *vute*. Si tu lâches tes tétons ou que tu réduis la pression, je ne te laisserai pas jouir. Je veux que tu sentes la douleur dans tes tétons pendant l'orgasme.

— Oh, douce Terre mère.

Elle obéit. Tout à l'heure, je voulais lui donner des coups de martinet, mais désormais, je n'ai qu'une idée en tête : jouir en elle. Je la prends par les hanches pour la *vuter*, d'abord lentement, puis plus fort, jusqu'à ce que je sente mon orgasme monter.

— Tu veux jouir ? susurré-je d'une voix rauque.

— Oui !

Elle aussi a la voix rauque de désir. Elle continue de jouer avec ses tétons pour nous deux.

— Tu penses que tu as été une gentille petite humaine avec nous, ce soir ? Tu as été assez mouillée, tu as accepté sagement de te faire prendre la bouche et le cul ? Tu en as aimé chaque seconde ?

Je continue d'aller et venir plus fort en elle.

— Oui, gémit-elle. Je suis votre esclave sexuelle bien sage. J'adore que vous me preniez la bouche et le cul. Je vous aime tous, mais pitié, laisse-moi jouir, ne me fais pas attendre !

— Si je t'ordonne d'attendre demain, sous peine de te faire fouetter, tu attendras ?

Je caresse son clitoris avec mon index, et elle se trémousse sous mon corps.

— J'attendrais si tu me l'ordonnes, mais pitié, pour l'amour de la planète, laisse-moi jouir !

Je donne encore quelques caresses à son clitoris.

— Tu seras sage demain aussi, et tu nous offriras tes fesses pour une fessée et pour qu'on te *vute* ? Sans broncher ?

— Oui, tout ce que vous voudrez, répond-elle d'un ton désespéré.

— Alors je t'autorise à jouir, quand je te le dirai.

Je lui donne un nouveau coup de reins.

— Maintenant.

Elle crie encore et encore en se contorsionnant, et je jouis plus fort que jamais.

— Tarren, gémit-elle. *TarrenRonanJax* !

Son visage se pince et tout son corps se crispe, puis elle devient toute molle, le souffle court, la peau couverte d'une pellicule de sueur.

Je rugis sous l'orgasme, des flammes dans les yeux, puis je m'écroule à ses côtés et la serre contre moi, comme si en l'étreignant, je pouvais la garder pour toujours.

Quand je reprends mes esprits et regarde autour de moi, je remarque que Riya est allongée sur mon torse, sa main sur celui de Ronan. Couché au pied du disque de sommeil, détendu, Jax lui caresse le mollet de bas en haut. Il adore lui masser les pieds et les jambes. Nos positions habituelles me font sourire. Étonnamment, personne ne se plaint que je me retrouve toujours avec notre compagne dans les bras, que je la *vute* en dernier.

Riya

Couchés sur le disque de sommeil, nous nous détendons. Entourée par les guerriers les plus féroces de la planète, je savoure la sécurité et le réconfort qu'ils m'apportent. Lorsque nous sommes ensemble, j'oublie toutes mes peurs, tout mon passé terrible, et je me contente de vivre le moment présent. C'est une joie que je n'aurais jamais crue possible.

Mais là, alors que nous nous reposons ensemble, la réalité me revient en tête, comme un brouillard épais qui réveille mon angoisse habituelle. Je soupire.

Jax me presse le mollet.

— Riya...

Il a une voix comblée, mais aussi interrogative.

— Je vais super bien, dis-je sincèrement. Je me détends. Je vérifie que mes jambes fonctionnent toujours.

Ronan rit.

— Dans le cas contraire, je te porterai partout comme un gros bébé.

Ils éclatent tous de rire, mais mon anxiété monte d'un cran lorsque Tarren pose une main sur mon ventre.

— Alors bientôt, Ronan, tu auras deux bébés à porter. Riya, et l'enfant qu'elle nous donnera.

Je me mords la lèvre et tente de ne pas me crisper sous sa paume. Je me sens moins en sécurité, soudain, plutôt... piégée. Prisonnière de mes propres mensonges et secrets.

— Je ne savais pas que la vie pouvait être aussi belle, déclare Ronan d'une voix douce et songeuse en portant ma main à ses lèvres.

— Moi non plus, réponds-je.

La douleur me déchire la poitrine. Douce Terre mère, comme ça fait mal ! Si je m'étais montrée honnête avec eux dès le départ, je ne serais pas là en cet instant, à savourer cette intimité entre nous. Mais en disant la vérité, j'aurais évité le conflit qui s'annonce, aussi inévitable qu'un cancer prédéterminé.

— Moi, ce que j'aime le plus, dit Tarren avec lenteur, comme pour goûter à chaque mot, c'est la confiance qu'on a bâtie.

Ronan et Jax murmurent leur assentiment, et leur cousin poursuit :

— Notre lien à tous les trois sort renforcé de notre relation commune avec toi, Riya. T'avoir à nos côtés, à travailler avec nous, ça me rend heureux.

Il me colle à lui pour un baiser sur la tempe qui me donne la larme à l'œil.

Jax me caresse la cheville.

— Savoir qu'on n'a pas besoin de craindre des mensonges ou des manipulations et qu'en rentrant à la maison, on sera dans un endroit sûr et plein d'affection, c'est inestimable.

Ronan mêle ses doigts aux miens.

— Ils ont raison. Il y a tant d'êtres mauvais dans la galaxie. Même ceux à qui l'on devrait pouvoir faire confiance. Comme Gunt, qui a volé des cristaux au roi Zander.

Tarren se crispe.

— Ne parle même pas de ce *vutain* d'excrément à Riya. Tu déshonores sa pureté en le mentionnant devant elle.

Je bats rapidement des cils, envahie par une sensation glacée.

— Je veux en savoir plus sur votre passé, dis-je. Racontez-moi.

— C'était un voleur malhonnête qui ne méritait pas de respirer le même air que nous, répond Tarren d'une voix dure. Sa trahison nous a coûté très cher, et a fait du mal à des Zandiens auxquels on tient beaucoup. C'est lui qui gérait les cristaux lors de toutes nos expéditions. On ignorait qu'il nous mentait. Les Zandiens ne mentent jamais.

Jax me masse les doigts de pieds, ce qui d'habitude, me fait gémir de plaisir et me pousse à me rouler dans les draps, mais cette fois, ça me laisse froide.

— C'est terrible, dis-je.

— La prison, c'est trop clément pour lui, commente Tarren en contractant les muscles, avant de se détendre. Il ne sera jamais pardonné, tant que nous serons en vie tous les deux.

Je hoche la tête.

— J'imagine que certaines choses... sont trop graves pour être pardonnées.

Je suis épatée par ma voix, qui ne tremble pas. *Les Zandiens ne mentent jamais.* Comment mes guerriers pourront-ils pardonner ma duperie ?

— Vous pouvez remonter les draps ? J'ai froid.

Ronan se hâte d'aller chercher ma couverture préférée sur son fauteuil. Il a les joues roses lorsqu'il l'étale sur moi.

— J'aime dormir avec, admet-il. Elle porte ton odeur. Ça ne me dérange pas du tout que tu dormes dans les bras de Tarren presque toutes les nuits, mais je dors mieux quand je te sens.

Je passe les doigts dans ses cheveux.

— Tu peux dormir avec autant que tu veux. J'en ai juste besoin pour l'instant.

Même avec la couverture, je reste glacée jusqu'aux os.

CHAPITRE NEUF

R *iya*

JE HALÈTE ALORS que je quitte le dôme et regarde au loin. Je presse le couteau dans ma poche pour m'assurer qu'il est toujours à sa place. Je hisse mon sac en toile sur mon épaule et prends une grande inspiration. L'air sent la terre mouillée par la pluie récente, et l'odeur verte de mes nouvelles pousses. Mes compagnons sont partis au travail, et j'ai des projets bien à moi.

Je jette un regard à notre habitation et vois le reflet des soucis couleur de flamme dans les vitres, leur étendue orange ondulant dans mon champ de vision. J'ai trouvé le secret pour les faire grandir.

Après avoir demandé à ce que les textes anciens soient envoyés sur nos unités de communication, j'ai entrepris un difficile travail de traduction. L'anglais est une langue morte, et même oubliée, mais certains êtres de la galaxie collectionnent de vieilles reliques. Des ouvrages venus d'Alexandrine, une galaxie qui a explosé voilà des siècles, mais pas avant qu'un petit groupe de survivants s'en échappent à bord de leurs vaisseaux. Des parchemins de la planète Tarrhexia, détruite par une guerre tombée dans l'oubli. Et des livres terriens, depuis longtemps réduits en poussière, mais scannés sous forme électronique pour survivre aussi longtemps que des êtres les jugeront dignes d'être conservés sur les serveurs d'une galaxie ou d'une autre.

Je ne suis pas un génie. Mais je savais que j'étais capable d'apprendre à lire toute seule, et j'y suis parvenue. Le roi Zander a déclaré que tous les humains finiraient par recevoir une instruction, quand le programme le permettrait, mais il m'a autorisée à essayer par mes propres moyens.

J'ai passé des heures à analyser ces étranges symboles, à l'aide d'une liste de mots pour traduire les phrases archaïques dans ma langue. Petit à petit, les mots ont pris forme, sont devenus vivants et colorés, alors que je décryptais, ligne après ligne, les conseils de fermiers et planteurs comme moi, qui ont vécu il y a une éternité.

J'ai tant de choses à apprendre à mes amies, mais pour l'instant, je dois m'assurer que mes jardins sont viables, que ce qui fonctionnait jadis marchera encore et toujours. Et là, il me faut des plantes endémiques, car mêler les vieilles graines terriennes aux plantes zandiennes aide à démultiplier les propriétés de mes onguents et de mes crèmes.

Tarren m'a interdit de quitter les limites de nos terres sans lui ou un autre de mes compagnons, et il a bien insisté sur le fait que je ne pourrai pas voyager seule tant que la recrudescence de *vipn* n'aura pas été comprise et maîtrisée. Personne ne sait pourquoi ces bêtes apparaissent désormais à l'orée des forêts, mais ce mystère passe au second plan, car le projet de réhabilitation zandienne est la priorité.

Il me faut de l'écorce de buisson d'agrax. J'ai entendu dire qu'elle contenait un remède puissant – de l'acide salicylique – qui aide à réduire la fièvre et les inflammations. Si c'est vrai, je suis persuadée qu'en extrayant cet acide, je pourrai le mêler à un onguent qui rendra la cicatrisation des Zandiens cinq fois plus rapide.

Le hic, c'est que cette écorce se trouve dans la forêt où je ne suis pas censée me rendre. Mais bon, j'ai mon couteau pour me protéger, et, au fond de mon sac, un mélange d'acides que j'ai concocté et mis dans un flacon en verre. La guerre chimique, ça peut être utile. Ça me répugnerait, de devoir faire du mal à un être vivant, mais au cas où...

Dans un recoin de mon esprit, j'imagine ce fluide ronger la coque d'un vaisseau ennemi jusqu'à ce qu'il se brise et tombe en morceaux. Je deviendrai peut-être générale comme l'a dit Jax en plaisantant, finalement.

Je secoue la tête et prends le couteau en main. Tout est calme, à l'exception des cris d'un barrillia, un oiseau aux plumes de couleurs vives dont le chant strident nous éveille souvent le matin. Ces oiseaux ne se mangent pas, car leur chair est amère et caustique. Leurs œufs, cependant, sont délicieux. Et j'ai découvert que leur coquille, une fois réduite en poudre, est un excellent fertilisant pour les herbes.

Un bruit me fait tourner la tête, mais ce n'est qu'une branche qui se balance à cause du vent. Je marche vite, mes jambes solides malgré le sol inégal. Les bois ne se trouvent qu'à dix kilomètres du dôme, mais je me croirais sur une autre planète, un endroit que je n'ai encore jamais vu. J'ai beau m'en vouloir de désobéir, et avoir peur de croiser un *vipn,* cette aventure en solo me fait exulter, et je me mets à courir, laissant mes cheveux flotter derrière moi. Je ne me suis encore jamais sentie aussi libre.

Soigner les guerriers sur le champ de bataille m'a rendue forte, et mes tâches quotidiennes m'aident à conserver des muscles fermes, ainsi courir sur de longues distances ne me fatigue pas. Pourtant, quand j'atteins les recoins sombres et brumeux de la forêt, je ralentis, haletante, et regarde autour de moi, à l'affût du danger. Comme je ne détecte rien d'inquiétant, je continue d'avancer d'un pas léger, tout en cherchant mon écorce des yeux.

L'agrax est un épiphyte. Il pousse autour d'autres arbres, ses racines exposées pour absorber les nutriments de l'air humide, utilisant ses hôtes pour rester au-dessus du sol. Ils sont surtout présents à l'orée des forêts, là où le soleil est bien présent, mais pas direct, ce qui risquerait de les dessécher. Je ne crains pas vraiment de croiser des bêtes, car elles préfèrent les autres zones de la forêt, plus sombres et isolées. Mais comme elles s'aventurent de plus en plus loin de leur territoire habituel, ces derniers temps, je reste sur mes gardes.

Une autre esclave m'a raconté que sur Terre, il y a des dizaines de siècles, mes ancêtres traquaient les animaux à pied, en se servant de leurs empreintes et de leurs déjections pour les suivre aussi facilement que si la bête les avait appelés pour leur donner son emplacement. Si seulement j'étais capable des mêmes prouesses pour mettre la main sur les plantes qu'il me faut !

Je serre le poing sur mon couteau, prête à frapper en cas de besoin, mais rien ne vient, et alors que j'avance lentement dans la pénombre, mon cœur se calme, et je parviens à examiner les environs avec des yeux de botaniste.

De la mousse sur les troncs, toujours du même côté. Des aiguilles tombées des arbres qui forment un tapis moelleux. Des champignons bleu vif au milieu des racines entremêlées. Peut-être des *lissa,* une espèce toxique quand elle est mangée crue, mais qui produit un somnifère efficace après la cuisson ? Je m'accroupis et en coupe quelques-uns à l'aide de mon couteau, les laissant tomber dans une boîte propre que je referme soigneusement, avant d'essuyer ma lame sur de la mousse. Je ne me risquerai pas à les toucher à mains nues.

Je m'enfonce davantage dans ma forêt, et l'air devient plus humide. L'odeur est toujours aussi florale. Il n'y a pas de bruits d'oiseaux ici, seulement le craquement des brindilles sous mes pieds. Je marque une pause lorsqu'une ombre passe devant le soleil. Le chemin du retour sera long, et il faut que je reparte bientôt, si je veux pouvoir passer au dôme d'Holla. Elle a des herbes dont j'ai besoin, pas pour un projet, mais pour moi-même. Si je respecte mon planning, j'arriverai à tout faire et à être chez nous avant que mes compagnons rentrent du travail, évitant ainsi les questions.

C'est alors que je le vois : l'épiphyte qu'il me faut.

— Trouvé ! m'exclamé-je.

Je sors un flacon et prélève un peu d'écorce. À ma grande surprise, les morceaux fins comme du papier s'enroulent comme du parchemin, alors j'arrive à en récolter plein.

J'enfile des gants et détache doucement un petit agrax de la branche qu'il a investie, en veillant à ne pas arracher ses racines ou ses feuilles. Le buisson n'est pas toxique, mais je ne veux pas abîmer cette plante fragile. Je l'enveloppe dans un morceau de tissu et le range dans mon sac. Si l'écorce s'avère utile, je trouverai peut-être le moyen de faire pousser le buisson chez nous. J'en prélève un autre.

C'est alors que je fourre le deuxième agrax dans mon sac, ravie d'avoir mis la main sur ce trésor, que je vois les yeux d'un *vipn*. Des yeux rouges, trois paires, l'une tout près du sol. Un petit ? Que font-ils ici ?

Je m'accroupis et me fige, le couteau à la main, l'agrax dans l'autre, brandi comme une épée. Les battements effrénés de mon cœur me saturent d'énergie. Je suis sur mes gardes, prête à passer à l'action. Les bêtes semblent aussi déterminées que moi, puis leur petit pousse un cri de douleur évident. Les deux adultes se penchent, et l'un d'entre eux gémit en réponse. Le deuxième me regarde et lâche un grognement sourd et menaçant. J'aperçois ses longues dents trempées de salive. Du venin ?

Je ne peux pas prendre le risque d'être mordue. Je laisse tomber mon agrax et glisse la main dans mon sac, fouillant jusqu'à trouver ma fiole d'acide. Je la tiens prête et patiente, écœurée à l'idée de détruire un animal, même dangereux. Mais je sais que je serai peut-être obligée de me défendre.

Le petit pousse une autre plainte et se lèche la patte. Je le vois bien, maintenant que ma vue s'est habituée à l'obscurité. Je remarque autre chose : des traces de griffures sur le tronc d'un arbre sur lequel pousse un agrax.

J'ai un éclair de génie. Sans lâcher les animaux des yeux, comme si cela risquait de leur donner l'autorisation de m'approcher, je pose ma fiole, me penche et ramasse l'agrax que j'ai laissé tomber. Je découpe une longue bande d'écorce fine. Elle s'enroule dans ma main, et un agréable arôme boisé s'en dégage. Je la jette en direction du trio.

Le plus grand des *vipn* grogne plus fort, avant de pousser un hurlement qui me donne les jambes en coton. Mais ensuite, il se rue sur l'écorce, la prend dans sa gueule et recule, avant de laisser tomber le morceau d'agrax sur la patte de l'autre adulte. Elle (j'imagine que c'est une femelle) mâche l'écorce, qui craque sous ses crocs dans un bruit mouillé, puis, à ma grande surprise, elle se penche et la recrache sur la patte de son petit.

Douce Terre mère ! Ces animaux brillants s'en servent pour se soigner !

Je fais un pas, espérant m'en aller pendant qu'ils sont occupés, mais le *vipn* le plus gros grogne et prend une posture d'attaque. Je me fige. Je recommence le procédé : je déloge un morceau d'écorce et le leur jette. Cette fois, c'est le plus grand qui mâche le morceau d'agrax, et quand je dépasse leur petit groupe, ils ne m'arrêtent pas. Encore quelques mètres, et je me mets à courir le plus vite possible, mon couteau, ma branche et mon flacon d'acide dans les mains, sans m'arrêter pour jeter un regard en arrière. Je continue sur deux, trois kilomètres, haletante, en direction du dôme de Holla.

Quand je me retourne enfin, je m'attends à moitié à voir une harde de monstres à fourrure se jeter sur moi, tous crocs dehors, mais le champ est vide, alors je me remets à courir jusqu'à avoir un point de côté. Je me plie en deux, le souffle court. Quand je lève les yeux, un dôme scintillant reflète le soleil en un millier d'éclats, et je réalise que j'ai atteint le domicile de mon amie. Je m'élance en avant, et quand Holla me voit, son visage s'affaisse de surprise et de peur.

— Riya !

Elle me tend les bras pour m'étreindre, avant d'apercevoir mon couteau et de reculer.

— Entre dans notre dôme, dit-elle en me prenant par le bras. Qu'est-ce que tu fabriques ici toute seule ? Tu es blessée ?

Elle me fait asseoir sur un tabouret en bois.

— Par la Terre mère, que se passe-t-il ? Où sont tes compagnons ?

Elle jette un regard dehors, vers les herbes hautes agitées par le vent, puis se tourne de nouveau vers moi. Malgré mon état d'épuisement, je prends soin de ranger mon agrax, ma fiole et mon couteau dans mon sac.

— Je courais, dis-je d'une voix éraillée en sortant ma poche d'eau.

— Garde la tienne, je vais t'en donner.

Elle va chercher un pichet. L'eau ne m'avait jamais parue aussi bonne. Je l'avale par grandes gorgées, assoiffée, et elle remplit à nouveau mon verre.

Enfin réhydratée, je la regarde.

— Merci. J'ai besoin de conseils.

Elle hoche la tête et prend une inspiration.

— Je m'attendais à une visite de ta part. Mais pas dans ces circonstances, ajoute-t-elle en montrant mon front en sueur et mes cheveux en bataille. Qu'est-ce que tu as dans ton sac ?

— Mon salut, murmuré-je.

Je suis soulagée qu'elle ne me demande pas d'explications.

— Alors ? dit-elle en haussant un sourcil.

— Je voudrais...

Je ne trouve pas les mots.

— J'ai besoin...

Elle patiente, immobile. Je me force à prononcer ces mots :

— Je ne peux pas porter d'enfants. Est-ce que tu peux m'aider ?

Ses yeux pleins de compassion croisent les miens.

— Ça dépend de la cause de ta stérilité.

— Les bâtons électrifiés, réponds-je en levant le menton. Les trompes de Fallope sont abîmées.

Je ferme les paupières un instant et ajoute :

— À cause de toutes ces décharges électriques sur une si longue période.

— Oh, Riya, dit-elle, atterrée. Je suis vraiment navrée.

Son regard me dit tout ce que j'ai besoin de savoir.

— Il y a des herbes, insisté-je en lui prenant les mains et en me penchant vers elle. D'anciennes traditions.

Ma voix est chevrotante, et je réalise que je serre ses doigts trop forts, que je halète sous son nez. Je la libère de mes paumes moites.

— Les esclaves plus âgées parlaient de ce genre de choses, reprends-je. Je ne fais pas pousser ces herbes, mais je crois que toi, si.

— Elles servent à soigner des problèmes spécifiques, répond-elle d'une voix douce. Certaines herbes font venir les règles, et il y a des onguents pour améliorer la fertilité. Mais si tu es complètement stérile, ça ne sera pas efficace.

Je tape du pied par terre.

— Il faut que j'essaye.

— Riya, dit-elle en baissant les yeux. Les dégâts causés par les bâtons électrifiés sont... irréversibles.

Elle parle avec lenteur, comme si elle s'adressait à un enfant, mais son ton est plein de bonté.

— Aucune herbe ne peut remédier à ça. Je suis désolée.

— Mais il y a peut-être une autre cause ! m'exclamé-je en agitant les bras, avant de me mettre à faire les cent pas. Ça vient peut-être d'autre chose, et ils sont seulement partis du principe que c'étaient les bâtons les fautifs.

Je serre les bras autour de mon corps.

— Les Ocrétiens sont des menteurs notoires, et je ne leur étais plus d'aucune utilité. Si ça se trouve, c'est... réversible. Même s'il n'y a qu'une minuscule chance, je dois tenter le coup.

Les larmes me brûlent les yeux, et la fatigue de mon escapade me tombe dessus d'un coup. Je me rassois sur le tabouret et m'enfouis le visage dans les mains avant de regarder mon amie.

— S'il te plaît.

Elle lève une main.

— D'accord, mais avant, je dois mieux connaître ton corps, Riya. Est-ce que tu ressens une douleur à l'ovulation, ou pas ? Je dois comprendre le rythme de ton cycle menstruel. Et il faudra que je te pose des questions sur...

— Je t'en prie. Oublions les questions. J'ai juste besoin de ces herbes.

Ce sont des espèces que je n'ai pas fait pousser, bien que je les connaisse de réputation. Leurs graines n'étaient pas incluses dans notre matériel, et si j'en réclamais, on risquerait de me demander pourquoi. Je suis connue pour mes expériences en matière de botanique, mais je ne veux pas prendre de risques.

Je me rapproche d'elle et prends de nouveau ses mains dans les miennes.

— S'il te plaît.

Elle cille et penche la tête sur le côté. Je me rapproche encore, jusqu'à ce que nous soyons presque nez à nez, à nous regarder dans le blanc des yeux. Ce n'est pas aussi intime qu'avec mes compagnons, mais je n'ai jamais été aussi proche d'une humaine.

— Est-ce que tu manges des pommes ? me demande-t-elle.

Elle fait un pas en arrière et jette un regard à mon ventre, avant de me dévisager.

— Des pommes ? Terre mère, j'aimerais bien ! Ça ne prend pas des années, pour faire pousser un pommier ? J'adorerais en avoir.

Nous cultivions ces fruits sur l'agriferme, mais nous n'avions jamais le droit d'y goûter. Cependant, nous mangions parfois les pommes pourries jetées par les esclavagistes.

— Mmm, dit mon amie. Je me demande...

— Quoi ?

Je place une main sur mes lombaires. Je n'ai pas l'habitude de courir, et j'ai mal partout. Je m'étire les mollets.

— Il faut que je rentre bientôt.

— Je vais te donner ces herbes, dit-elle enfin en allant chercher un sachet dans ses réserves. Elles ne fonctionneront pas sur les problèmes que tu décris. Par contre, elles peuvent améliorer les chances de tomber enceinte lorsqu'on n'est pas stérile, et je te les donne uniquement pour que tu aies l'impression d'avoir tout tenté.

— Merci.

— Tu ne l'as pas dit à tes compagnons.

Nous nous observons un instant.

— Je peux te faire confiance ? demandé-je d'une voix brisée.

Elle me prend le bras et place le sachet d'herbes séchées dans ma main.

— Sache que je ferai toujours ce que j'estime être dans le meilleur intérêt.

C'est la meilleure promesse que je puisse tirer d'elle. Je préfère ne pas penser à ce qu'elle entend par *dans le meilleur intérêt,* et s'il s'agit du mien. Je suis déjà contente d'avoir obtenu ce que je suis venue chercher.

— Merci, dis-je en lui serrant la main. Je te le revaudrai.

Elle secoue la tête.

— Fais ce qui est en ton pouvoir pour que ton foyer prospère, c'est tout ce que je te demande.

Je hoche la tête.

— Il faut que j'y aille.

Je fourre le sachet dans mon sac, avec mes autres trésors.

— Riya, non, dit-elle d'un ton ferme. Il va bientôt faire nuit, c'est dangereux. Mes compagnons vont te raccompagner.

— Non ! Je rentre seule.

Je me lève d'un air déterminé et me précipite à l'extérieur, en espérant rentrer avant mes guerriers.

~

Jax

— Riya !

Tarren, Ronan et moi l'appelons à pleins poumons. À notre retour au dôme, elle avait disparu. Tout simplement disparu.

Vutain, je deviens fou à essayer d'imaginer où elle peut être passée. Ce qui a pu lui arriver.

Elle sait très bien qu'il est dangereux de quitter notre territoire. Nous l'avons mise en garde plein de fois. Je me maudis de ne pas lui avoir fourni de bracelet de communication pour pouvoir la contacter ou la tracer, mais je ne pensais pas que c'était nécessaire. Elle était censée rester chez nous.

Vutain, mais qu'est-ce qui se passe ?

— Riya ! Riya !

La voix de Tarren est éraillée. Il a déjà atteint la cime de la colline, loin de notre dôme.

Et si elle a été mordue par un *vipn* ? Ou enlevée par des envahisseurs ? Et si... quelle horreur... et si elle est tombée dans la mine ?

— Je vais voir la mine ! lancé-je à Ronan en me précipitant vers le gouffre.

— Attends ! Jax !

Je m'arrête et fais volte-face. Ronan me monte un point au loin. Une petite silhouette sort de cette maudite forêt en courant.

Mon cœur fait un bond. C'est Riya. Forcément. Mais... et si ce n'était pas elle ? Si, c'est notre compagne.

Nous nous ruons tous les trois dans sa direction.

Tarren arrive le premier, et je plains Riya, car quand il est fâché, mon cousin est terrifiant. Non qu'il soit capable de lui faire du mal. Mais sa stature, et désormais, sa cicatrice au visage, le rendent très impressionnant quand il est en colère. Et là, il est furieux. Je le vois à ses épaules crispées, à son pas lourd. De nous trois, c'était lui le plus paniqué – si l'on peut quantifier ce genre de chose. Son besoin de la protéger et son désarroi face à sa disparition mystérieuse l'ont rendu fou d'inquiétude. Oui, le voilà qui la jette sur son épaule. Il abat une grosse main sur les fesses de notre compagne, qu'il porte à l'intérieur.

Ronan et moi le retrouvons dans le dôme, bien que Tarren ne nous ait pas attendus.

— Où étais-tu passée ? demande-t-il à Riya en la portant jusqu'à notre chambre. Dans la forêt ? Tu cherchais de l'écorce d'agrax ?

— Je... je...

Je tente de comprendre ce qui s'est passé, mais Tarren est toujours en mode guerrier. Il pose notre compagne sur ses pieds et la retourne. Il lui plaque les mains contre le mur et se met à la fesser, vite et fort.

— Aïe ! Oh, s'écrie-t-elle.

Je n'entends pas d'indignation dans sa voix, pourtant je suis aux aguets. Car Tarren passe déjà ses nerfs sur ses fesses alors que nous ne sommes pas plus avancés sur ce qui est arrivé à Riya.

Oui, elle sait qu'elle l'a mérité, quoi qu'elle ait fait. Je fais pivoter un fauteuil et m'y assois pour regarder Tarren la punir. Ronan me rejoint avec son propre siège. La fessée n'est pas trop sévère, mais les cris et les plaintes de Riya sont bien réels. À mon avis, elle a plus peur que mal.

Je la comprends. Même moi, j'évite de me frotter à Tarren quand il est énervé, et je le connais depuis toujours.

Il la corrige par-dessus ses vêtements, sans prendre la peine de la déshabiller. Je ne ferai pas la même erreur. Oui, j'ai bien l'intention de la punir ensuite. J'estime que nous avons droit à une fessée chacun, car elle nous a causé une terreur à nous arracher les cornes.

Plus Tarren frappe, plus la tension quitte son visage, et les tendons de son cou se relâchent. Je suis sur le point de lui dire que ça suffit, mais il semble être arrivé à la même conclusion. Il lâche Riya et s'éloigne sans un mot.

Elle garde la position dans laquelle il l'a laissée, tremblante. Sa respiration est rapide et saccadée. La voir se soumettre ainsi me fait bander. Ma colère et mon agacement se sont envolés. Désormais, seul le plaisir compte. Mon plaisir. Sa punition.

Je me lève et me dirige tranquillement vers elle, avant de m'adosser au mur auquel elle fait face, les fesses sorties. Elle croit peut-être que Tarren est allé chercher un accessoire. Ou alors, elle a peur de bouger sans autorisation.

— Déshabille-toi, Riya. Ma voix est suave, avec une pointe menaçante et la promesse d'une nouvelle correction.

Notre compagne ôte ses mains du mur et se tourne vers moi d'un air suppliant. Sa lèvre inférieure tremble.

Je passe le pouce sur sa joue.

— Tu sais pourquoi Tarren est aussi furieux ?

Elle jette un regard à mon cousin, assis dans un coin de la pièce, parfaitement immobile.

Riya dodeline de la tête, comme si elle hésitait à la hocher ou à la secouer.

— Parce qu'il a eu très peur. On ne savait pas ce qui t'était arrivé, Riya. On a craint pour ta vie. Voilà ce qui se passe quand tu terrorises un guerrier gigantesque. Tu finis avec les fesses en feu et un être qui a besoin que tu le suces très, très longtemps avant de te pardonner.

Je disais ça pour l'exciter, mais ses yeux s'emplissent de larmes.

Je la prends dans mes bras.

— Chut, ma belle. Tarren ne restera pas fâché. Et nous non plus. Mais d'abord, il faut qu'on parle. Et qu'on discute de ta punition. Et je crois t'avoir donné un ordre.

Je hausse un sourcil, et notre petite compagne si forte se débarrasse de ses vêtements d'un air penaud. Je suis obligé de presser mon membre à travers mon pantalon pour soulager mon érection.

Je me rassois dans mon fauteuil pour l'admirer.

— C'est bien, ma belle, dis-je quand elle a terminé, et j'ouvre les cuisses. Viens là.

Elle se place devant moi, gênée et rougissante, les mains serrées devant son sexe. Je les sépare.

— Mets-les derrière ton dos. Je veux voir ce qui nous appartient.

Elle se suce la lèvre inférieure, ce qui me fait grogner. Cette lèvre, j'ai envie de la mordiller. Bientôt.

— Alors, où étais-tu, Riya ? Partie chercher de l'écorce d'agrax ?

Elle acquiesce, et sa petite langue apparaît pour humecter ses lèvres.

— Et je suis passée chez Holla.

Mon estomac se serre. Notre compagne est trop seule, ici. Assez seule pour sortir sans notre permission.

Je ne laisse rien transparaître, toutefois.

— Tu savais qu'on ne voulait pas que tu te rendes seule en forêt.

C'est une affirmation. Pas une question.

— Oui... Maître.

Vutain. Je suis de nouveau obligé de masser mon membre, et je ne suis même pas sûr qu'elle ait dit ça pour m'exciter. Elle a simplement retrouvé ses automatismes d'esclave, ce qui devrait me faire détester ce surnom. Mais *j'adore* ça. Presque autant que son ton plein de soumission et sa nudité face à moi. Car notre compagne n'est pas faible. C'est une femme forte qui vient de traverser la forêt et de trouver le dôme de son amie toute seule.

— Je sais que je parle pour mes cousins quand je dis qu'on est incroyablement soulagés que tu sois revenue saine et sauve. Mais ça ne nous empêchera pas de te punir tour à tour pour nous avoir fait une telle peur. Tu n'as même pas essayé de nous laisser un message ?

Elle frotte ses jolies lèvres l'une à l'autre.

— Je suis désolée.

Je me lève.

— Dix coups de martinet. Ça sera ma punition pour toi. Écarte les jambes et penche-toi en avant.

Ce n'est pas trop cruel. Nous la frappons régulièrement avec, seulement pour jouer, sauf que cette fois, je compte en faire un châtiment. Mais quand elle obéit et que j'aperçois son centre rose et luisant, cette idée me sort de la tête. Oui, je lui ferai mal, mais je suis persuadé que cela nous plaira à tous les deux. Elle pose les mains sur ses genoux, mais je pense qu'un contact rassurant ne lui ferait pas de mal, alors je dis :

— Ronan, tu pourrais peut-être l'aider à garder l'équilibre.

Il sourit. Lui aussi, la colère l'a quitté. Il place son fauteuil-planeur devant Riya et lui saisit le menton pour qu'elle lève la tête. Quand elle redresse le dos, il émet un son désapprobateur et elle se met en position, cambrée, mais le visage face à lui.

Il passe le pouce sur ses lèvres.

— Tu es bien sage, Riya.

J'abats les sangles de cuir sur ses fesses. Elle sursaute et pousse un cri aigu. Ronan garde son visage prisonnier, l'obligeant à le regarder, à être vue.

Je frappe encore et encore, couvrant ses fesses déjà roses de longues marques tandis que mon cousin lui pince les tétons d'une main, tout en enfonçant son pouce entre ses lèvres. Je finis de la fouetter, puis je laisse tomber le martinet par terre.

L'odeur de son désir embaume la pièce. Je ne veux pas attendre un instant de plus avant de la pénétrer.

— Quelle est ta punition ? demandé-je à Ronan.

Un sourire coquin ourle ses lèvres.

— Je vais *vuter* son petit cul sexy. Il faut qu'elle retienne que quand elle sera punie, elle se fera toujours prendre par-derrière. Et on ne la laissera pas jouir.

— Non, elle ne mérite pas d'orgasme, hein ? dis-je.

Je jette un regard à Tarren, toujours assis d'un air renfrogné sur son fauteuil.

Je prends Riya par la taille pour qu'elle se redresse, son dos pressé contre mon torse. Les lèvres contre son oreille, je susurre :

— Suce Tarren pour lui rendre le sourire. Et pendant ce temps-là, Ronan te vutera le cul. Mais ne t'avise pas de jouir, petite compagne, sinon je te fouetterai à nouveau. C'est compris ?

Elle hoche la tête et s'humecte les lèvres. Mes cousins et moi poussons un grognement.

Sans perdre un instant, Tarren se déshabille et s'allonge sur le disque de sommeil. Obéissante, Riya rampe entre ses jambes. Je saisis mon membre et le caresse en la regardant prendre Tarren en bouche tandis que Ronan se met en position derrière elle.

Vutain, je pourrais jouir rien qu'en les regardant, mais ce n'est pas ce que je veux. Je préfère éjaculer dans sa petite chatte juteuse. Mais alors que leurs gémissements deviennent plus forts et plus impatients, je suis obligé de me caresser plus fort, et mes bourses se contractent.

Tarren a beau être de mauvaise humeur, il finit le premier, dans un rugissement qui fait trembler le dôme tout entier. Quand Riya le lèche jusqu'à la dernière goutte et se retire, je la prends par les cheveux et lui soulève la tête.

— Ne jouis pas, l'avertis-je juste avant que les cris de Ronan résonnent contre les murs.

Elle pousse une plainte, mais obéit, toute molle, dans un rôle pleinement passif.

— C'est bien, ronronné-je.

Je suis impatient que Ronan se retire. Je me tiens prêt, tout nu, un gant mouillé à la main pour la nettoyer.

Je l'allonge sur le ventre sur le disque de sommeil, une paume sur sa nuque.

— Écarte les jambes, ma belle. C'est mon tour, et j'en ai assez d'attendre les délices qui s'offrent à moi.

Je frotte mon gland à ses fluides. D'un coup de reins, je suis profondément enfoncé en elle, pile à ma place. Je gémis.

— Mmm, cette chatte est toujours trempée pour moi, hein ?

Mes yeux roulent déjà dans leurs orbites. Riya respire à toute vitesse. Tarren lui capture les poignets et les lui maintient au-dessus de la tête, bien qu'elle ne tente pas de s'en servir. Il veut juste lui rappeler qui commande.

Je me retire et la pénètre d'un seul coup. Elle pousse un cri plaintif.

— Jax, halète-t-elle. S'il te plaît ?

— Non, réponds-je d'un ton dur. Qu'est-ce que je t'ai dit ?

Je vais et viens plus fort. Plus vite.

— Est-ce que tu as le droit de jouir, vilaine fille ?

— Non, gémit-elle.

Oh, *vutain,* c'est trop bon.

— Exact, dis-je, soudain prêt pour un monologue. Quand tu es punie, tu n'as pas le droit de jouir. Tes tétons et ta chatte te lanceront toute la nuit parce qu'on ne t'aura pas satisfaite.

Elle gémit. Ses muscles se contractent sur mon membre.

— Tu es en train de jouir ? demandé-je d'un ton sec.

Elle se contracte encore plus.

— Euh...

— Vilaine fille.

Je lui donne un coup de reins tellement puissant qu'elle est obligée de s'accrocher à Tarren pour ne pas voltiger à l'autre bout du matelas.

Ce que je dis n'a pas d'importance, cependant, car nos orgasmes arrivent en même temps. Tout devient flou, et des étoiles dansent sous mes yeux. Après avoir éjaculé, je suis pris d'un grand frisson, et je dois me concentrer pour ralentir ma respiration.

— Ne nous quitte plus jamais, Riya, dis-je d'une voix éraillée.

Je suis sérieux, cette fois. Je ne joue pas les autoritaires pour sa punition.

Si elle nous quittait, je ne sais pas comment nous pourrions nous en remettre.

Riya frissonne, et quelque chose m'interpelle. Une chose qui devrait attirer mon attention, sans que j'arrive à mettre le doigt dessus.

Tout ce que je sais, c'est que Riya a besoin que nous lui donnions un truc en plus, et pas dans la chambre à coucher. Quelque chose d'important pour son bonheur nous échappe.

Il faut que je trouve de quoi il s'agit. Et vite.

CHAPITRE DIX

R *iya*

Je quitte mon laboratoire, un petit dôme de travail où je commence mes pousses et où je planche sur mes projets. Mes compagnons l'ont érigé pour moi peu de temps après notre arrivée, pour me faire plaisir, sans trop savoir ce que j'en ferais. Mais leurs sourires autrefois indulgents ont laissé place à la fierté face à ma capacité à concevoir de nouvelles choses. Ils entrent dans cet espace avec respect, désormais, et hochent la tête d'un air approbateur lorsque je leur relate mes réussites. Il ne s'agit plus d'un passe-temps pour moi, mais d'une mission, et chaque fois que j'apporte une amélioration dans la vie des autres exploitants, toute notre équipe est enorgueillie. Ces derniers temps, je me consacre plus que jamais à mes efforts.

Quand mes guerriers me grondent gentiment parce que je passe mes soirées dans mon laboratoire, qu'ils passent des doigts inquiets sur mes cernes, je ris et me détourne, tout en leur assurant que je souhaite travailler autant qu'eux et œuvrer à l'amélioration de notre planète. Si je ne parviens pas complètement à cacher mon obsession, j'espère qu'ils attribuent mon besoin désespéré de réussir à ma nature. Après tout, ils ont le sens de la compétition, et ils comprennent l'ambition.

Cette rotation planétaire, mes compagnons occupent toutes mes pensées.

Terre mère soit louée, ils se sont montrés bienveillants dans leur punition après mon escapade.

Quand Tarren m'a soulevée à mon retour, j'ai réellement eu peur. Mes guerriers m'aiment, c'est vrai, mais je ne les avais encore jamais mis en colère.

Désormais, je n'ai plus aucun doute sur leur amour.

Ce qui ne fait qu'accentuer mon sentiment de culpabilité. Chaque rotation planétaire me rapproche du moment où je devrai les quitter. Du moment où ils réaliseront que je ne suis pas une compagne convenable, car ils méritent une femme capable d'être honnête... et d'enfanter. En très peu de temps, ils sont devenus tout mon univers. Je ne sais vraiment pas comment je survivrai sans eux.

Le point positif, c'est que mon escapade interdite m'a fait découvrir des choses dignes d'un roi. Je pousse une exclamation en faisant tomber la fine poudre blanche que je viens d'obtenir dans une boîte propre.

— Terre mère.

C'est une prière, bien que je ne prie pas, ainsi qu'un signe de gratitude envers la vie pour m'avoir accordé un tel trésor. J'ai étudié l'agrax et j'ai transformé le précieux acide en sels solubles. Mélangés à une lotion, ils soulageront les plaies et les douleurs musculaires. Pris par voie orale, ils chasseront la douleur. Le Dr Daneth possède des remèdes impressionnants venus des quatre coins de la galaxie, mais je suis sûre que ma concoction trouvera sa place parmi eux. Après tout, ce produit est naturel et ne comporte aucun effet secondaire. Il sera facile d'en produire en grosses quantités, si nous le souhaitons, pour que tous les Zandiens puissent en profiter.

J'ai passé au peigne fin la liste des remèdes connus établie par le Dr Daneth, et le mien n'y figure pas. Il était commun sur Terre, jadis, avec un succès modéré, raison pour laquelle il n'a jamais gagné le reste de la galaxie. Mais comme je sais que les peaux zandiennes sont beaucoup plus sensibles à certaines substances terriennes que les peaux humaines, je pense que sur eux, l'effet sera dix fois plus puissant. Peut-être même plus !

Fatiguée, à présent, malgré mon exubérance, je range mon équipement.

— Riya ? dit Ronan en frappant à la porte, avant d'entrer. Tu passes ton temps ici. Tu me manques, le soir.

Il fait mine de m'adresser un regard triste.

— Tu es beaucoup plus jolie que mes deux cousins, et tu sais bien que jamais je ne voudrais les *vuter*.

J'éclate de rire.

— Oui, encore heureux !

— Tu as entendu la nouvelle ?

Son visage s'est illuminé, et ses bras puissants me collent à son torse musclé. Je me blottis contre lui et embrasse sa clavicule.

— Quelle nouvelle ? Tu as fait ta fameuse imitation de Tarren au boulot et tout le monde s'est écroulé de rire ?

— Non, répond-il en me donnant une tape sur les fesses. Ton insolence va t'attirer des ennuis, petite terrienne.

— Si ça se trouve, j'aime avoir ce genre d'ennuis.

Je me colle à lui. Il grogne, et, comme incapable de se concentrer avant d'avoir pu m'annoncer sa nouvelle, il recule pour me regarder en face.

— Riya, trois autres humaines sont enceintes. Ça en fait déjà six. Et vu le sourire du compagnon de Zorra, je suis convaincu qu'elle attend un petit aussi, mais qu'il ne voulait pas le dire.

Il a les yeux qui pétillent et danse pratiquement de joie.

— Je suis sûr qu'on sera les suivants. Je le sens.

Mes doigts tremblent. Toutes les premières équipent attendent désormais un enfant… sauf la nôtre. Mon estomac se serre, et je sens la bile me monter dans la gorge. Je la ravale avec difficulté.

— Quelle bénédiction ! dis-je d'une voix étranglée. C'est une merveilleuse nouvelle pour Zandia.

Au lieu de regarder Ronan, je pose la joue contre son torse nu et écoute le battement de son cœur. Régulier. Fort. Puissant. Son corps est si compact et beau, parfait pour concevoir un enfant capable de prendre les armes pour sa planète.

— Chaque humaine fait les choses à son rythme, m'assure Ronan d'une voix plus sérieuse en me caressant les épaules. On se fiche de savoir qui a un enfant en premier, ou combien de temps ça prend.

Il semble sûr de lui, heureux. Je me demande combien de temps il faudra pour que ses paroles rassurantes se transforment en questions, puis en inquiétude. Des semaines ? Des cycles lunaires ?

— Tu seras bientôt enceinte, affirme-t-il.

J'ai l'estomac noué.

— Bien sûr, réponds-je, mon souffle sur sa peau. Chaque être est unique.

Mais certains ont été mutilés.

Il me relève le menton pour me sourire en face.

— En plus, on devrait s'entraîner un peu plus, pour mettre toutes les chances de notre côté.

— Tu devrais surtout me lécher jusqu'à l'orgasme.

Pitié. Fais-moi oublier cette douleur.

— Et te servir de ta grosse queue de Zandien pour me rendre folle de désir, ajouté-je en prenant son sexe en main, savourant la façon dont il durcit encore plus à mon contact. Tu sais que j'adore ta virilité.

Je lui mords un téton, et il rugit, avant de me donner une tape sur les fesses et d'ordonner :

— Recommence. Plus fort.

Avec un sourire, je lèche sa peau, puis le mords à nouveau. Je le sens durcir dans ma main. Peut-être que mes Zandiens aiment être touchés un peu plus sauvagement, de temps à autre ?

— Tu veux que je te donne une fessée, Ronan ? Ça ne me dérange pas. Penche-toi et donne-moi le martinet...

Je pousse un cri ravi lorsqu'il me soulève et me jette sur son épaule, avant de me donner une série de tapes sur les cuisses.

— Il y a effectivement une fessée au programme, mais ce sera la tienne, pas la mienne. Et rien que pour cette question, tu auras droit au martinet, jolie humaine.

— Oh, non, s'il te plaît. Je serai sage.

Mais nous savons tous les deux que j'adore être fessée pour le plaisir.

Riya

— Quelque chose te préoccupe ? me demande Tarren en me pressant l'épaule.

— Non.

Oui. Toujours la même chose qui tourne en boucle dans mon esprit. Le stress commence à me rendre folle.

— Je profite juste du coucher de soleil. Regarde le ciel, la façon dont les nuances bleues et orangées se mêlent, dis-je en observant l'horizon. On dirait qu'elles se fondent l'une dans l'autre. Elles scintillent. J'ai appris que c'était la poussière de cristal dans l'air qui donnait au ciel ce chatoiement au crépuscule.

— Tu deviens une vraie savante, ces derniers temps.

Son ton est dénué de désapprobation, du moins je n'en ai pas l'impression, mais je me fige sous sa main.

Comment lui expliquer qu'étudier est devenu une obsession pour moi ? Je suis bien décidée à prouver ma valeur.

— Ça t'embête ? lui demandé-je d'un ton léger.

Je garde le regard tourné vers les crêtes scintillantes des montagnes contre le ciel sombre.

— Riya ? dit-il en me touchant le menton. Tu sembles...

Il hésite, cherchant sans doute le bon mot.

— ... troublée, en ce moment.

Je bats des cils et souris.

— J'aime seulement travailler dur, ça me passionne.

— Tu travailles assez dur pour trois, déclare-t-il avec une pointe d'irritation. Je crains que tu ne dormes pas assez. Ces derniers temps, tu te lèves beaucoup plus tôt, parfois bien avant l'aube. Je sais que les humains ont besoin de plus de sommeil que nous, et tu n'as pas ton compte.

Mon estomac se noue, et je croise les bras.

— J'espère que tu n'es pas en train de me demander d'arrêter de travailler sur mes plantes au labo.

Il prend un air surpris, avant de se renfrogner, buté.

— Bien sûr que non ! Mais si quelque chose te tracasse, je veux savoir ce que c'est.

Je me mords la lèvre et détourne les yeux, incapable d'affronter son regard. Une légère tension flotte désormais dans notre dôme, et j'ignore si c'est moi qui l'ai causée, avec mon inquiétude à l'idée d'être la dernière humaine parmi les premiers groupes d'exploitation des terres à ne pas être enceinte. Mais mes compagnons doivent en être conscients ; tout le monde parle sans arrêt de qui attend un enfant, et pour quand. C'est épuisant, de m'obliger à sourire alors que j'ai envie de hurler et de me jeter à terre pour pleurer de désespoir.

Comment ai-je pu croire que cette situation serait tenable ? Une vague de nausée m'envahit, et je me plaque une main sur la bouche.

— Tu es toute pâle, commente Tarren en me touchant la joue. Tu manges suffisamment ?

Je le vois jeter un coup d'œil à mon ventre plat, avant de me regarder dans les yeux, comme s'il ne voulait pas que je le voie m'examiner.

— Je mange comme il faut. J'ai tous les nutriments nécessaires pour... tous les nutriments recommandés.

J'ai le régime alimentaire parfait pour préparer une grossesse. Une grossesse impossible, cependant.

— Est-ce que tu t'inquiètes de... ne pas...

Il me touche le ventre, les doigts écartés. Sa chaleur me coupe le souffle, et je ressens l'excitation habituelle, mais notre sujet de conversation me rend triste.

— Non, réponds-je sèchement, et pour adoucir mon ton, je caresse sa cicatrice. Tu seras un père formidable, un jour, je le pense du fond du cœur.

Ce ne sera pas avec moi, mais ça arrivera. Horrifiée, je sens les larmes me monter aux yeux, et je bats des paupières.

— J'ai seulement le trac parce que je dois préparer un cours sur les boutures pour les humaines des autres dômes, mens-je.

Tarren pousse un soupir.

— Tu sais que tu peux avoir confiance en moi... en nous tous.

— Oui, je sais.

Je me blottis dans ses bras.

— Alors je t'en prie, confie-moi ce qui te préoccupe.

— Je viens de te le dire. Ce cours, et les projets que j'ai au labo.

Il plante son regard dans le mien.

— Est-ce qu'il te manque quelque chose ? Tu es malheureuse, Riya, je le vois bien. On ne te comble pas ? Pour former une équipe solide sur le long terme, il faut qu'on soit honnête les uns avec les autres. C'est ce que font les êtres honorables.

Ouais. Parce que les Zandiens ne mentent pas. Que penseront-ils de ma duperie, alors ? Je m'enfonce de plus en plus dans mes mensonges.

À ma grande surprise, je lis le doute dans ses yeux. Comment un féroce guerrier zandien ayant servi sa planète avec honneur et battu mille soldats ennemis peut-il manquer d'assurance ?

Comme je ne veux pas continuer à affabuler, je me détourne.

— Tout va bien, dis-je à voix basse. J'ai simplement envie d'être un peu seule pour réfléchir à mes projets.

Il garde le silence, puis me touche le bras et s'éloigne, m'abandonnant au coucher de soleil. Je laisse enfin mes larmes couler, et les couleurs se réfractent comme un millier d'éclats de verre à travers les gouttelettes tandis que le soleil plonge derrière l'horizon.

CHAPITRE ONZE

J*ax*

— Que voulez-vous ? me demande le roi Zander.

Mais il se tourne sur le côté et me fait signe d'attendre. Il est sur la plate-forme de chargement, occupé à donner des ordres.

— Vous avez optimisé la génétique pour les prochaines équipes ? demande-t-il au Dr Daneth via un appel holographique. Ça va devenir plus délicat, parce qu'on a beau vouloir former des associations idéales du point de vue de la génétique, il ne faut pas que l'on mette les humaines et les Zandiens dans une situation qu'ils trouveront désagréable.

Il se passe une main sur la bouche.

Je m'éloigne, car je suis sûr que je ne suis pas censé entendre cette discussion confidentielle. Le roi parle encore un moment au médecin, avant de fermer son holo et de se tourner vers moi.

— Jax.

— Majesté, dis-je en m'inclinant.

— Comment se passe votre effort de repopulation ?

Il hausse un sourcil. Ce n'est pas la première fois que cette question me serre l'estomac. Au début, j'aimais bien parler de la perspective d'avoir des petits. Cette fois, je dois faire un effort pour ne pas grogner.

Je secoue la tête.

— Rien de neuf, mais je suis sûr que ça ne saurait tarder, dis-je avec un sourire forcé. Nous n'avons pas la main légère sur les... accouplements, chez nous.

Nous sommes insatiables, tous les quatre. Nous le faisons un nombre incalculable de fois. Mais je ne peux pas m'empêcher de lâcher :

— Roi Zander... ne deviez-vous pas nous envoyer le dossier d'esclave de Riya ? Pour que nous ayons des détails sur son passé ?

Elle ne souhaite pas parler de son ancienne vie, et nous n'insistons pas. Je ne veux pas faire remonter des souvenirs douloureux. Mais je pense qu'en en apprenant plus sur elle, nous deviendrons de meilleurs compagnons.

Je ne comprends pas ce qui arrive à Riya, en ce moment. Nous sommes tous stressés, toujours à travailler, impatients et anxieux, mais chez elle, je perçois un fond mélancolique. Quand elle regarde par la fenêtre, la main sous le menton, elle semble perdue dans les tréfonds de son esprit. Je pense qu'il lui manque quelque chose. Est-elle malheureuse avec nous ? Ne lui suffisons-nous pas ? Quand je lui demande si quelque chose ne va pas, elle répond tout de suite que non et change de sujet ou m'embrasse. Son dossier contient peut-être des indices.

— Ah, on ne vous l'a pas envoyé ? dit Zander avant d'ordonner à un autre holo de s'ouvrir. Je vais exiger que quelqu'un l'apporte immédiatement, et le range avec vos affaires. Je crains que mon assistant ait été surmené.

— Ce n'est pas urgent.

Je serre et desserre les poings. Si je le pouvais, j'irais chercher ce dossier sur-le-champ.

Zander esquisse un sourire, comme s'il lisait dans mes pensées.

— Tout est urgent, me reprend-il. Mais certaines choses le sont plus que d'autres.

Il me tend une boîte.

— Voici d'autres graines terriennes pour Riya. Elles sont arrivées la rotation planétaire précédente. Elles sont rares, en provenance de Midraxx. Lamira en a déjà planté au palais. Riya peut lui poser des questions, si besoin est, mais j'imagine qu'elle saura quoi en faire.

La fierté que m'inspire ma compagne me gonfle la poitrine, comme si j'avais quoi que ce soit à voir avec ses concoctions.

— Avant votre arrivée, le Dr Daneth me faisait l'éloge de sa préparation à l'acide salicylique. D'après lui, c'est la substance la plus innovante qu'il ait vue depuis des années. Il lui offre ceci.

Il pose un lecteur holo sur la boîte. Je l'ouvre et vois d'étranges symboles, avec des chiffres.

— Des maths ? demandé-je, la tête penchée.

— Et de la chimie. Elle comprend tout ça, apparemment. Et elle a déjà accompli des choses que des chimistes aguerris peinent à concevoir. Le Dr Daneth estime qu'elle aurait pu devenir chercheuse ou médecin, si elle n'était pas née humaine. Enfin, esclave, je veux dire. Il n'est peut-être pas trop tard. Elle est intelligente. Prenez bien soin d'elle.

— Je le fais. Nous le faisons. Toujours.

Riya

— Je te vois par appel holo électromagnétique cette semaine ? me demande Lily avec un sourire radieux.

Je lui rends visite chez elle, à la capitale, car Jax devait passer chercher du matériel. Il s'est dit que ça me ferait plaisir de l'accompagner pour voir mes amies humaines.

Je secoue la tête.

— Je ne suis pas… enceinte. Alors je ne comptais pas me joindre à l'appel. J'ai beaucoup de boulot, de toute façon.

— Tes compagnons t'exploitent ? s'enquiert-elle, les sourcils froncés. Je n'aurais pas cru ça d'eux, parce qu'ils ont la réputation d'être justes, mais si ça fait trop pour toi, tu peux toujours…

— Non, c'est moi, réponds-je en lui touchant le bras. Je me suis fixé des objectifs difficiles. Mes compagnons sont très gentils, et ils me soutiennent.

Je rougis en songeant à leur gentillesse au lit.

— Ouf, dit-elle.

Elle me sourit, mais penche la tête sur le côté en voyant que je ne me déride pas.

— Il y a un problème ?

— Non. Je n'ai pas envie de participer à une réunion holo si je n'ai rien à apporter, c'est tout.

— Mais tu seras bientôt enceinte, Riya ! Même moi, je pourrai peut-être concevoir. Quand on m'a stérilisée pour que je devienne esclave sexuelle, on m'a fait subir une procédure réversible. Alors le Dr Daneth m'a opérée, et maintenant… on est en essai !

Elle s'empourpre.

— Je ne savais pas que tu voulais des enfants. Mais j'imagine que c'est une obligation pour nous toutes, désormais.

Lily fronce les sourcils.

— Je ne sais pas si c'est une *obligation*. Mais c'est vrai que j'ai envie de contribuer. Rok sera un très bon père, et chaque nouvelle naissance aide les Zandiens à ne pas disparaître. En plus, la réunion ne concerne pas uniquement les grossesses. Tout le monde échangera des idées, des connaissances, des conseils. Tu sais, ta concoction à base de gingembre soulage énormément les nausées matinales de Zorra. Vous pourriez en parler, par exemple.

— Oh, dis-je avant de prendre une grande inspiration. Dans ce cas, bien sûr, je veux bien participer pour donner des informations. Je ne savais pas que c'était une réunion obligatoire.

— Rien n'est obligatoire. C'est juste une idée que Bayla a eue pour réunir les humaines enceintes, pour qu'elles se soutiennent et se lient d'amitié. La plupart d'entre elles se sentent un peu seules, alors c'est aussi un moyen de se sociabiliser.

J'ai envie de passer du temps entre amies, moi aussi, mais cette solution me semble loin d'être idéale.

— Super idée, dis-je.

Je souris avec les dents, et mon manque de sincérité se voit sûrement, mais Lily s'est tournée vers une autre humaine qui passe devant nous.

— Katrin ! Tu es superbe. Tu rayonnes !

Katrin pose la main sur son ventre légèrement arrondi et sourit.

— Je suis folle de joie, dit-elle.

C'est vrai qu'elle rayonne, et je me demande si le fait d'attendre un bébé zandien a un effet particulier sur l'anatomie humaine, car je n'avais encore jamais vu une femme aussi béate.

Je la félicite et la prends dans mes bras, puis je prends congé, impatiente de retrouver mon laboratoire et mon travail.

Une fois rentrée, je me rends directement dans mon mini-dôme au lieu d'aller saluer mes autres compagnons. C'est terrible, mais dernièrement, je ne supporte plus d'affronter leurs regards, et je trouve des excuses de plus en plus alambiquées pour les éviter. J'ai même refusé des rapports de temps à autre, prétextant des crampes ou des maux de tête. Ce qui finit souvent par réellement me causer une migraine, tant ils m'étouffent par la suite. Jax me propose de m'emmener voir le Dr Daneth, Tarren se plaint que je travaille trop. Et puis il y a Ronan, qui tente de me faire sourire en me racontant des blagues. Ils doivent être désarçonnés par mon comportement, voire blessés, mais parfois, je ne peux pas. Je n'y arrive pas. Ils me font confiance et sont adorables avec moi. Je sais que ma supercherie ne fera pas long feu, et ça me tue. Je suis terrifiée par ce qu'ils diront ou feront quand ils découvriront que je leur ai menti, que je les ai acceptés comme compagnons tout en sachant que je ne pouvais pas leur donner de petits. Comment pourront-ils me pardonner ?

Jax a déposé une caisse dans mon dôme. Elle m'attend près de la porte.

Je me demande s'il s'agit de graines, ou de livres de la part du Dr Daneth. Mais quand je regarde à travers le couvercle transparent, quelque chose de terriblement familier attire mon attention. Je vois un petit disque argenté avec des mots en ocrétien. Un disque d'informations. La peur me saisit le cœur, car il est écrit :

ESCLAVE 4356778A-CS-3. RIYA.

Oh, non. Merde.

Je me plaque une main sur la bouche, et je suis envahie par la nausée, comme c'est de plus en plus souvent le cas, ces derniers temps. Je me précipite dehors, juste à temps pour vomir sur les plans de basilic odorant que j'ai fait pousser près de l'entrée de notre dôme. Même une fois l'estomac vide, des haut-le-cœur continuent de me secouer jusqu'à ce que j'aie le tournis et la gorge à vif, les yeux embués de larmes. Enfin, je pousse une plainte et m'essuie la bouche du dos de la main, avant de me débarbouiller avec de l'eau. Avec des gestes mécaniques, je sèche mes larmes et chasse les cheveux trempés de sueur qui me tombent sur le visage.

Une étrange sensation de calme m'enveloppe soudain. Bien sûr, ça devait arriver tôt ou tard. Le roi Zander a bien dit qu'il enverrait mon dossier, quand il a accepté que nous formions un groupe. Ce qui est fait est fait, et je dois simplement accepter que ma vie telle que je la connais est terminée.

Alors que je regarde le disque en aluminium holographique, je ne vois que les visages de mes compagnons, forts et beaux. Ronan, si trapu, avec son rire qui illumine ses yeux, sa volonté de toujours me faire sourire. Jax, perspicace, toujours à m'encourager à m'estimer... sans parler de son beau minois. Et Tarren, mon guerrier bourru, qui serait prêt à retourner toutes les planètes pour s'assurer que je ne manque de rien, qui me comprend profondément, qui me donne l'impression de ne pas être seule au monde.

Puis je songe à l'avenir, et au fait qu'être avec moi condamnera leurs caractéristiques merveilleuses à s'éteindre. Ça va bien au-delà de ma propre vie et de ma sécurité. Mon égoïsme a causé du tort à Zandia, mais il n'est pas trop tard pour y remédier. Il faut que je les laisse prendre une autre compagne, et pour cela, il faut que je m'assure qu'ils ne veuillent plus jamais de moi.

Je les aime si profondément que je ressens le besoin de le faire tout de suite, sans perdre de temps, avant de me dégonfler. Il faut que je les quitte d'une façon inexcusable, car autrement, mes compagnons risqueraient de me pardonner.

Après avoir vomi une nouvelle fois, me vidant de l'eau que je viens de boire, je fais mon balluchon et prends ma veste. Puis je m'assois à table pour enregistrer un message. Quand j'ai terminé, je place le disque argenté à côté de l'appareil de communication, et j'appelle Lily.

D'une voix calme, je lui dis :

— J'ai besoin d'aide.

~

Tarren

Je suis tellement impatient de voir Riya après cette longue rotation planétaire que je passe devant mes cousins sans les saluer. Je me fiche d'être impoli. Je veux montrer à notre compagne ce que je lui ai apporté. Mon cœur bondit, étonnamment anxieux alors que je réajuste le paquet dans mes bras. J'espère que ça lui plaira. Ça la tirera peut-être même de sa déprime actuelle, que nous avons tous remarquée.

Mais Jax et Ronan ne se laissent pas faire. Ce dernier me donne un coup de coude.

— Attends ton tour, cousin.

Il sourit, mais il m'a fait très mal aux côtes.

— Aïe, grogné-je en me renfrognant.

Si je n'avais pas ce précieux paquet rempli de vieux textes terriens sur des tablettes holos, je lui casserais la gueule sur-le-champ.

Jax profite de notre mini-bagarre pour nous passer devant, et il pénètre dans le dôme.

— Riya ! lance-t-il d'une voix joyeuse. Riya ?

Son ton inquiet me pousse à oublier Ronan pour me précipiter dans le dôme. Je laisse tomber mon paquet sur le seuil.

— Qu'est-ce qui se passe ?

Il regarde notre tablette de communication commune, les sourcils froncés, le dos droit.

— Qu'est-ce que c'est ?

— Un message. De Riya.

Sa voix est étrange, monocorde.

— Qu'est-ce qu'elle dit ? demande Ronan, son ton enthousiaste envolé. Où est-elle ?

— Elle est partie, répond Jax, le visage dénué d'expression.

Il repose la tablette et se dirige vers la fenêtre, où il répète :

— Elle est partie.

— Encore dans la forêt ?

L'angoisse me glace la poitrine alors que je ramasse la tablette pour écouter son message.

Jax, Ronan, Tarren, il faut que je parte. Je suis désolée de ne pas avoir eu le courage de vous le dire en face, mais le moment est venu pour moi d'être honnête. Cet accouplement ne fonctionnera pas, et vous allez devoir vous trouver une autre compagne.

Je vous ai menti.

Je ne peux pas avoir d'enfants.

Je sais ce que les Zandiens pensent du mensonge, alors je sais que vous me détesterez, c'est légitime. J'ignore quel sort me réservera le roi Zander, puisque je suis incapable de me reproduire, mais je vais me livrer à son jugement. Il m'autorisera peut-être à rester sur Zandia. Quoi qu'il arrive, j'espère que...

Sa voix se brise.

J'espère que vous trouverez une meilleure compagne, capable de s'engager et de vous donner ce que vous désirez et méritez.

— *Vutain,* c'est quoi ça ? rugit Ronan.

— Elle a menti.

Mon ton est morne, bien que mes mains tremblent. Je vois rouge.

— Qu'est-ce que ça veut dire ? Elle est infertile ? demande Ronan en se prenant la tête dans les mains. Dis-le-moi, *vutain* !

Jax touche le disque.

— Son dossier. Découvrons-le.

Il le glisse dans le lecteur du port de communication, et des documents s'affichent sur l'écran.

Esclave considérée comme stérile et informée de sa condition. L'esclave comprend qu'elle ne pourra jamais tomber enceinte.

— *Vutain,* dit Ronan d'une voix incrédule. Ce n'est pas possible. C'est le mauvais dossier.

— Non, répond Jax en secouant la tête. Il y a son nom et son numéro d'esclave. C'est le même que sur le code-barres de sa nuque.

Je ramasse la tablette pour en lire plus.

— Est-ce que le roi Zander a vu ça ? demande Ronan en regardant par-dessus mon épaule.

— Qu'est-ce que j'en sais ?

Ma frustration explose, et je me lève. J'ai besoin de m'éloigner de son souffle, de son odeur de sueur, de sa présence. Riya nous a menti. Elle nous a sciemment dupés pendant tous ces cycles lunaires.

C'est déshonorable. Anti-Zandien. Bien sûr, elle n'appartient pas à notre espèce, c'est une *vutain* d'humaine. Et les humains mentent. Comment avons-nous pu lui faire confiance ? Nous lui avons donné nos *cœurs* !

— Elle est infertile. Et elle le savait, dit Jax d'un ton dénué d'émotion en regardant par la vitre. Elle le savait, et elle ne nous a rien dit. Elle nous a laissés nous demander si elle était enceinte, et elle savait depuis le début.

— Je n'y comprends rien. Pourquoi a-t-elle menti ?

Ça me dépasse.

Jax hausse les épaules.

— Elle a peur d'être exilée. Elle manque d'honneur. Elle pensait peut-être qu'on ne le découvrirait jamais. Ou alors, c'est juste une *vutain* d'humaine qui prend des décisions cruelles. Ou on ne méritait pas de connaître la vérité. Allez savoir.

— Parle pour toi. Moi, je mérite la vérité, rétorque Ronan, mais il a la voix qui tremble.

Je passe en revue le texte sur la tablette.

Le gros titre suivant n'est pas une surprise.

ESCLAVE 4356778A-CS-3 COUPABLE DE MEURTRE. CONDAMNÉE À MORT.

— On savait qu'elle avait été sauvée d'une capsule de la mort, commente Jax d'une voix étonnamment calme. Et qu'elle avait tué un garde. Les humains sont seulement condamnés à mort pour des raisons graves.

Mes doigts se crispent sur la tablette.

— Elle a tué deux gardes, dis-je. Pas un. Ils disent qu'elle a pété les plombs parce qu'ils avaient découvert son incapacité à procréer et qu'elle voulait les punir pour ses propres défauts. Alors elle s'est servie d'un outil de jardinage pour les égorger dans leur sommeil. D'après eux, elle souffre de *psychopathie*. C'est un trouble humain qui cause un manque d'émotions et d'empathie. Ils écrivent qu'ils ne veulent pas de ça dans leur lignée.

— J'ai beau être en colère contre Riya, ces gardes méritaient ce qu'elle leur a fait, déclare Jax.

— Mais quand même, c'était une décision inconsidérée, intervient Ronan d'une voix dure. Stupide. Les esclaves savent que tuer un garde est passible de la peine de mort. Pourquoi prendre un tel risque ?

Aucun d'entre nous n'a la réponse.

— Je parie qu'elle est avec Lily, dis-je. Il faut qu'on parle à Riya. Je veux qu'elle nous dise les choses en face.

Je commence à pianoter furieusement sur mon bracelet de communication pour passer un appel, mais Jax me prend par le poignet.

— Non, dit-il en secouant la tête.

Sa peau violette a pris une teinte lavande très pâle.

— Est-ce qu'on veut avoir une compagne déloyale ? dit-il. C'est comme avec Gunt.

Je le regarde fixement, le moral dans les chaussettes.

Oui, c'est le même genre de duperie qu'avec notre ancien ami, à cause duquel nous avons été la cible d'une enquête du roi Zander. Nous aurions pu être exilés ou condamnés à la prison à vie, comme Gunt.

— Elle a fait son choix, déclare Jax. Elle est partie.

— Les mensonges n'ont pas leur place entre compagnons, renchérit Ronan, lui aussi très pâle.

Je me laisse tomber dans le fauteuil-planeur le plus proche, abattu.

— Non, dis-je d'une voix creuse. Ils n'ont pas leur place.

Ronan

Vutain, j'ai l'impression qu'on m'a déchiré la poitrine.

— On se portera mieux sans une menteuse, dis-je.

— Elle n'a pas notre loyauté. Elle a accepté nos cristaux ! s'exclame Tarren d'un air tourmenté. C'est inacceptable, de manipuler les gens à ce point-là. C'est la preuve que rien de tout ça ne comptait à ses yeux. Ce n'était qu'un moyen de se cacher un moment, en profitant des imbéciles que nous sommes. Des idiots qui croyaient pouvoir... Oh, *vutain.*

Le soleil s'est couché, et l'obscurité s'installe, insidieuse, comme un brouillard.

— Où elle est, à votre avis ?

Personne ne me répond.

— Que va-t-on dire aux autres ? demandé-je, rouge de honte. Tout le monde va savoir qu'on a choisi une compagne inférieure !

Même en prononçant ces mots, je ne crois pas à ce que je dis. Riya était parfaite... tellement parfaite. Mais ce n'était qu'un mensonge.

— Ce n'est pas de notre faute, rétorque Jax d'un ton cassant, enfin réveillé de son engourdissement. C'est elle la coupable. Elle est infertile, et elle nous a menti à ce sujet. Sans parler du fait que c'est une meurtrière ! Avec elle, on n'aurait jamais d'enfant. On ne serait jamais en confiance.

Nous gardons le silence, réfléchissant sans doute à ce qu'il vient de dire. Pour être honnête, j'ai beau trouver les bébés mignons, je les trouve également terrifiants, et je n'ai jamais ressenti le besoin d'en avoir. Je voyais plutôt ça comme un défi à relever, un bienfait pour Zandia, et... eh bien, je croyais que Riya en voulait. Mais quand j'ai revendiqué notre compagne, je n'avais pas ça à l'esprit.

— Elle aurait dû nous le dire, tonne Tarren. Nous laisser décider si ça comptait pour nous. Se cacher, c'est la voie des lâches. Et on mérite mieux qu'une lâche.

Quelque chose me tord le ventre. Est-ce que ça aurait changé les choses ? Si elle nous avait dit dès le départ qu'elle ne pouvait pas concevoir, l'aurions-nous choisie quand même ?

Au fond de ma tête, une petite voix crie *oui*.

Mais il est trop tard, à présent. Elle a menti, et elle est partie. C'est le roi Zander qui décidera de son sort.

Vutain.

— On mérite mieux, cousins, déclare Jax.

Il fouille dans un placard et en sort une bouteille d'Oteera, coûteusement importée de la galaxie otérienne, d'une planète connue pour ses distilleries.

— Je l'avais mise de côté pour quand Riya serait enfin...

Il marque une pause, dégoûté.

— Mais on devrait peut-être la boire maintenant, parce que cette bonne nouvelle n'arrivera jamais.

Il sourit, mais sans joie, et quand il nous sert trois grands verres du puissant alcool transparent, ses doigts tremblent.

J'en bois une grande gorgée, et le liquide me brûle la gorge. Le goût de genièvre explose sur ma langue, me faisant tousser.

— *Vutain.* Ça faisait un bail que je n'en avais pas bu.

Les Zandiens n'ont pas besoin de boire, mais l'alcool

nous affecte de la même manière que les autres êtres, et j'admets que parfois, nous nous laissons tenter. Rarement, car les guerriers ne peuvent pas se montrer faibles. Mais le moment semble bien choisi.

Tarren boit son verre d'un trait, sans un bruit, tandis que Jax le sirote, morose, en pianotant sur la table avec ses longs doigts. Nous gardons le silence durant de longues minutes, jusqu'à ce que ma vision se trouble et que la pièce semble plus chaleureuse, plus lumineuse, comme si tout devenait aussi doux que la couverture de Riya, celle qui porte son odeur.

— Pourquoi serait-elle aussi fourbe ? demandé-je en articulant beaucoup trop pour éviter de bredouiller, un malheureux effet secondaire de l'alcool.

— Qu'est-ce que ça change ? Elle est fourbe, et on ne veut plus d'elle. C'est fini ! s'exclame Jax en se servant un deuxième verre. Si elle a besoin de quelqu'un pour la protéger des bêtes, pour labourer ses champs pour son *vutain* de calendula, encore et encore ? Elle n'a qu'à se trouver... un autre être.

Sauf qu'à l'expression de Jax, je sais qu'il ne pense pas un mot de ce qu'il dit. Il a le cœur brisé.

Tarren hoche la tête.

— Si elle se sent seule la nuit, elle n'aura qu'à coucher avec un autre. Nous, on ne *vute* pas les traîtresses.

Cette idée me fait serrer les poings de rage. Riya avec un autre être ?

Il faudra me passer sur le corps. Mais elle est partie.

— Elle nous a trahis, dis-je, les yeux brûlants.

— Cousin, tiens le coup, m'encourage Tarren en me plaçant une main sur l'épaule, un rare geste affectueux de sa part. On se trouvera une autre compagne, qui sera... mieux. Pour tout le monde.

Il vide un autre verre. Jax le remplit sans un mot.

— Les ragots iront bon train, dis-je.

Je regarde dans mon verre, où le liquide forme des tour-billons huileux qui ressemblent à une bouche hilare.

— Si un être se moque de nous, je le détruirai, déclare Tarren en abattant son verre sur la table. On ne sera pas la risée de la planète.

— Non ! Tu as raison ! dis-je alors que la pièce vacille. Nous sommes honorables. Puissants.

Je puise dans la colère que j'ai au fond de moi et ajoute :

— Je suis content qu'elle soit partie. Bon débarras.

Malheureusement, je n'en crois pas un mot.

CHAPITRE DOUZE

R *iya*

Je vomis trois fois pendant le vol.

Lily me jette des regards inquiets depuis le cockpit, mais je n'arrive même pas à lui parler. Je ne veux pas lui raconter ce qui s'est passé. Lui avouer la douleur que je viens de causer à mes chers, chers compagnons. C'est trop terrible.

Des larmes roulent sur mes joues alors que je regarde le paysage défiler en contrebas. Je me sens morte.

Complètement morte.

Je me fiche même de savoir ce que le roi Zander me fera. Je me fiche qu'il me livre aux Ocrétiens pour qu'ils m'exécutent. Plus rien n'a d'importance, sans mes compagnons.

Mais ça vaudra mieux pour eux. Je prie la douce Terre mère et l'étoile zandienne pour qu'ils trouvent une autre compagne. Pour qu'ils soient heureux.

Moi, je ne le serai plus jamais.

Jax

Je me réveille en sursaut, la bouche sèche, la tête dans un étau. Puis ça me revient : *Riya.* Sa trahison. Son infertilité. La cuite que j'ai prise avec mes cousins. Tarren est dans un fauteuil-planeur. Pas étonnant qu'il n'ait pas voulu dormir sur le disque de sommeil, qu'il partage d'habitude avec Riya. *Partageait.* Ronan dort dans un coin de la pièce, même pas sur un fauteuil. Il va avoir une gueule de bois terrible.

Je reste allongé et tente de mettre le doigt sur ce qui me tracasse. Je suis tellement en colère contre Riya que j'ai du mal à réfléchir, mais il y a quelque chose que je dois faire, quelque chose d'important...

Le dossier. Je réalise que nous ne l'avons même pas lu en entier. Il y a forcément d'autres informations à l'intérieur, non ? Comme je n'arrive pas à dormir, je me rends dans la pièce principale et allume l'appareil de communication. Je reprends tout dans l'ordre.

Des documents et des données défilent sous mes yeux, et mon cœur se serre de plus en plus en voyant la femme que j'aimais réduite à des suites de chiffres. Date de naissance. Taille, poids, mensurations, prises plusieurs fois par an. Profils génétique et psychologique pour juger ses éventuelles compétences de reproductrice, et avec qui l'appairer pour produire des esclaves robustes pour les Ocrétiens.

Ses ravisseurs l'ont jugée indigne de se reproduire à cause de « défauts » la rendant « non viable » pour produire la future génération d'esclave. L'un des défauts était son intellect. Les esclaves humains devaient idéalement être intelligents, mais pas trop. Les Ocrétiens voulaient créer une lignée travailleuse et obéissante. Riya posait trop de questions. Elle répondait. Elle était trop maligne.

Alors ils l'ont jugée « secondaire » dès son plus jeune âge. Tout le monde sait que pour les Ocrétiens, les esclaves humains secondaires valent à peine mieux qu'un tas d'ordures. Ils ne sont pas exterminés, car ils peuvent se montrer utiles au travail tant qu'ils vivent. Mais en réalité, les secondaires servent souvent de souffre-douleur aux gardes sadiques qui les violent et s'attendent à ce qu'ils travaillent sans contrepartie, souvent encore plus dur que les primaires, qui sont traités avec plus d'égards. Enfin, jusqu'à ce qu'ils aient enfanté assez de nouveaux esclaves à entraîner. Quand ils ne sont plus en âge de procréer, les primaires sont généralement relégués au rang de secondaires, eux aussi.

La colère m'envahit, et je pousse un juron en tapant du poing sur la table. C'est pour ça que Zander a aboli l'esclavage. C'est amoral à tous les niveaux. *Vutain,* personne ne mérite d'être traité comme ça. J'ai beau être fâché contre Riya – plus que fâché, furieux, écœuré –, je voudrais pouvoir tuer tous les Ocrétiens sur-le-champ et libérer tous les êtres de la galaxie. Je me fais le serment de participer à ces efforts, un jour, quoi qu'il en coûte. Mais d'abord, il faut rebâtir Zandia. Nous ne pouvons pas aider le reste de la galaxie tant que nous ne serons pas redevenus une grande puissance.

Riya. Oh, Riya.

Je passe en revue plusieurs rapports annuels, jusqu'à ce que quelque chose attire mon attention. Une chose qui me pousse à me ruer dans la chambre pour réveiller mes cousins.

— Ronan. Tarren. Debout. Il faut que je vous montre un truc.

C'est un lent processus, et j'ai un peu l'impression d'être un vaisseau dépanneur en train de traîner un cargo galactique en panne, mais je tiens bon, et mes cousins se lèvent d'un pas vacillant et se frottent les yeux, hagards.

— Lisez-moi ça.

Je leur montre l'appareil de communication. Ils ont toujours l'air hébétés, alors je leur résume ce que je viens de découvrir :

— Il est écrit qu'à cause d'électrisations répétées, les médecins ocrétiens ont décrété que des changements structuraux avaient affecté son utérus, la rendant définitivement incapable d'être fertilisée.

Quand ils me regardent sans comprendre, je me renfrogne.

— Vous ne saisissez pas ? Électrisations *répétées*, c'est une façon politiquement correcte de parler de *torture avec des bâtons électrifiés*.

— Attends, dit Ronan en fronçant les sourcils, avant de me prendre par le bras et de regarder l'écran. Si elle ne peut pas tomber enceinte, c'est parce qu'ils l'ont torturée ?

— Je vais tous les massacrer, déclare Tarren d'une voix tellement glaciale que je sais qu'il est sincère.

— On dirait bien, réponds-je à Ronan, vu que la remarque de Tarren se passe de commentaires. Je savais qu'ils s'étaient servis de bâtons électrifiés sur elle. Elle nous l'avait dit. Mais je ne me doutais pas que...

Ma voix se brise.

— Je ne me doutais pas qu'ils s'en étaient servis comme ça, et assez souvent pour la mutiler.

— Montre-moi leurs noms, dit Tarren.

Il m'arrache la tablette des mains, puis ajoute d'une voix plus forte :

— Regardez ça. Jax, Ronan. Les deux gardes chargés de la surveiller au quotidien, c'est eux qu'elle a tués. Et les données ne coïncident pas. Dans le rapport judiciaire, ils disaient qu'elle s'était échappée la nuit, mais là, ils disent que ces types sont morts après une altercation dans sa chambre. L'altercation a eu lieu entre elle, une jeune esclave, et ces deux gardes. Ils étaient sans doute en train de la torturer, et elle s'est défendue.

— Ou elle protégeait la jeune esclave, dis-je, l'estomac retourné. Il n'y a donc aucune limite à la cruauté dans cet univers ?

— Je ne sais pas, mais peut-être... peut-être qu'on s'est emportés trop vite contre elle.

Je me mords la lèvre.

— Elle nous a quittés, intervient Tarren, mais sa voix a une note interrogative. Et elle nous a menti.

— C'est vrai, réponds-je. Mais peut-être... que c'est plus compliqué qu'il n'y paraît.

— Peut-être que...

Tarren s'interrompt.

— Peut-être que quoi ? insisté-je, impatient d'entendre ce qu'il a à dire. Quoi ?

Ça n'aura du sens que si quelqu'un d'autre partage ma façon de penser.

— Ne me précipite pas, gronde Tarren en se passant une main sur le visage. Il y a de l'eau ?

Il trouve un pichet et boit pour chasser les effets de l'alcool.

— C'est peut-être plus compliqué qu'il n'y paraît, comme tu l'as dit, admet-il enfin.

— Comment ça ? demande Ronan.

Il lui prend le pichet d'eau des mains et s'en asperge le visage.

— Vutain, prends une serviette ! rugit Tarren en essuyant les gouttes qui lui tombe sur le bras, une grimace au visage. T'as quel âge ? Et si Riya était plus brisée qu'on ne le pensait ?

— C'est le cas, commente Ronan. Elle ne peut pas porter de petits.

— Je ne parle pas de ça. Je parle de son âme, explique Tarren en se frappant la poitrine. Et vous foutez pas de ma gueule.

Il nous transperce tous les deux de ses yeux noirs. Nous ne faisons pas un geste. Il poursuit :

— Je ne suis pas doué pour tout ça. Mais... et si elle était partie par peur qu'on la jette dehors ?

Je cligne des paupières alors qu'un brin d'espoir naît en moi.

— C'est ce que je commence à me demander.

— Si elle savait qu'elle ne pouvait pas enfanter, avec sa condamnation à mort, elle devait craindre pour sa vie, non ? dit Tarren d'une voix plus assurée.

— Comme si on était capables de la livrer aux Ocrétiens après avoir découvert son infertilité... réplique Ronan d'un ton dédaigneux.

Ses mots flottent dans l'air comme un gaz toxique.

— Peut-être, dis-je enfin. C'est peut-être ce qu'elle craignait. Après tout, le roi Zander n'a jamais explicité ce qui arriverait aux humaines incapables de procréer.

— Et qu'est-ce qui se passerait ? demande Tarren le front plissé. Est-ce qu'il les... forcerait à quitter leurs compagnons pour qu'ils tentent le coup avec une autre ?

Il fronce le nez.

— C'est exécrable.

— Mais peut-être nécessaire, pour la survie de l'espèce, dis-je, bien qu'une partie de moi se révolte contre cette idée.

— Vous trouvez ça logique, vous ? intervient Ronan. Il est impossible pour tous les Zandiens d'avoir des petits. Il n'y a pas assez d'humaines pour tout le monde. Il reste des tonnes de mâles sans compagne, malgré les groupes de trois ou quatre. Alors...

Nous retombons dans le silence, plus longtemps cette fois.

— Peu importe, dit Tarren en se levant. Je la veux quand même. Même si elle ne me donne jamais de petits.

Il a son air déterminé que je reconnais bien, celui qu'il porte en pleine bataille, celui qui nous inspire tous. Car quand son expression est aussi forte et décidée, nous n'avons aucun risque de perdre.

— Je l'aime, ajoute-t-il, et je suis prêt à lui pardonner ce qu'elle a fait. Et si vous êtes les Zandiens que je pense, vous serez du même avis que moi.

Je me lève pour me placer à ses côtés, comme si nous partions en guerre.

— Je suis avec toi.

Vutain, j'espère qu'il n'est pas trop tard. Et si le roi Zander avait déjà condamné Riya à une terrible punition pour sa duperie ? Et si, pire encore, il l'avait exilée ? Sans que nous soyons là pour la défendre ? Pour la protéger ? Pour nous porter garants ?

Je serre les poings, les mâchoires crispées. C'est inadmissible.

Ronan hésite, et je vois la jeunesse dans ses yeux, ainsi qu'une blessure qu'il ne parvient pas à cacher. Toutes ses émotions sont bien visibles.

— Cousin, lui dis-je avec douceur. Si on a vu juste, elle nous a seulement menti parce qu'elle avait peur.

Il ne se lève toujours pas, et je retiens mon souffle. Nous ne pouvons pas tenter de la récupérer si nous ne sommes pas tous sur la même longueur d'onde. Enfin, il se met debout et nous rejoint, les deux mains tendues. Nous en serrons une chacun.

Tarren sourit et déclare :

— Nous irons voir le roi Zander et exigerons qu'il nous la rende. Nous lui dirons que nous nous fichons d'avoir des petits, même si avoir des bébés, c'est très bien pour ceux qui en veulent et qui ont la patience de supporter leurs habitudes agaçantes. Bien entendu.

— Oui, dis-je, le cœur en joie. On dira à Riya qu'on l'a revendiquée, et que notre lien peut grandir, assez pour laisser la place au pardon. À la tolérance. À la compréhension. Au compromis. Elle n'a pas besoin de partir.

— Chers cousins. Chers frères, dit Ronan. Allons chercher notre compagne.

CHAPITRE TREIZE

R *iya*

JE NE PEUX RIEN AVALER. Je reste terrée dans la chambre de Lily, la tête sous les draps, à pleurer depuis notre arrivée la rotation planétaire précédente.

Mon amie tente de me remonter le moral. Elle n'arrête pas de venir me voir avec des camomilles et des onguents au citron, que j'accepte. Je suis sous sa responsabilité dans son logement de la cellule palatiale en attendant de voir le roi Zander lors de son audience publique hebdomadaire. Ma situation est précaire, au mieux. Au moins, je n'ai pas été convoquée pour un jugement immédiat. Cela me permet d'espérer qu'il ne m'exilera pas.

Je l'ai trahi, ainsi que mes compagnons, et je leur ai fait perdre un temps précieux en laissant croire à tout le monde que j'étais capable d'enfanter. S'ils avaient revendiqué une autre humaine, celle-ci serait sans doute déjà enceinte de plusieurs cycles lunaires, depuis le temps, et ça ferait un bébé de plus pour bâtir notre avenir.

J'essaye de me concentrer sur mes recherches. Les livres que m'a donnés le Dr Daneth sont pleins de mathématiques, des choses appelées équations différentielles. Je les comprends ; les symboles dansent dans mon cerveau et se mettent en place, ouvrant des portes que j'ai envie d'explorer. Mes doigts se jettent sur l'écran, tapant et cloquant pour faire bouger ces nombres. C'est moi le chef, ici, parfaitement maîtresse de la situation. Mon esprit tourne à plein régime, et je me mets à pianoter plus vite alors que je démêle un mystère. Voilà ce que je dois faire pour découvrir les bonnes quantités qui me permettront de mettre au point mon dernier...

— Riya ? dit Lily en m'apportant un plateau. C'est de la soupe aux champignons, ta préférée.

L'odeur me donne des haut-le-cœur.

— Reprends-la, s'il te plaît.

Je me plaque une main sur la bouche et détourne les yeux de mon écran. Je lui ai parlé sèchement, alors j'ajoute :

— Je suis désolée. Je suis trop perturbée pour manger.

Mon irritation ne vient pas uniquement de l'odeur révoltante, mais aussi de l'interruption de ma transe. Me voilà de retour dans la réalité, un monde plein de laideur pour moi, en ce moment.

Lily hoche la tête et s'en va, avant de revenir les mains vides.

— Il faut bien que tu te nourrisses, quand même.

— Peut-être, dis-je en haussant les épaules. Mais si le roi Zander décide de m'exiler, ça ne changera pas grand-chose.

Elle se rembrunit.

— Il ne ferait pas ça.

Je me mords la lèvre.

— J'espère que tu as raison. Mais c'est sa décision.

Un vertige s'empare de moi, puis un autre, et je vacille sur mon siège, le cœur battant.

— Riya ! s'exclame Lily en accourant auprès de moi. Tu ne vas pas bien. J'appelle Bayla.

Bayla, la compagne du Dr Daneth, était une esclave reproductrice avant que le médecin l'achète. Elle travaille désormais comme infirmière.

— Non, dis-je en la tirant par le bras. Le roi Zander ne voudrait pas que tu gaspilles des ressources pour une traîtresse comme moi.

— Tu n'es pas une traîtresse. Tu as seulement... commis une erreur.

Son ton est hésitant, et je perçois son malaise.

— Ce n'était pas une erreur, dis-je, enfin en mesure de me montrer honnête. C'était une décision calculée. J'ai choisi de ne rien leur dire.

Elle grimace.

— Tu veux bien formuler ça différemment, quand tu t'exprimeras devant le roi ?

— J'ai assez menti comme ça.

Je jette un œil à ma tablette, mais à présent, mon cerveau est trop embrouillé pour que je me concentre.

— C'est plus agréable de dire la vérité. C'est comme arracher une croûte. Ça fait mal, mais c'est satisfaisant de révéler la peau neuve qui se cache en dessous.

— Riya, dit Lily en s'asseyant à côté de moi. Je t'en prie, laisse-moi t'aider.

— Tu ne peux pas, réponds-je en la regardant, les larmes aux yeux. Si tu ne peux pas me guérir, tu ne peux pas m'aider. C'est aussi simple que ça. En plus, j'ai fait mes propres choix, aussi mauvais soient-ils, et je dois les assumer.

— Ta valeur ne se limite pas à ton utérus, réplique-t-elle

d'un ton sec en me touchant le ventre. Les hommes ne sont pas uniquement jugés sur leurs capacités à procréer. Il y a d'autres moyens de contribuer à la société. Il faudrait être un piètre dirigeant pour ne pas le comprendre et ne pas permettre des alternatives. Comment peux-tu ne pas le voir ? Tu crois vraiment que Zander serait si bête ?

— Non ! Pas du tout. Je pense que c'est un dirigeant qui veut le meilleur pour sa planète et ses sujets, et avoir une criminelle malhonnête en son sein, ce n'est pas l'idéal. Douce Terre mère, j'ai essayé, vraiment essayé, de me rendre utile, ces derniers cycles lunaires.

— Et tu y es parvenue. Ne réalises-tu pas à quel point tes découvertes sont estimées ? Le Dr Daneth a même dit que ton acide salicylique allait révolutionner le traitement de la douleur, et pas seulement pour les Zandiens, pour les autres espèces aussi.

Cela flatte mon ego, mais je me reprends vite.

— Est-ce que ça suffira à me rendre digne de rester ?

— Même si tu étais une humaine lambda sans la moindre compétence particulière, tu serais digne de rester, non ? répond-elle en me caressant le genou. Tu as apporté ton aide sur le champ de bataille, tu as gagné ta liberté, et à présent, tu es là. Tu fais partie de cette planète. Il serait insensé de croire que toutes les humaines pourront mettre au monde des petits. Ça ne tient pas debout. Et on ne se débarrasse pas des gens comme ça.

Bayla pénètre dans la chambre.

— Riya. Lily, dit-elle avec un signe de tête.

Je lève la main.

— Bonjour.

— Il paraît que tu es malade ? C'est vrai que tu as mauvaise mine.

Elle m'observe, et son regard s'arrête sur mon ventre. Je

grimace, comme si mon infertilité risquait de se lire sur ma peau.

— Viens avec moi passer des examens dans le cabinet du Dr Daneth.

Je suis sur le point de protester, quand le médecin entre à son tour. Il me dévisage d'un regard clinique et songeur.

— Viens. Il faut que je t'examine, Riya.

Ça ressemble plus à un ordre qu'à une requête.

Je me lève et le suis jusqu'à son cabinet. Lily me jette un regard compatissant.

Le médecin place une bande argentée autour de mon doigt pour prendre quelques relevés.

— Déshabille-toi, dit-il d'une voix distante. Il faut que je te mette ça.

Il brandit des électrodes, et j'obéis, comme engourdie. Il me fait passer un électrocardiogramme et prélève mon sang avec un petit appareil. Rien n'est douloureux, mais je ne sais pas ce qu'il compte faire de toutes ces informations. Les ajouter à mon dossier, peut-être.

Bayla appuie sur mon corps, tâte mes ganglions, et quand elle arrive à mon ventre, j'ai un mouvement de recul.

— Argh.

Elle échange un regard avec le médecin.

— Je t'ai fait mal ?

— J'ai la nausée, c'est tout. Et j'ai un peu mal dans le bas du ventre. Sans doute parce que je n'ai pas mangé.

— C'est une douleur vive, ou sourde ? demande-t-elle en appuyant à nouveau. C'est là ?

— Aïe. Oui. Vive, parfois.

Le Dr Daneth répète les gestes de sa compagne, et ses doigts minutieux tombent pile sur la zone douloureuse.

— Intéressant, commente-t-il.

— Comment ça ?

Il ne me répond pas, trop occupé à taper quelque chose sur son écran.

— Je vais faire une échographie, dit-il enfin. Bayla, tu me donnes l'appareil ?

Sa compagne lui tend un petit scanner portable, qu'il presse contre mon ventre.

— Tu as peut-être un kyste bénin, explique-t-il. Si c'est le cas, il sera facilement traité.

Il appuie sur un bouton de son appareil, qui émet un bip. J'ai déjà utilisé cet outil quand j'assistais le médecin. Il nous servait parfois à vérifier que les organes du patient n'avaient pas subi de dommages avant de le soigner. Je ne m'attendais pas à ce qu'on l'utilise sur moi.

La machine bipe à nouveau.

— Intéressant, répète le Dr Daneth.

J'ai le cerveau tellement engourdi que je ne prends même pas la peine de poser des questions. J'imagine qu'il m'expliquera tout le moment venu.

— Et si tu t'habillais ? me suggère-t-il avec lenteur en faisant un signe de tête à Bayla. Je vais examiner tout ça, et je reviens te parler des résultats.

— Merci.

Ces mots sont absurdes, et une fois qu'il a quitté la pièce, je me rhabille et me lève, les bras croisés. Je tente de ne pas trop me voir comme une prisonnière qui attend sa sentence. Que pourrait-il y avoir de pire qu'être une criminelle et une menteuse ? Une criminelle menteuse incapable d'avoir des enfants et qui en plus du reste tomberait malade, mobilisant médecin et infirmière, deux personnes qui ont beaucoup mieux à faire.

Douce Terre mère. D'accord, les kystes ne sont pas très compliqués à soigner. Mais j'ai déjà causé assez de problèmes comme ça.

Pendant que je patiente, le roi Zander en personne pénètre dans le cabinet.

Je bondis de la table d'examen sur laquelle je suis perchée, et je lui fais la révérence. Je ne m'attendais pas à le voir ici. Mon cœur bat à tout rompre alors que je me demande s'il a décidé quoi faire de moi.

— Vous allez bien ? me demande-t-il en m'examinant des yeux.

— Assez bien pour vous parler, Majesté. Et pour vous présenter mes excuses. Je suis désolée de ne pas avoir été honnête au sujet de ma fertilité. Je savais que je ne pouvais pas avoir de petit, pourtant je me suis accouplée à Tarren, Jax et Ronan. Et je ne leur ai rien dit, à eux non plus.

Je déglutis.

— J'ai eu tort. J'espère avoir accompli assez de choses pour cette planète pour pouvoir rester et vous aider autant que possible.

Il me dévisage.

— Que croyiez-vous que je ferais si vous disiez la vérité ?

Je secoue la tête.

— M'envoyer à Jesel ? Ou ailleurs ? Je ne sais pas. Je craignais que vous ne vouliez pas de moi ici. Je ne pense pas mériter d'être renvoyée aux Ocrétiens. Ils me tueraient.

Ma voix se brise, et le roi soupire.

— J'ai échoué, dit-il.

— Non ! Rien de ce que j'ai fait n'était votre faute.

La terreur monte en moi ; je suis certaine qu'il estime avoir échoué en ne repérant pas mes défauts, en me permettant de participer à son programme en tant que compagne.

— J'ai échoué par mon manque de transparence. Le programme a démarré si rapidement, que nous n'avons pas réfléchis à toutes les répercussions et les possibilités.

— Je ne comprends pas.

— Riya, je ne vous aurais pas exilée à cause de votre stérilité, dit-il d'une voix patiente. En tant qu'esclave affranchie, nous nous devons de vous offrir une vie ici. Que vous puissiez porter des petits ou pas.

Je reste bouche bée.

— Mais dans votre discours, vous disiez que nous étions des pionniers, qui devraient faire des sacrifices. Qui devraient repeupler la planète.

— Et c'est vrai. Mais tout le monde ne peut pas participer à ce programme de la même manière. Certaines femmes ne pourront pas tomber enceintes. Certains Zandiens ne voudront pas ou ne pourront pas s'accoupler. Ils aideront d'autres façons. Nous avons lancé le programme sur les chapeaux de roues, avant d'avoir pu peaufiner les détails. À l'avenir, je m'emploierai à combler les lacunes. Non, je ne vous aurais pas exilée pour ça.

Il y a un « mais » dans sa voix qui me donne des frissons.

— Mais vous m'exilerez pour avoir... menti ? Rusé ?

— La ruse n'a pas sa place ici, répond-il d'un ton ferme. C'est un cancer pour cette nouvelle population, qui a besoin de faire confiance à son prochain pour croître.

— Alors... où allez-vous m'envoyer, alors ?

Je pensais que ça m'était égal, mais je me suis trompée. Mes yeux s'embuent, et la panique me saisit.

— Si vous m'accordez une seconde chance, je vous promets de ne plus jamais me montrer malhonnête. Je consacrerai ma vie à la survie de cette planète.

— Je vous renverrai sans doute auprès de vos compagnons pour qu'ils vous punissent, dit-il avec douceur. S'ils souhaitent vous garder.

Je manque de fondre en larmes, car je sais que mes compagnons ne voudront plus de moi. Ils détestent le mensonge. Ils ont été parfaitement clairs sur ce point, à de nombreuses reprises.

La porte s'ouvre en coulissant sur mes compagnons : Tarren, Jax et Ronan. Je ne sais pas qui du roi et de moi est le plus surpris. Tarren s'avance, les yeux brillants, et rugit :

— Elle n'ira nulle part. Par l'étoile légitime, je le jure, si vous tentez de lui faire du mal ou de l'exiler, je...

— Cessez immédiatement, coupe Zander en levant la main.

Tarren grogne, mais il s'interrompt, le souffle saccadé, flanqué de Jax et Ronan. Mes trois guerriers arborent une expression déterminée, et je suis tellement heureuse de les voir que je suis sur un petit nuage. Sauf qu'ils ne me pardonneront jamais ma trahison.

— Il y a des choses que vous ignorez à son sujet, intervient Jax, d'une voix patiente, mais ferme, et une volonté de fer aussi impressionnante que la force de Tarren. Elle a vécu des choses terribles, et nous lui pardonnons ses mensonges.

— C'est vrai ?

Je suis tellement sous le choc que je le regarde avec des yeux ronds, bouche ouverte.

— Oui, me répond Ronan avec un sourire. C'est vrai, on est fâchés que tu nous aies menti aussi longtemps. Mais on croit comprendre pourquoi tu l'as fait. On te pardonne, et on veut que tu rentres avec nous.

— Mais je ne peux pas avoir de petits. Vous perdrez votre temps avec moi.

Ma voix est aussi faible que mon état général. Je ne peux pas entendre leurs paroles pleines de gentillesses. Je risque de céder, et c'est justement ce que je m'étais interdit de faire. Ils méritent mieux.

— On s'en fiche, déclare Tarren.

Dans la pièce, tout le monde y va de sa réaction. Lily, qui

vient d'entrer avec le Dr Daneth et l'infirmière, pousse un cri aigu.

— Ce ne sera pas une perte de temps, insiste Tarren. Riya, tu es forte, intelligente et drôle. Être avec toi, ça nous rend plus heureux, plus fort. Ça me fait aimer la vie comme jamais. Je ne connaîtrai jamais ça avec une autre compagne, et je n'en veux pas. Je veux vivre ça avec toi. Avec ou sans petits.

Bayla s'éclaircit la gorge.

— Euh, justement, le Dr Daneth a quelque chose d'important à vous dire...

Comme si elle n'avait rien dit, Jax plonge son regard dans le mien et renchérit :

— Tu nous rends plus énergiques, meilleurs au travail. Tes conseils nous aident à progresser et à prendre les bonnes décisions. Ton amour et ta fougue pendant l'amour nous font reprendre goût à la vie.

Je rougis et jette un regard en coin à Lily et au roi. Mes trois compagnons rient, et même Zander esquisse un sourire.

Ronan intervient.

— Rire avec toi, et te faire rire, chasser tes soucis, ça me donne l'impression d'être utile. Ça me rend plus fort et plus assuré au quotidien, de savoir que tu comptes sur moi. Tu es tellement plus que... ça, dit-il en se touchant le ventre. En plus, les petits, ça pue et c'est chiant. C'est une vraie plaie, avec les couches à changer sans arrêt et les cris à n'en plus finir. On n'aura jamais à subir ça. Tu vois, c'est un point positif, en fait.

— Euh, Riya, je crois vraiment que tu devrais laisser le Dr Daneth te parler... commence Bayla.

— Les petits sont insupportables, confirme Tarren en coulant un regard d'excuse à Bayla. Dès que j'en vois un, j'en ai des frissons. Je leur fais peur, avec ma cicatrice, et je ne sais jamais quoi leur dire. Et comment on fait pour les tenir sans les casser en deux ? Non, c'est un vrai cauchemar. En plus, Ronan est tellement immature que c'est comme si on avait déjà un bébé. Tu pourras le materner.

— *Vutain,* cousin, arrête, proteste Ronan, et Jax le retient en souriant.

Je ris et pleure en même temps, une main plaquée sur ma bouche.

— Mais non. Vous ne pouvez pas. Vous êtes si forts et fantastiques. Il vous faut une meilleure compagne, une femme capable de vous donner...

— Aucune ne t'arriverait à la cheville, m'interrompt Tarren. On est déjà liés. Tu portes nos cristaux. Ça n'est pas anodin, Riya. Regarde dans ton cœur. Est-ce que ce lien s'est rompu ? Moi, je pense qu'il est toujours là, plus fort que jamais.

Il me regarde fixement.

— Je veux juste... dis-je, mal assurée. Je veux prendre la bonne décision.

— Mais il n'y a pas de bonne décision. Nous devons déterminer tous ensemble ce qui est mieux pour nous.

Le roi Zander se racle la gorge.

— Êtes-vous en train de dire que vous souhaitez continuer de former une équipe de compagnons, tous les quatre ?

— Oui ! répondent mes Zandiens en chœur.

— Riya ? me demande le roi.

— Vous nous y autorisez ? Je n'arrive pas à y croire. Oui. C'est ce que je souhaite. Plus que tout au monde !

Zander hoche la tête.

— À l'avenir, ne mentez plus ni à moi ni à vos compagnons. Et ne tirez pas de conclusions hâtives quant à mes supposées réactions. Les suppositions, c'est dangereux, et ça a mené bien des civilisations à leur perte. Mais oui, vous êtes liée à ces trois Zandiens, et c'est sacré. Une fois qu'ils vous auront punie pour votre supercherie et qu'ils vous auront pardonnée, vous pourrez avancer. Personne n'a prétendu que ce serait facile. Nous ne pouvons pas abandonner face au premier obstacle. Nous sommes plus forts que ça, humains comme Zandiens. Si notre planète n'est pas capable de surmonter quelques disputes et désaccords, de faire des compromis, alors nous sommes condamnés à l'échec. Et nous ne sommes pas condamnés. Nous allons réussir.

Il sourit et ajoute :

— Je reconnais que je dois améliorer le processus. J'aurais dû anticiper le fait que certaines humaines auraient des inquiétudes comme les vôtres. Je m'assurerai de mettre en place des protocoles clairs.

Le Dr Daneth prend la parole :

— Il s'avère que les émotions humaines sont beaucoup plus instables que je ne l'avais anticipé, malgré mes recherches poussées. Elles poussent souvent à prendre des décisions irréfléchies face à la colère ou la douleur, et dans une situation d'accouplement en groupe, cela provoque des réactions imprévisibles. Nous allons devoir... ajuster nos protocoles en conséquence. Changer nos formations.

Il me jette un regard avec autant de compassion dont il est capable, et ajoute :

— Nous devrions peut-être nous pencher de plus près sur l'histoire de chaque humaine et discuter avec elle des risques et problèmes éventuels.

D'un ton légèrement supérieur, Ronan dit à ses cousins :

— Je vous avais bien dit que le roi Zander ne nous mettrait pas de bâtons dans les roues. Après tout, il y a beaucoup plus de Zandiens que d'humaines. Si on ne fait pas de petits, tous les trois, ce n'est pas un souci.

— Justement, coupe à nouveau Bayla. À ce propos...

— Quoi ? demande Jax en se tournant vers elle.

— Eh bien, c'est intéressant, car le Dr Daneth a découvert que...

— Que quoi ? interviens-je en clignant des paupières. Je vais mourir ? Qu'est-ce qu'il y a ? Crache le morceau.

Je me tourne vers le médecin.

— Docteur Daneth ?

Il hoche la tête.

— Tu es enceinte de six semaines.

J'ai le tournis.

— Je suis quoi ? Ne vous moquez pas de moi.

— Ce n'est pas une plaisanterie, répond-il d'un ton raide. Ne manque pas de respect à ma profession en insinuant que je serais capable de tourner en dérision un sujet aussi grave. Tes analyses de sang un taux d'hormones HCG élevé, et ton échographie montre un embryon en bonne santé avec un battement de cœur. Enfin, deux embryons. Des jumeaux. Je ne te l'ai pas dit immédiatement, parce que je voulais vérifier qu'ils soient en bonne santé et bien formés en analysant les données en détail. Ils vont bien.

— Désolée, je ne veux pas vous manquer de respect, mais je ne peux pas... ce n'est pas possible. Vous avez vu mon dossier, ce qu'on m'a fait subir. Mes trompes de Fallope sont bouchées, elles sont détruites. C'est impossible. N'est-ce pas ? Ou alors j'avais un autre problème ?

Je trouve une chaise et m'assois, prise de vertiges. Mes compagnons m'entourent, leurs mains chaudes sur mon visage, mes bras, mes mains. Je m'adosse contre le dossier de mon siège, soulagée qu'ils soient là.

— Le sperme zandien t'a peut-être aidée à guérir,

suggère Bayla. Ou alors, c'est grâce aux cristaux de la planète. Mais pour l'instant, on ne sait pas comment ton corps a pu se régénérer. C'est un phénomène inédit.

Je n'en reviens toujours pas.

— Je suis réellement enceinte ? Pour de vrai ?

Elle hoche la tête.

— C'est pour ça que tu étais si malade. Certaines femmes ont des nausées matinales très intenses. C'est ton cas. Mais je soupçonnais déjà une grossesse chez toi, à cause de l'odeur de ton haleine.

— L'odeur de mon haleine, répété-je, incrédule.

Elle hoche la tête.

— C'est très subtil, mais parfois, quand des humaines tombent enceintes de bébés non humains, leur haleine sent la pomme. Et quand on t'a examinée... tout s'est éclairé.

Je me souviens que Holla aussi m'a dit que mon haleine sentait la pomme. Se doutait-elle de quelque chose ?

— Mais... des jumeaux ?

Je suis sous le choc.

Le Dr Daneth intervient :

— Je voudrais creuser cette histoire d'haleine. J'aimerais faire des prélèvements du souffle de Riya et les analyser pour voir quels composés volatils sont responsables de cette odeur. Cela pourrait venir agrémenter notre arsenal de diagnostics.

Il toussote et admet :

— J'ai encore beaucoup de choses à apprendre sur les humains.

Bayla prend la parole.

— Tu vas devoir rester couchée jusqu'à ce que tes douleurs se soient calmées et que tu aies pris assez de poids. Il faut agir avec beaucoup de prudence. On ne sait pas pourquoi tes trompes se sont rouvertes, Riya, mais tu restes fragile. On va devoir surveiller ta grossesse de près, surtout avec des jumeaux.

— Le plus grand est sans doute de moi, déclare Ronan en touchant mon ventre toujours plat. Je parie que le mien sera gigantesque.

— Ne dis pas de bêtises, coupe Tarren. Ils sont tous les deux du même Zandien. Et le plus grand aurait été de moi, de toute façon.

Il place l'une de ses grandes mains sur la mienne et la serre.

— Mais quel que soit le géniteur, on s'occupera bien de ces bébés, ajoute-t-il en me jetant un regard coupable. Tout ce qu'on a dit, c'était seulement parce qu'on pensait ne pas pouvoir avoir de petits. Bien sûr qu'on est, euh, contents d'apprendre ta grossesse.

Il est nerveux. Je le vois à sa façon de bouger la jambe et de taper du pied. Mais dans ses yeux, je lis également un profond enthousiasme. Il va connaître une chose à laquelle il pensait ne jamais avoir le droit. C'est un cadeau du ciel.

— On aurait été très heureux sans petits aussi, explique Jax, mais manifestement, c'est important pour toi, et je suis ravi. Dans tous les cas, on veut être avec toi, Riya.

Il me caresse la tête et me masse le cuir chevelu, une sensation apaisante.

— Je t'ai dit à quel point je voulais des petits ? renchérit Ronan. C'est génial ! Ce sont des créatures remarquables. Je suis impatient de, euh, de changer les couches pour toi.

Il a tellement pâli que même ses cornes sont plus claires, et je ris tellement fort que je m'étouffe, mais je saisis sa main, posée sur mon ventre.

— Je suis sûre que tu deviendras vite expert en la matière, lui dis-je avec le sourire.

— Nous allons te faire une perfusion de vitamines et

d'antinauséeux, dit le Dr Daneth. Tu pourras bientôt manger et reprendre des forces, je l'espère. Les bébés peuvent être des vrais ou faux jumeaux. Et il y a une chance pour qu'ils soient de deux pères différents, si tes compagnons t'ont... pénétrée... les uns à la suite des autres, et si tu as ovulé deux fois. Nous n'en saurons pas plus avant d'avoir effectué des tests génétiques, mais ça, je ne te le recommande pas avant d'avoir repris des forces.

Cela ne m'intéresse même pas, pour l'instant. La seule chose que j'ai en tête, c'est que mes compagnons sont là. Tarren, Ronan et Jax m'ont pardonnée. Ils sont venus me chercher. Ils veulent toujours de moi malgré ce qui s'est passé. C'est incroyable.

— Quand est-ce qu'on peut la ramener chez nous ? Demande Tarren d'un ton impérieux.

— Il faut qu'elle reste à l'infirmerie pour le moment, répond le médecin. Jusqu'à ce qu'elle ait repris du poids et que nous nous soyons assurés que la grossesse se passe bien. Cela peut durer de quelques rotations planétaires, à plusieurs cycles lunaires.

— Alors nous vivrons dans la capsule avec elle, déclare Ronan. On partira au travail d'ici. Ça sera plus petit qu'au dôme, mais on se débrouillera.

— C'est hors de question, réplique le médecin en levant les yeux au ciel. La capsule qu'elle occupera est conçue pour une seule patiente. Mais bien entendu, vous pourrez lui rendre visite tous les jours.

Il leur fait les gros yeux, comme s'il doutait qu'ils l'écoutent.

— Vous voulez vraiment de moi ?

J'ai besoin de l'entendre encore et encore.

— Oui, me répondent-ils tous en chœur, leurs voix

mêlées dans une symphonie de tons, le plus beau son du monde.

— Je vous aime, murmuré-je en les regardant tour à tour.

C'est la vérité. J'aime ces Zandiens autant que la vie elle-même. Je me touche le ventre, et je ressens une joie immense, consciente que mon passé est vraiment derrière moi. En dépit de mes erreurs, de tout ce qui s'est passé, mon avenir est beau et rayonnant... plein de tout ce dont j'aurais pu rêver.

CHAPITRE QUATORZE

T*arren*

— Tu veux plus de thé ? demandé-je à Riya en plaçant la couverture qu'elle aime tant sur ses genoux. Reste au chaud.

Elle repousse la couverture.

— Tarren, il doit faire trente degrés ici, et avec ces jumeaux zandiens dans le ventre, la température me paraît deux fois plus élevée.

Elle grimace et éclate de rire. À présent que ses nausées matinales sont passées, elle a repris des couleurs, et elle est radieuse. À mes yeux, elle est plus belle que jamais.

Je la mets sur ses pieds et je l'embrasse, avant de lui donner une tape sur les fesses.

— Pas d'insolence, l'humaine, la grondé-je.

— Aïe, gémit-elle.

Mais elle sort les fesses, comme pour réclamer une autre tape. Elle se met sur la pointe des pieds pour me mordiller dans le cou et presser mes cornes.

— Tu n'es pas obligé de me punir. Enfin, sauf si tu en as vraiment envie.

Jax arrive et prend ses fesses dans ses mains pendant qu'elle se frotte à mon bassin.

— Le Dr Daneth nous a autorisés à reprendre pleinement nos activités, dit Jax en haussant un sourcil. Et il a bien dit... pleinement. Apparemment, pendant les grossesses zandiennes, les fessées ne sont pas contre-indiquées, et les orgasmes favorisent la circulation sanguine et aident au développement des fœtus. En plus, le roi Zander a bien dit que tu devais être punie.

— Oui, c'est vrai, murmuré-je en pinçant le téton gauche de Riya, la poussant à se cambrer contre Jax dans un petit cri. Alors on doit veiller à la punir et à bien la *vuter*... si c'est bon pour les bébés.

— Oui, il faut qu'on se soucie de leur bien-être, et ça commence dès maintenant, intervient Ronan en ôtant son tee-shirt, son torse nu scintillant à la lumière. Riya, déshabille-toi pour nous, afin qu'on te donne une bonne fessée.

— Le moment est venu de la punir pour nous avoir quittés, dis-je, en m'assurant de garder un ton affectueux.

— Mais je suis revenue, me rappelle-t-elle en caressant mon sexe.

— C'est vrai. Mais seulement parce qu'on t'a couru après. Si on n'était pas...

— J'ai dit que j'étais désolée.

Elle gémit lorsque je la mords dans le cou, à l'endroit qu'elle adore.

— Tu vas pouvoir nous montrer à quel point, dis-je d'un ton détaché. Tu ne trouves pas que c'est une bonne idée ?

Vu l'odeur de son excitation, je sais que ça lui plaît beaucoup, mais elle proteste quand même :

— Ne vous servez pas du fouet.

— Mmm... Juste le martinet et le paddle, peut-être, et un ou deux plugs anaux. On verra s'il t'en faut plus après ça.

Son odeur se fait plus forte, comme toujours face aux menaces. Notre humaine adore qu'on soit sauvages.

— Il m'en faudra peut-être plus, admet-elle en me caressant de nouveau les cornes. J'ai été très désobéissante, après tout.

— Oui, et là, tu aggraves ton cas. Ronan t'a donné un ordre.

Je plisse les yeux et prends un air sévère, en me concentrant pour ne pas haleter et la jeter sur le disque de sommeil.

— Est-ce que tu es toute nue, ma belle ?

Elle recule et se regarde d'un air surpris.

— Oh ! Eh bien on dirait que non. Je vais devoir remédier à ça.

Elle nous regarde tour à tour et m'adresse un sourire mutin.

— Soyez attentifs, s'il vous plaît. Vérifiez que je n'oublie rien.

Elle nous tourne le dos et fait glisser les manches de sa robe, révélant ses épaules laiteuses. Je retiens mon souffle alors que mon érection se contracte. Jax pousse un gémissement.

— *Vutain,* grogne Ronan quand la robe tombe à terre, dévoilant ses fesses sublimes.

— Tu ne portes pas de culotte ? m'exclamé-je en haussant les sourcils. Franchement, Riya...

— Ça tient trop chaud, murmure-t-elle en se retournant. En plus, vous préférez avoir un accès plus facile, non ?

Sa poitrine est encore plus généreuse, depuis quelques semaines, et ses tétons rouge foncé sont dressés. La légère courbe de son ventre m'enivre, car je sais que j'en suis responsable.

— Ces seins ont besoin d'être mordus, grondé-je en me ruant vers elle. Ils sont bien roses et mûrs pour ma bouche.

Je ne perds pas de temps à continuer de parler, et je referme les lèvres sur son téton gauche, que je suçote et taquine avec ma langue jusqu'à ce qu'elle crie et me tire les cheveux.

— Tarren, halète-t-elle. C'est trop bon.

Je lâche son téton.

— Qui sera le premier à savourer sa chatte ? Écarte les jambes, Riya, et reste en position pour tes compagnons.

— Je me porte volontaire, déclare Ronan.

En un instant, il s'agenouille entre ses cuisses, qu'il écarte davantage en lui tapant sur le pied. Elle s'adapte, et je sais à quel moment précis mon cousin pose la bouche sur elle, car elle gémit contre moi et tremble légèrement pendant que je continue de lui lécher les tétons. Son corps est encore plus sensible depuis sa grossesse, et nous adorons la titiller jusqu'à ce qu'elle nous supplie de la laisser jouir.

Deux secondes plus tard seulement, Ronan s'exclame :

— *Vutain*, Riya, tu es tellement mouillée et crémeuse que je pourrais te lécher pendant des heures. Si la nourriture humaine avait le goût de ta chatte, je jure par l'étoile légitime que j'en mangerais à chaque rotation planétaire.

Riya produit un son étranglé, un mélange de rire et de gémissement de plaisir, car Ronan a de nouveau plongé entre ses cuisses. Puis elle renverse la tête en arrière et lâche de petits bruits ravis, et je vois son pouls battre dans son cou, fort et rapide.

— Jouis, Riya, l'encourage Ronan. Ce sera le premier d'une dizaine d'orgasmes, et je veux qu'il soit pour moi.

Jouis sur ma langue et laisse-toi aller. Montre-moi à qui tu appartiens.

Sa voix est rauque de désir.

La réaction de Riya ne se fait pas attendre. Elle pousse un cri et se raidit, tout son corps tremblant alors qu'elle serre les paupières. Je la tiens dans mes bras, émerveillé par la pellicule de sueur sur son front et par son expression aimante. C'est délicieux, de la voir lâcher prise ainsi. Je la regarde atteindre l'extase, puis redescendre lentement, faisant papillonner ses cils et murmurant, un sourire aux lèvres.

— Ronan, soupire-t-elle.

— Je suis là, dit-il en réapparaissant entre ses cuisses. Maintenant, j'aimerais que tu me donnes du plaisir à ton tour, Riya.

Je la mords dans le cou et susurre :

— Ensuite, c'est à moi que tu feras plaisir. Cette fois, hors de question que je passe en dernier.

J'ai déjà du mal à me retenir. Le simple fait d'entendre ma compagne jouir me donne envie d'exploser. Je prends une grande inspiration.

— Va satisfaire Ronan pendant que Jax te fouette pour punir ta désobéissance.

Je ne sais même plus ce qu'elle a fait de mal, et je m'en fiche. Je veux juste voir ses fesses rougir, l'entendre crier et gémir pendant que nous la corrigerons jusqu'à ce qu'elle soit trempée.

Elle tremble toujours après son orgasme, alors je la soulève dans mes bras et la porte jusqu'au disque de sommeil.

— Comment tu la veux, cousin ?

Ronan

J'ai toujours le goût de Riya sur mes lèvres, et le doux nectar de son orgasme me fait perdre la tête. *Vutain,* j'adore la mettre dans tous ses états avec ma bouche et mes doigts. Mais à présent, j'ai envie de la prendre sauvagement.

— Je vais m'enfoncer dans sa délicieuse petite chatte, dis-je en pressant mon membre dans un mélange de plaisir et de douleur qui me rend encore plus impatient. Tarren, allonge-la sur le dos, jambes écartées. Grandes écartées.

Elle n'a pas besoin qu'on l'aide. Elle ouvre les cuisses et m'adresse un sourire.

— Comme ça ? demande-t-elle en se caressant. Je suis encore toute sensible. C'est tellement bon.

— Tu auras un deuxième orgasme avant que j'en aie fini avec toi, menacé-je.

Elle tend la main pour me masturber lorsque je m'agenouille devant elle.

— J'espère bien, murmure-t-elle.

Elle me caresse comme j'aime.

— Jax pourra te punir plus tard.

Si je ne m'enfonce pas en elle sur-le-champ, je ne tiendrai pas. Je lui donne une claque sur l'intérieur de la cuisse, une fois, puis deux, pour la faire gémir et crier.

— Je suis sûr qu'il te corrigera ben comme il faut. Peut-être que tu pourrais penser à ça pendant que je te *vuterai,* Riya. Je te laisse prendre du plaisir pour l'instant, mais tu le payeras plus tard.

Évidemment, la façon dont elle *payera* sera agréable

pour nous tous, et à mes mots, elle se cambre sur le disque dans un halètement, les yeux écarquillés d'excitation.

— Enroule tes jambes autour de moi pendant que je te pénètre. Et attrape mes cornes. *Vute-moi* en retour, Riya. Bats-toi pour ton plaisir. Prends-le-moi.

Je me perds dans les sensations de sa chaleur mouillée. Elle est toujours si serrée, si adaptée à moi, que c'est la chose la plus délicieuse de l'univers.

Comme demandé, ma compagne se tortille contre moi, levant les hanches, travaillant aussi dur que moi, allant et venant à chacun de mes coups de reins. C'est incroyable, d'être avec quelqu'un qui aime ça autant que moi, qui se perd tellement dans son plaisir qu'elle m'utilise comme un jouet pour se jeter des falaises de la passion.

Les caresses de ses doigts sur mes cornes sont incroyables, et seulement quelques secondes plus tard, je sens mes bourses se contracter et me chatouiller face à l'orgasme qui monte, mais je prends sur moi.

— Riya. Ne jouis pas avant que je te l'ordonne.

— Oh, s'il te plaît !

Elle adore qu'on lui dise d'attendre, mais là, elle est aussi près du point de non-retour que moi. Heureusement pour elle, je ne la ferai pas attendre très longtemps.

Je fais des va-et-vient plus lents pour la rendre folle de désir, caressant son clitoris à chaque passage, jusqu'à ce qu'elle ferme les yeux et halète en poussant de petits gémissements. Ça veut dire qu'elle va jouir. Cette scène risque de me faire exploser.

— Jouis encore pour moi, Riya.

Elle pousse un cri et se cambre de toutes ses forces. Je sens son sexe se contracter autour de mon membre alors que j'éjacule en elle, tout mon corps submergé par l'extase.

~

Jax

Riya est prête pour moi, à présent. Après s'être détendue dans les bras de Ronan et avoir pris une douche, elle a donné son cul à Tarren. Elle est désormais allongée sur le disque de sommeil, complètement nue. Et elle ne semble pas épuisée. Je ne voudrais pas aller trop loin pendant sa grossesse, mais ces derniers temps, elle est insatiable. Qui aurait cru qu'il fallait trois Zandiens pour satisfaire une humaine ? *Vutain,* je n'y arriverais pas tout seul.

Mais pour l'instant, je l'ai rien que pour moi. C'est mon moment avec Riya. Je plonge mon regard dans le sien et lui souris, avant de jeter un coup d'œil à la boîte.

— Qu'est-ce que je devrais utiliser sur toi, Riya ?

Elle se lèche les lèvres, et sa langue rose me fait bander encore plus fort.

— Je...

— Moi, j'aime bien le martinet, comme tu le sais.

Je me penche pour le ramasser et l'abats sur ma paume. Elle sursaute en entendant le claquement. Je jette l'accessoire sur le disque et ramasse une petite cravache, fine et en cuir, qui selon les études du Dr Daneth est particulièrement efficace. Je n'ai pas souri quand il m'a dit ça, mais à mon avis, ses *études,* c'étaient plutôt des ébats torrides avec sa compagne, Bayla. Je me suis contenté de hocher la tête et d'accepter l'objet, en lui disant que je le testerais au plus vite. Le moment est venu.

— Sinon, il y a ça, dis-je en fendant l'air avec la cravache.

Elle produit un sifflement satisfaisant, et je vois Riya écarquiller les yeux.

— Il paraît que ça fait bien mal, ajouté-je en la testant sur mon bras. Oui, effectivement.

Je hausse les sourcils.

— J'ai hâte de te voir marquer son cul avec, intervient Ronan.

Il est étendu sur le disque de sommeil, l'image même de la langueur, mais ses yeux sont alertes et brillants.

— Fais rosir sa peau pour nous, Jax, pour qu'en la *vutant* à nouveau tout à l'heure, on sente ses marques chaudes.

Elle gémit en entendant les mots de Ronan, et je sais qu'elle mouille encore plus qu'avant. Elle adore ce que nous lui infligeons, grâce aux étoiles.

— Penche-toi sur le disque, Riya. Les fesses en l'air. Offre-toi à moi.

Elle se hâte d'obéir et écarte les jambes d'elle-même. Je souris, content qu'elle veuille me faire plaisir.

— C'est assez écarté ? demande-t-elle.

Elle me jette un regard par-dessus son épaule, puis se lèche délibérément les lèvres et sourit.

Je grogne.

— Arrête de m'allumer, Riya, sinon je te fouetterai encore plus fort.

Vutain, son regard suffirait à me faire jouir.

Je me place à côté d'elle et passe la main sur son dos, sa peau incroyablement douce et pâle, jusqu'à atteindre ses fesses.

— Toute blanche, commenté-je. Ça ne va pas durer.

Elle frémit à mon contact, et je la caresse entre les cuisses pour la titiller.

— Tu veux ma queue, Riya ? Dis-moi.

— Oui, je la veux, Jax. Je la veux.

Elle halète lorsque je plonge le doigt profondément en elle et trouve le point sensible qui la rend folle.

— Oh !

Elle ondule à chaque caresse.

— Mmm...

— Ne bouge pas, chuchoté-je contre sa petite oreille parfaite en appuyant sur le bas de son dos. Ne bouge pas les hanches d'un centimètre. Laisse-moi te toucher et te caresser jusqu'à ce que j'estime que tu es prête.

— Oui, maître, susurre-t-elle, déjà dans tous ses états.

À la façon dont elle contracte les cuisses, je sais qu'elle n'en peut déjà plus, mais notre compagne est obéissante. Elle prend une grande inspiration et reste immobile pendant que je titille son clitoris.

— Je ne suis pas sûr que tu sois assez mouillée, commenté-je. Voyons si ça peut t'aider.

Je lève la cravache et l'abats sur ses deux fesses dressées.

— Aïe !

Elle sursaute et place une main en arrière.

— Jax, c'est horrible !

Mes cousins et moi admirons la ligne rouge qui apparaît sur sa peau pâle, et je sais que je ne suis pas le seul à trouver ça super excitant.

— Range ta main, murmuré-je en prenant sa paume pour la replacer au-dessus de sa tête. Tu connais le règlement. Est-ce que tu es censée résister durant une punition ?

— Non, mais c'est cruel, se plaint-elle en bougeant les hanches.

— Mmm, dis-je en passant le doigt sur la fine marque, lui arrachant un sifflement. Aussi cruel que tu l'as été. Dix coups pour commencer ?

— Quinze, plutôt, intervient Tarren depuis son disqueplaneur en la regardant intensément. Cinq pour chacun d'entre nous, pour lui rappeler à qui elle appartient.

— Je suis d'accord, dit Ronan. Et ne retiens pas tes coups.

Riya lâche une exclamation, et je la vois pratiquement mouiller de plus belle entre ses cuisses musclées.

— Qu'est-ce que tu en penses, ma belle ? m'enquiers-je en collant un doigt à son clitoris. Quinze grands coups pour que tu n'oublies pas tes maîtres ?

— Je ne... Aïe !

Je n'ai pas attendu sa réponse. Une jolie marque rouge apparaît juste sous la première.

— Vutain, Riya. Mes empreintes te vont bien.

J'abats la cravache encore et encore, savourant le sifflement de l'air et le claquement, ainsi que les gémissements et les trémoussements de ma compagne. Quand j'ai terminé, elle agite les pieds et pousse des plaintes, et nous sommes tous les deux impatients de jouir.

Je jette la cravache et glisse les paumes le long de ses fesses brûlantes, les caressant pour transformer la douleur en plaisir et rendre Riya encore plus impatiente de recevoir mon membre. Et comme prévu, elle se colle fermement à moi, son derrière contre mes mains, et me supplie :

— Pitié, Jax, *vute*-moi !

Je suis déjà en place, et quand je m'enfonce dans ses doux replis, elle bouge pour me laisser passer plus facilement, sur la pointe des pieds, fesses en l'air.

Elle a beau être trempée, sa chatte est très serrée, et je suis obligé d'y aller doucement, au début, pour que son corps s'adapte.

— Riya, grogné-je.

Elle est encore meilleure que d'habitude. Comment est-il possible que ce soit toujours aussi bon ?

— Jax, gémit-elle.

Entendre mon nom sur ses lèvres me fait perdre toute retenue. Je me mets à aller et venir de plus en plus fort, et elle va à la rencontre de mes coups de reins comme elle l'a fait avec Ronan, se servant du disque pour projeter ses fesses en arrière et amplifier notre plaisir. La prendre par-derrière, c'est ma position préférée, car cela me permet de la pénétrer profondément. Quelques secondes plus tard, je suis déjà au bord de l'orgasme. Je sais qu'elle est plus que prête, car elle soupire et me supplie de la laisser finir.

— Jouis, Riya.

Elle pousse un cri, et des sons passionnés et inintelligibles quittent ses lèvres alors que nous atteignons tous les deux l'extase. Mon plaisir se répand comme un feu déchaîné à travers mon corps. Son orgasme dure et dure, même après que j'ai éjaculé, et son sexe continue de se contracter sur le mien, aspirant chaque goutte de plaisir. Enfin, elle se laisse tomber sur le disque de sommeil, le souffle court.

Je me retire et la soulève, avant de l'allonger sur le matelas pour la serrer dans mes bras et récupérer. Tandis que mon cœur reprend un rythme normal, j'entends le sien battre la chamade, et je souris, en baladant les doigts sur les gouttes de sueur de son front. *Vutain,* c'est tellement agréable de la faire chavirer de plaisir.

Ronan vient la couvrir d'une couverture, puis il s'allonge auprès d'elle et lui caresse l'épaule. Tarren s'assoit au bord du disque et lui effleure le mollet. Alors que je continue de l'étreindre, je me dis que notre vie est parfaite, là. Notre famille et Zandia sont en sécurité et en pleine croissance. L'avenir est radieux.

ÉPILOGUE

R *iya*

— Comment tu les as appelés ? me demande Lily.

— Quoi ?

Je suis tellement fascinée par leurs petits visages parfaits, leurs doigts minuscules, que je n'ai pas écouté.

Le bébé plus petit commence à s'agiter, et je le dorlote, lui murmure des mots apaisants. Il se calme dans une petite exclamation, les pétales de sa bouche ouverts comme une fleur. Il bat des paupières, ses cils déjà incroyablement longs. Il a un duvet brun sur la tête, de la même couleur que mes cheveux, ainsi que deux petites cornes adorables.

Son frère est plus grand et plus bruyant. Quand il pleure, on dirait que la planète se meurt, mais quand il dort, c'est comme une masse, à tel point qu'il ne se réveillerait même pas pendant une tornade. Là, ses petits poings sont serrés et il respire profondément. Je me demande de quoi il rêve.

— Leurs noms ? insiste Lily, assise à côté de moi sur le disque de sommeil. Tu as déjà décidé ?

— On a choisi Tarrian pour le plus grand, parce qu'il ressemble beaucoup à son père. Et le fils de Ronan s'appelle Rylan.

— Tarrian et Rylan. Ils sont adorables. J'adore leurs prénoms.

Elle me presse la main et ajoute :

— Bravo, maman. Ils sont parfaits.

Je me trémousse, toute fière, même si je n'ai rien fait de particulier.

— Je les aime, dis-je simplement.

— Comment le prend Jax ? demande-t-elle à voix basse. Je n'insinue pas qu'il devrait avoir un problème avec ça. Mais... est-ce que c'est le cas ? J'imagine que certains Zandiens pourraient se sentir vexés ?

Elle se mord la lèvre.

— Il le prend bien, dis-je sincèrement. Il est tellement facile à vivre que rien ne semble jamais le déranger. Il a dit que ça voulait seulement dire qu'il allait devoir me *vuter* plus souvent, à l'avenir.

Je rougis, mais Lily sourit.

— En plus, révélé-je, le Dr Daneth m'a donné un thermo-moniteur et un scanner pour traquer mon ovulation avec précision. Comme ça, je saurai quand j'ovule, et Jax et moi, on pourra essayer lors de ces rotations planétaires. On pourra s'assurer que le prochain sera de lui.

— Oui, Daneth distribue ces appareils à toutes les humaines, en ce moment. Il dit qu'il est déçu de ne pas en avoir eu assez à distribuer aux premières équipes. Je crois que j'aimerais avoir des jumeaux, moi aussi.

— Ça va être du boulot.

Je contemple mes bébés. Ils sont calmes, mais quand ils

sont tous les deux réveillés et affamés en même temps ? Douce Terre mère, il est impossible de les satisfaire assez vite. Et leurs pleurs sont à percer les tympans. Tarrian est... bruyant. Très bruyant. Je souris avec indulgence. J'ai hâte de voir mes garçons grandir... apprendre à parler et à marcher. Je les aime déjà férocement.

— Tes compagnons vont t'aider, m'assure Lily. Et tes amies aussi. Lamira m'a demandé de mettre en place un programme de visites pour les jeunes mères, afin qu'elles reçoivent toutes du soutien et pour réduire les risques de dépression post-partum.

— C'est une bonne idée.

Nous en avons fait, du chemin, depuis nos premières rotations planétaires sur Zandia. Ça ne date pas tant que ça. Je me souviens de mon arrivée dans notre dôme, alors que je me demandais nerveusement quand je reverrais mes amies. À présent, j'ai des compagnons, des bébés, et une communauté tout entière. C'est un miracle.

Mes guerriers entrent dans la chambre, tous en même temps, pile quand Rylan se réveille et commence à crier. Il a beau être moins bruyant que son frère, il ne se laisse pas faire, et son petit visage devient tout rouge.

Ronan ne perd pas un instant. Il le soulève dans ses bras et le console, lui tapotant dans le dos jusqu'à ce que le bébé se calme.

— Tu veux que je le change ? me demande-t-il.

Sans attendre de réponse de ma part, il se dirige vers la table à langer et se met au travail.

— Je ferais mieux d'y aller, dit Lily en me prenant dans ses bras. Je te rendrai visite bientôt. Je t'aime.

— Moi aussi.

Je souris alors qu'elle s'éloigne, puis je tourne mon attention sur mes hommes. Mes cinq hommes.

Tarren s'assoit à mes côtés et m'embrasse.

— Le Dr Daneth a dit que tu pouvais commencer à marcher davantage, à partir de cette rotation planétaire, si tu veux.

J'ai accouché par césarienne, parce que les jumeaux sont arrivés en avance. Le médecin a dû m'ouvrir le ventre pour en sortir les bébés. Mais tout va bien, à présent.

— La grande question, dit Ronan en levant les yeux de la couche sale de Rylan, c'est quand est-ce qu'on pourra *vuter*. Il nous l'a dit ?

— Il a parlé de quelques semaines, réponds-je en riant. En attendant, ta paume est ton amie, mon amour.

Ronan soulève le petit bras de son fils et lui donne une tape dans la main.

— Ta mère me dit de me débrouiller tout seul, petit homme. Pleure avec moi. Et sache qu'un jour, ta propre paume deviendra ton amie.

— Arrête ! C'est dégoûtant ! Tu ne peux pas dire des trucs pareils à un bébé !

Mais je suis hilare.

— Pourquoi ? Mon fils doit apprendre à avoir de la compassion et à prendre soin de lui. Autant commencer tôt. Ne t'inquiète pas. Il ne me comprend pas encore.

— Il comprend tout ce que tu dis. Mes bébés sont des génies.

— Alors il comprendra le calvaire que vivent ses pères, réplique Ronan en levant les yeux au ciel.

— Ça m'intéresse, cette histoire de délai de quelques semaines, intervient Jax en m'embrassant. Parce que j'ai l'intention de te mettre un autre bébé dans le ventre au plus vite.

Je souris. Imaginer porter son enfant me fait fondre.

— Il sera aussi beau que toi, dis-je en lui caressant le visage.

— Moi, je pense qu'on aura une fille. Et qu'elle sera aussi belle que toi.

Il se tourne vers les autres et ajoute :

— Je parie qu'elle nous mènera tous par le bout du nez, ses frères et nous.

Je l'imagine déjà, et les larmes me montent aux yeux.

— Je l'espère, Jax.

Tarren récupère Tarrian. Le petit costaud ne se réveille même pas, mais quand son père le serre dans ses bras, il soupire et se blottit contre lui, comme s'il reconnaissait son odeur. Qui sait ? C'est peut-être le cas. Nous avons encore beaucoup à apprendre des bébés mi-Zandiens, mi-humains. Nous ignorons quelles caractéristiques leur transmettra chaque espèce.

Alors que mes compagnons me rejoignent, nos petits dans les bras, je me sens emplie de paix et de joie.

— Je n'aurais jamais osé rêver d'obtenir le quart du quart de ce que j'ai maintenant, dis-je. La liberté, loin de mon passé d'esclave. Pas un, mais trois compagnons. Des bébés.

Mes yeux s'embuent.

— Et maintenant, j'ai tout ça.

Mes compagnons s'approchent de moi, chassent les cheveux qui me tombent sur le visage, m'embrassent le sommet du crâne.

— Nous, on rêvait, dit Jax en me caressant la joue, et je me colle à sa paume. On rêvait de récupérer Zandia. De retrouver nos cristaux. Mais on ignorait que le véritable trésor, sur cette planète, ce serait toi.

— Exactement, confirme Tarren.

— Je suis bien d'accord, renchérit Ronan avec son sourire juvénile.

Je ravale mes larmes et leur souris, le cœur plein à craquer.

— Je vous aime.

Puis ils m'étouffent de baisers, me faisant rire, et le moment est parfait.

VOUS EN VOULEZ ENCORE ?

Savourez cet extrait d'*Achetée par les Zandiens*, le deuxième tome des Épouses Zandiennes, bientôt disponible!

Achetée par les Zandiens

Danica

Nue, ligotée à un poteau de la plate-forme d'enchères, je suce le sang de ma lèvre fendue.

Pitié, faites que ça aille vite.

Plus longtemps je resterai debout là, tremblante et exposée, plus un être risque de faire des recherches sur mon code-barres et de découvrir que je suis recherchée.

Je suis convaincue que mon ancien maître, Akron, a mis ma tête à prix dès qu'il a remarqué ma disparition. Et il ne sait même pas que je cache un secret. Un secret qui signerait mon arrêt de mort.

Ouais.

Alors c'était soit fuir, soit perdre la vie. Et je me suis échappée. Brièvement.

Trois Ocrétiens passent devant moi en ricanant. L'un d'entre eux me frappe le sein, et ils éclatent de rire. Je garde le regard vide, comme si mon corps ne contenait pas d'être doué de raison, et je prie pour qu'ils poursuivent leur chemin. Les Ocrétiens auraient le réflexe de vérifier mon code-barres, et ils remonteraient jusqu'à Akron. Il ne leur faudrait pas plus d'une rotation planétaire pour apprendre que je suis mise à prix, et ils me livreraient à mon propriétaire.

Je retiens mon souffle jusqu'à ce qu'ils s'éloignent.

Du moment que ce n'est pas eux, je me fiche de savoir qui m'achète. Je compte m'enfuir à nouveau au plus vite. J'ai entendu parler d'une planète où les esclaves humains peuvent être libres. Jesel. C'est incroyablement risqué, mais ça ne me dérange pas. Ma vie ne tient plus qu'à un fil, de toute façon.

Je lutte contre mes liens. Le cuir me mord la peau. Mes membres sont engourdis, et pire encore, l'attache autour de mon cou est trop serrée, et j'ai du mal à respirer. Je m'efforce d'inspirer lentement, car paniquer empirerait les choses.

Le marché est envahi par des êtres de toutes les espèces. La plupart semblent trop pauvres pour proposer plus de vingt steins pour moi.

Bien entendu, je n'ai pas fière allure. Je suis sale et couverte d'ecchymoses et de griffures, après mon voyage jusqu'ici. À mon arrivée, je me suis servie de la terre cramoisie de cette planète pour dissimuler la couleur de mes cheveux. Parmi les esclaves humaines, les blondes sont très rares. Malheureusement, j'ai été capturée peu après. Au moins, mon ravisseur était un trafiquant mesquin et vénal, décidé à vendre rapidement.

Deux grands êtres violets avec des cornes parcourent

tranquillement les étals du marché. Leurs muscles gonflés sont bien visibles sous leurs tuniques blanches impeccables, et ils portent des épées à l'ancienne à la ceinture.

D'authentiques guerriers zandiens.

Je n'en avais encore jamais vu, mais j'ai entendu parler d'eux. Ils étudient le combat jusqu'à ce que cela devienne un art. Longtemps considérée comme une espèce éteinte, aux quatre coins de la galaxie, la rumeur dit qu'ils viennent de récupérer leur planète avec une armée minuscule.

Ils me regardent, au loin, et l'un d'entre eux se penche pour souffler quelque chose à son ami. Quand ils se dirigent vers moi, mon cœur s'emballe de façon inexplicable.

J'humecte mes lèvres gercées avec ma langue. Je n'arrive pas à déterminer si ma réaction est synonyme de peur ou d'excitation.

De peur. Oui, de peur, c'est sûr. Des guerriers comme ça, ce sont sans doute des chasseurs de prime. Ils veulent ma tête.

C'est peut-être la vérité, mais alors qu'ils se rapprochent, ma peau fourmille. Sans doute ces foutues hormones de reproduction. Je ne suis jamais excitée par les hommes.

Mais peut-être que je n'avais tout simplement pas rencontré la bonne espèce. Car quand ils s'arrêtent face à moi, mes tétons durcissent, et je halète. Apparemment, les extraterrestres violets et cornus, c'est pile mon genre.

L'un d'entre eux hume l'air, les narines dilatées.

L'autre glisse ses doigts épais sous la lanière de cuir qui maintient mon cou contre le poteau. J'écarquille les yeux et tente de respirer, encore plus étouffée qu'avant. Mais il tire sur le lien, l'arrachant du poteau, avant de le jeter par terre. Je prends une grande bouffée d'air et toussote.

Le trafiquant aurélien brandit le même pistolet que celui

qu'il a utilisé contre moi et le pointe sur la poitrine du Zandien.

— Reculez ! Vous ne pouvez pas la libérer.

Aucun des deux hommes ne bouge. Face au pistolet, ils ne bronchent pas, et ils ne lèvent pas les mains pour se rendre.

— Ton esclave s'étouffait, dit mon libérateur avec douceur, d'une grosse voix qui a un effet étrange sur mes genoux. Tu devrais faire plus attention en l'attachant. Personne ne l'achètera si elle est morte.

Le trafiquant grogne et m'appuie sur les joues, projetant mes lèvres en sang en avant.

— Elle ne mourrait pas aussi facilement, celle-là, répond-il en leur montrant la morsure que je lui ai infligée au bras. C'est une *liineor*.

J'ignore ce qu'est une *liineor*, mais j'imagine qu'il s'agit d'une bête sauvage originaire de cette planète.

Les Zandiens ne font pas un geste, mais le plus mince des deux retrousse la lèvre. Tout bas, il dit quelque chose dans leur langue, et son ami hoche la tête. Ils ne m'ont toujours pas quittée des yeux.

Au début, je croyais que leurs iris étaient marron, mais à présent, je réalise qu'ils sont violets, comme leur peau. À moins qu'ils soient *devenus* plus violets ? Le mince m'examine longuement des pieds à la tête.

— Combien ?

Il ne semble que vaguement intéressé, mais il s'agit peut-être d'une technique de négociation.

Je n'arrive pas à déterminer si je *veux* qu'ils soient intéressés. Je ne devrais pas. Ces hommes sont dangereux. Très dangereux. Ils sont formés à tuer, et ils semblent extrêmement intelligents.

Alors je ferais mieux d'espérer qu'ils s'éloigneront et qu'ils trouveront un autre vendeur à embêter.

Mais au fond, je prie pour qu'ils m'achètent. Simplement parce que l'idée qu'ils s'en aillent m'est insupportable.

Le plus costaud des deux soulève les cheveux emmêlés qui me tombent sur les épaules, et il examine mon cou. Ses doigts effleurent ma peau nue. Il est tellement proche que je sens son odeur : masculine et propre. Il laisse retomber mes mèches et dit quelque chose à son ami en zandien.

Merde.

Oui, ils sont futés. Il vient de voir ma véritable couleur de cheveux, mais il ne laisse rien transparaître.

— Où tu l'as trouvée ? demande-t-il.

Il a une mâchoire carrée et imberbe, avec une fossette au menton qui fait sans doute baver toutes les femmes de la galaxie sur son passage.

Le trafiquant prend un air buté.

— Ça n'a aucune importance.

— Alors tu n'as pas son dossier ? Elle ne t'appartient pas légalement ? s'enquiert le plus mince.

Eh merde. Ils posent beaucoup trop de questions. Si ça se trouve, ils vont finir par vérifier mon code-barres. Je tords le cou et me penche en avant pour donner un, puis deux coups de langue au V de peau nu au-dessus de la tunique du Zandien.

Il m'attrape par les cheveux et me tire la tête en arrière, me dévisageant d'un air amusé.

— Je crois que tu lui plais, commente son ami en riant.

Son poing est trop serré sur mes cheveux, mais je ne pense pas qu'il cherche à me faire mal. Il a simplement trop de force, ou il ne réalise pas que mon espèce est beaucoup plus faible que la sienne. Il se penche sur moi et effleure mes lèvres avec les siennes. Au même moment, sa main libre se pose sur mon pubis.

Je sursaute, surtout de surprise. Et parce qu'à chaque fois qu'un homme m'a touchée là, j'ai trouvé ça désagréable.

Mais pas cette fois. Il glisse doucement le doigt entre mes replis, et je suis étonnée d'être aussi mouillée.

Ses cornes se raidissent et penchent dans ma direction tandis qu'il observe mes réactions, son nez presque collé au mien, ses yeux améthyste brûlants de désir.

Je halète, le ventre en feu.

— 150 steins, dit-il en ôtant son doigt.

Je suis brûlante, pleine de fourmillements. Je veux qu'il me touche à nouveau.

— 300, réplique le vendeur.

— 170. C'est ma dernière offre.

Le Zandien me lâche les cheveux et fait un pas en arrière.

— 250.

Les deux amis rient, haussent les épaules et s'éloignent.

Et ce putain de trafiquant les laisse filer. Trois pas. Quatre. Cinq.

— 200 ! lance-t-il dans leur dos.

Ils s'arrêtent, mais ne se retournent pas. Ils semblent discuter entre eux.

— 190.

Il suffit de deux grands pas au costaud pour revenir. Son ami sort un petit sac en toile de jute rempli de pièces pendant que l'autre Zandien glisse les doigts sous les lanières qui m'enserrent le buste. Il les arrache, comme si le cuir épais était facile à déchirer.

Je grimace alors que ma circulation sanguine se remet en route. J'ai l'impression d'être piquée par un million d'insecte. Le costaud arrache ensuite les liens autour de mes cuisses, et je m'écroule, incapable de tenir debout toute seule. En un instant, je me retrouve sur une large épaule.

Le Zandien abat une grosse main sur mes fesses.

— Viens, petite esclave. On connaît l'endroit parfait pour les humaines qui aiment échapper à leurs maîtres.

Achetée par les Zandiens

LIVRE GRATUIT DE RENEE ROSE

Abonnez-vous à la newsletter de Renee

Abonnez-vous à la newsletter de Renee pour recevoir livre gratuit, des scènes bonus gratuites et pour être averti·e de ses nouvelles parutions !

https://BookHip.com/QQAPBW

OUVRAGES DE RENEE ROSE PARUS EN FRANÇAIS

www.reneeroseromance.com/francaise/

Maîtres Zandiens

Son Esclave Humaine

Sa Prisonnière Humaine

Le Dressage de Son Humaine

Sa Rebelle Humaine

Sa Vassale Humaine

Son Compagnon et Maître

Animal de Compagnie Zandien

Sa Possession Humaine

Les Épouses Zandiennes

La Nuit des Zandiens

Achetée par les Zandiens

Dominée par les Zandiens

Alpha Bad Boys

La Tentation de l'Alpha

Le Danger de l'Alpha
Le Trophée de l'Alpha
Le Défi de l'Alpha
L'Obsession de l'Alpha
L'Amour dans l'ascenseur (Histoire bonus de La Tentation de l'Alpha)
Le Désir de l'Alpha
La Guerre de l'Alpha
La Mission de l'Alpha
Le Fleau de l'Alpha
Le Secret de l'Alpha
La Proie de l'Alpha
Le Sang de l'Alpha
Le Soleil de l'Alpha
La Lune de l'Alpha
La Serment de l'Alpha
La Vengeance de *l'Alpha*

Le Ranch des Loups
Brut
Fauve
Féral
Sauvage
Féroce
Impitoyable

Deux Marques
Indomptée (libre)
Temptée
Désirée
Séduite

Les Nuits de Vegas
Roi de carreau
Atout cœur
Valet de pique
As de cœur
Joker Mortel
Dame de trèfle
Cartes sur Table
Bonne Pioche

La Bratva de Chicago
Prélude
Le Directeur
Le Stratège
Possédée
L'Homme de Main
Le Hacker
Le Bookmaker
Le Nettoyeur
Le Coureur
Le Gardien

Série Made Men
Ne m'Aguiche Pas
Ne me Tente Pas
Ne m'Oblige Pas

Dompte-Moi
Son Maître Royal
Oui, Docteur
Son Maître Russe
Son Maître Marine

Soumise à leur Punition
Son Maître Pompier

Alpha des montagnes
Le héros
Rebel
Le Guerrier

À PROPOS DE RENEE ROSE

RENEE ROSE, AUTEURE DE BEST-SELLERS D'APRÈS USA TODAY, adore les héros alpha dominants qui ne mâchent pas leurs mots ! Elle a vendu plus d'un million d'exemplaires de romans d'amour torrides, plus ou moins coquins (surtout plus). Ses livres ont figuré dans les catégories « Happily Ever After » et « Popsugar » de USA Today. Nommée *Meilleur nouvel auteur érotique* par Eroticon USA en 2013, elle a aussi remporté le prix d'*Auteur favori de science-fiction et d'anthologie* de Spunky and Sassy, e celui de *Meilleur roman historique* de The Romance Reviews. Elle a figuré dix fois sur la liste des best-sellers de USA Today avec ses livres Bratva de Chicago, Wolf Ranch et Bad Boy Alpha et plusieurs anthologies.

Abonnez-vous à la newsletter de Renee pour recevoir des scènes bonus gratuites et pour être averti·e de ses nouvelles parutions!

https://www.subscribepage.com/reneerosefr

À PROPOS DE REBEL WEST

Rebel West crée des romans de science-fiction futuristes qui se déroulent sur la planète Luminar. Ses habitants sont beaux et bien pourvus, avec des abdos en béton, des yeux bleu nuit et un penchant dominateur qui va vous couper le souffle.

Rebel West coécrit la série de harem inversé des Épouses Zandiennes avec Renee Rose.

Elle écrit également des romances autonomes sous le nom d'Alexis Alvarez.